EIN WEIHNACHTSMANN FÜR ALLE FÄLLE

Elke Pistor, Jahrgang 1967, studierte Pädagogik und Psychologie. Seit 2009 ist sie als Autorin, Publizistin und Medien-Dozentin tätig. 2014 wurde sie für ihre Arbeit mit dem Töwerland-Stipendium ausgezeichnet und 2015 und 2023 für den Friedrich-Glauser-Preis in der Kategorie »Kurzkrimi« nominiert. Elke Pistor lebt mit ihrer Familie in Köln.

Dieses Buch ist ein Roman. Handlungen und Personen sind frei erfunden. Ähnlichkeiten mit lebenden oder toten Personen sind nicht gewollt und rein zufällig.

ELKE PISTOR

EIN WEIHNACHTSMANN FÜR ALLE FÄLLE

EIN WEIHNACHTSKRIMI

emons:

Bibliografische Information der Deutschen Nationalbibliothek
Die Deutsche Nationalbibliothek verzeichnet diese Publikation in der Deutschen Nationalbibliografie; detaillierte bibliografische Daten sind im Internet über http://dnb.d-nb.de abrufbar.

© Emons Verlag GmbH
Alle Rechte vorbehalten
Umschlaggestaltung: Nina Schäfer, unter Verwendung der Motive von shutterstock.com/ekler, shutterstock.com/Srithana – studio
Gestaltung Innenteil: DÜDE Satz und Grafik, Odenthal
Lektorat: Marit Obsen
Druck und Bindung: CPI – Clausen & Bosse, Leck
Printed in Germany 2023
ISBN 978-3-7408-1675-9
Ein Weihnachtskrimi
Originalausgabe

Unser Newsletter informiert Sie
regelmäßig über Neues von emons:
Kostenlos bestellen unter
www.emons-verlag.de

Dieser Roman wurde vermittelt durch die Autoren- und Verlagsagentur Peter Molden, Köln.

*Gibt es eine bessere Form,
mit dem Leben fertig zu werden,
als mit Liebe und Humor?*

Charles Dickens

1

Zu sterben war für Beate Silberzier ein vollkommen neues Erlebnis. Ein Aspekt, den sie unter anderen Vorzeichen sicherlich begrüßt hätte, denn sie war ein von Natur aus vielseitig interessierter und durchaus auch wagemutiger Mensch. Zumindest hätte sie sich, wäre sie darum gebeten worden, so beschrieben. Ansonsten hätte sie sich vor sechs Jahren bestimmt nicht darauf eingelassen, einen vor sich hin dümpelnden Weihnachtsmann-Mietservice zu übernehmen. In einem Alter, in dem andere bereits sehnsuchtsvoll auf den Silberstreif der Rente am Zehnjahreshorizont blickten, war sie zur Jungunternehmerin geworden. Auch wenn sich das »jung« definitiv auf die Agentur und nicht auf ihre Person bezog. Mit vierundfünfzig war man nicht mehr jung. Man fühlte sich höchstens so oder redete es sich ein. In diesem Alter auf das Äußere bezogene Adjektive wie »flott« und »frisch« oder Zuschreibungen wie »Weltenkenntnis« und »Erfahrungsvielfalt« waren bei genauerer Betrachtung keine Komplimente.

Wobei, wenn sie ehrlich zu sich war, war das Ganze damals ohnehin kein auf Erfahrung und Kenntnis aufbauendes Geschäftsunternehmen gewesen, sondern eine spontane Aktion, bei der eine rasch eskalierende Party und erhebliche Mengen an prickelndem Prosecco eine Rolle gespielt hatten. Was musste sie sich auch immer auf idiotische Wetten einlassen? Sich schneller als der Wettgegner aus dem Weihnachtsmannkostüm heraus- und in ein Engelskostüm hineinzuwurschteln, brachte in der Regel keine Vorteile im Leben.

Aber da Beate seit jeher lieber auf die Ausnahme statt auf die Regel setzte, hatte sie nicht nur die Wette, sondern auch den Einsatz gewonnen. Sie hegte allerdings den dringenden Verdacht, dass der Verlust für ihren Wettgegner gar keiner gewesen war, vor allem, als sie die Geschäftsberichte sah. Überhaupt machte er einen sehr erleichterten Eindruck, als er ihr den Schlüssel übergab und erklärte, erst einmal für ein paar Monate ins Ausland zu verreisen. Die kleine Miete für Laden und Wohnung solle sie auf ein Konto auf den Seychellen überweisen. Und nein. Eine Nachsendeadresse gebe es nicht.

Was sie hingegen sehr überrascht hatte, war der Erfolg. Nach einem frischen Anstrich für die Büroräume, der Umbenennung der Agentur von »Weihnachtsmann-Mietservice« in »Ho! Ho! Ho! – Die Leihnachtsmänner« und einigen Flyern in den Briefkästen von Titzelsee hatten sich die Auftragsbücher in erstaunlich kurzer Zeit gefüllt. Möglicherweise trug auch eine kreative Erweiterung des Portfolios dazu bei. Dem saisonal gebundenen Angebot »Traditioneller Weihnachtsmann«, das es mit und ohne Geschenkeservice gab, hatte sie die Figur »Lieblicher Rauschgoldengel« zur Seite gestellt, für die sie nur echte Blondschöpfe engagierte. Darüber hinaus standen nun auch »Feen«, »Elfen« und »Hexen« – wie auch die Engel jeweils als Männlein oder Weiblein – sowie eine »Ruprechtine« im eher knappen Gewand, aber niemals ohne Rute zur Auswahl. Letztere wurde ebenso wie der »Wichtel«, den es sowohl in einer Version für Kindergeburtstage als auch für Junggesellinnenabschiede gab, ganzjährig gut gebucht.

Den Start ins Geschäftsfrauenleben auf jeden Fall erleichtert hatte die tatkräftige Unterstützung von Bernhard Rösner, seines Zeichens ihr dienstältester Weihnachtsmann-Darsteller. Ihn hatte sie vom Vorbesitzer der Agentur übernommen, weil man nun mal Weihnachtsmann-Darsteller brauchte, wenn man den Weihnachtsmann darstellen wollte. Darüber hinaus war Bernhard Rösner die beste aller möglichen Besetzungen. Der Urvater aller Weihnachtsmann-Lookalikes sozusagen. Er brauchte weder ein Kissen unter dem roten Mantel noch künstliches Wangenrot, um dem apfelbäckigen Klischeebild des Santa Claus hundertprozentig zu entsprechen. Seine tiefe, dröhnende Stimme ließ die Kinder schon beim ersten »Ho!« vor Ehrfurcht erstarren, und sein langer weißer Bart hielt jeglicher Zugprobe durch patschige kleine Hände stand. Einmal konnte sie ihn sogar überzeugen, sich als vom Kunden gewünschter Wikingerkönig zu verdingen, und auch da hatte er – mit braunem Fell statt rotem Mantel, schwarz umrandeten Augen und vielen Flechtzöpfen im Bart – einen beeindruckenden Auftritt hingelegt.

Dass Mut, Ideenreichtum und gutes Aussehen allerdings nicht alles waren, was eine erfolgreiche Geschäftsfrau brauchte, musste Beate Silberzier etwa vier Monate nach der Agenturübernahme erfahren. Denn obwohl sie auf diese drei Dinge im Übermaß zurückgreifen konnte, ließ sich das Finanzamt davon nicht beeindrucken. Es wollte Zahlen. Am besten aktuelle, korrekte und diese auch noch prompt. Die sehr höfliche, aber gleichermaßen bestimmte Dame am anderen Ende der fiskalischen Telefonverbindung verweigerte rigoros jegliche Diskussion darüber, ob sich diese Zahlen gegebenenfalls im Laufe der nächsten Monate nachreichen ließen.

So stieß Candan Aydin zu den Leihnachtsmännern, und Beate befand bereits nach zwei Wochen, sie sei ein Geschenk. Nicht nur, weil die junge Frau das Zahlenwerk so meisterlich beherrschte, wie das Finanzamt es verlangte, sondern weil sie mit ihrer freundlichen und fröhlichen Art jeden zum Strahlen brachte. Es dauerte zwar fast genauso lange, bis alle in der Lage waren, ihren Vornamen richtig auszusprechen – mit weichem »Dj« am Anfang statt eines harten K –, aber Candan erwies sich diesbezüglich als sehr geduldig und zudem überaus freundlich schwierigen und/oder begriffsstutzigen Zeitgenossen gegenüber, was vermutlich auch die Basis ihres versierten Umgangs mit den Steuereintreibern war.

Vervollständigt wurde das Personalportfolio durch Bärbel Rosenbusch, ihres Zeichens begnadete Märchenerzählerin, Vorleserin und Puppenspielerin. Sie war der Star auf unzähligen Schul- und Gemeindefesten und auf Geburtstagen von Kindern, deren Eltern mehr Wert auf Dickens als Disney legten. Gemeinsam stellten sie, Bärbel, Candan Aydin und Bernhard Rösner das Kernteam der Agentur. Hinzu kam eine je nach Jahreszeit unterschiedlich große Menge an Studierenden, Hausfrauen und -männern sowie Rentnerinnen und Rentnern, die mit Darsteller-Jobs ihre Kassen aufbesserten.

Beate Silberzier war mit sich, der Agentur und ihrer allgemeinen Situation sehr zufrieden. Nach Jahren des rastlosen Suchens hatte sie endlich eine Aufgabe gefunden, die ihr Spaß machte. Mehr noch und viel wichtiger: eine Aufgabe, die sie nicht langweilte. Und darüber hinaus noch so etwas wie eine Ersatzfamilie. Für ein selbst produziertes Grüppchen in der Eltern-Kind-Version hatte sich in ihrem Leben nie die richtige Gelegenheit ergeben, was Beate in ihren seltenen sehr stillen Momenten bedauerte, aber niemals als Manko betrachtete.

Und so freute sie sich bereits sehr auf ihren sechzigsten Geburtstag, den sie drei Tage vor Heiligabend mit einer grandiosen Party im erweiterten Kreis ihrer Lieben, Angestellten und der Kundschaft zu zelebrieren beabsichtigte.

Ihr Tod war zu diesem Zeitpunkt Ende Oktober also nicht nur unerwartet, sondern, wie Beate befand, auch außerordentlich ärgerlich und vor allem ganz und gar nicht akzeptabel, weswegen sie ihn einfach ignorierte.

EINKAUFSLISTE:
Vogelsand
Kolbenhirse
Kressekörbchen
2 Äpfel
2 x weißer Joghurt
½ Pfund Graubrot
3 Scheiben Holländer
2 Scheiben gek. Schinken
6 Eier
2 x Hühnersuppe (kleine Dosen/Angebot?)
Gesichtscreme (günstig)
Gartenhandschuhe
Kreuzworträtselheft
~~1 Flasche Sekt~~
~~1 Piccolo~~

1 Liter Apfelsaft
~~Schokolade~~
Möhren

»Ja. Natürlich habe ich dafür Verständnis, Florian.« Josefine Jeschiechek klemmte ihr Mobiltelefon zwischen Ohr und Schulter und versuchte, mit beiden Händen die Blumenzwiebeln wieder einzusammeln, die aus dem umgestürzten Eimer gerollt waren. »Ja, Schatz. Kein Problem, wenn es Clara zu viel ist, einen Gast aufzunehmen mit dem Baby. Du musst da auf deine Frau Rücksicht nehmen. Ihr könnt mich im Sommer besuchen kommen. Das wäre schön. Die Kleine wächst so schnell, und sie soll ihre Oma doch kennenlernen.« Sie beugte sich vor, um eine weiter entfernte Zwiebel zu erreichen, verlor das Gleichgewicht und landete mit dem Knie in einer matschigen Erdvertiefung. Das lehmige Wasser drang kalt und nass durch ihre Gartenhose. »Mist.«

Sie rappelte sich hoch.

»Was?« Sie hatte Mühe, das Handy nicht zu verlieren. »Nein. Das galt nicht dir, mein Junge. Ich bin im Garten.« Mit der freien Hand versuchte sie, den gröbsten Dreck abzuwischen, erreichte aber nur das Gegenteil. »Deine Schwestern? Sarah ist doch mit ihrem Freund in den USA. Die Reise haben sie schon so lange geplant und mussten sie immer wieder verschieben. Hat sie dir das nicht erzählt?«

Josefine Jeschiechek beschloss, die klamme Kälte an ihren Beinen auszuhalten. Es gab Schlimmeres. Die Tatsache zum Beispiel, dass ihre jüngste Tochter, Lea, es vorzog, Weihnachten bei ihrem Vater und dessen ehebrecherischer Freundin zu verbringen. Sie hatte sich erstaunlich schnell an die veränderten Umstände gewöhnt. Immerhin war Christian erst im letzten Jahr ausgezogen. Zwei Wochen vor Weihnachten hatte er ihr nach dreißig Jahren und drei Kindern einseitig die Ehe aufgekündigt, um zu seiner neuen »Partnerin«, wie er es formulierte, zu ziehen. Er wolle das Leben noch genießen.

Dass sein Zukunftsplan ihre, Josefines Beteiligung ausschloss, bedauerte sie weniger, als sie erwartet hätte. Im Gegenteil. Sie empfand es als Erleichterung, sich nicht mehr nach seinen Launen und Bedürfnissen richten zu müssen, und hatte endlich ihre Ruhe. Wenn keines der Kinder sie zu Weihnachten besuchen würde, müsste sie auch nicht den Aufwand mit der Dekoration betreiben. Christian hatte immer sehr viel Wert auf Weihnachtsschmuck gelegt. Schon im Advent sollten Kränze, Kerzen und Kiefernzapfen an roten Schleifen nach und nach die Wohnung erobern. Natürlich lag das in ihrer Verantwortung, auch wenn sie diesem Dekokram noch nie etwas hatte abgewinnen können. Weihnachten war für sie in erster Linie ein Fest für die Kinder. Wenn sie ehrlich war, mochte sie es im Grunde genommen gar nicht.

»Lea feiert mit eurem Vater in irgendeinem angesagten Skiresort. Er hat sie eingeladen, sagt sie.« Josefine nahm den Eimer und den Spaten und ging ein paar Schritte weiter. Auch hier konnte der Garten noch einen kleinen Farbfleck fürs Frühjahr vertragen. »Euch hat er doch den Kinderwagen bezahlt und Sarahs Reisekasse kräftig aufgefüllt.«

Christian und sie hatten immer darauf geachtet, die Kinder gleichzubehandeln. Das hatte sich auch nach der Trennung nicht geändert. Dass sie ihren Exmann nun reflexartig gegen den etwaigen, noch nicht einmal ausgesprochenen Vorwurf des Ungerechtbehandeltwordenseins ihres Erstgeborenen verteidigt hatte, ärgerte sie jedoch. Sollte er sich doch selbst mit den Ansprüchen seines Nachwuchses auseinandersetzen.

»Ich muss jetzt auch weitermachen, sonst schaffe ich meine Arbeit nicht. Ich habe sehr viel zu tun.«

Sie beendete das Telefonat und schob ihr Handy in die Jackentasche. Letzteres war schlicht gelogen gewesen. Sie hatte nicht viel zu tun. Genau genommen hatte sie fast gar nichts zu tun, aber das wollte sie Florian nicht unbedingt wissen lassen. Der Grund für ihre Untätigkeit schmerzte sie mehr als das Ende ihrer Ehe, und beides war durchaus vergleichbar: Ihr Chef hatte sie vor einer Woche in sein Büro gebeten, ihr für ihre langjährige gute und vertrauensvolle Zusammenarbeit gedankt und ihr dann mit großem Bedauern die Kündigung auf den Tisch gelegt, weil der Betrieb zum Jahresende geschlossen werden würde.

Sie hätte es kommen sehen müssen. Immerhin herrschte sie schon länger über die Buchhaltung der Firma, als sie mit Christian verheiratet war. Sie hatte die Zahlen also im Blick gehabt, und die waren nicht gut, aber auch nicht hoffnungslos gewesen. Es durfte nur nichts Unerwartetes geschehen, damit das klapprige Gerüst aus Aufträgen, Außenständen und Liquidität nicht in sich zusammenstürzte. Den Ausschlag gegeben hatte schließlich, dass der potenzielle Nachfolger ihres Chefs abgesprungen war, nachdem der Letzte der Großkunden vor zehn Tagen seinerseits Insolvenz anmelden musste. Und so hatte ihr Chef zumindest seine Schäfchen für den Ruhestand ins Trockene bringen wollen und machte kurz entschlossen Nägel mit Köpfen und die Firmentür dicht. Letzte buchhalterische Abwicklungsarbeiten würde der Steuerberater der Firma erledigen. Für sie gab es nichts mehr zu tun. Als sie ihr Büro zum letzten Mal verließ, hatte sie weinen müssen.

Im Anschluss hatte Josefine sich zwei Tage der Trauer gestattet, in denen sie aus dem Fenster der Küche gestarrt und ihren Tee hatte kalt werden lassen. Danach war sie wieder aktiv geworden, denn sie wollte und musste ihr eigenes Geld verdienen und durfte sich auf keinen Fall gehen lassen. Christians Großzügigkeit schloss sie nicht mit ein. Er hatte ihr zwar generös das Haus überlassen, allerdings nur zur kostenlosen Nutzung. Im Grundbuch standen sie nach wie vor gemeinsam. Darüber hinaus hatte sie nach Ablauf des Trennungsjahres keine Chance auf Unterhalt von ihm. Also hatte sie angefangen, ihre Bewerbungsunterlagen zusammenzustellen.

»Einundzwanzigtausend Tage.« Josefine Jeschiechek lauschte dem Klang der Worte hinterher. Auch wenn ihr bis zu diesem einundzwanzigtausendsten Tag noch ein gutes halbes Jahr fehlte, wusste sie, dass das Geburtsdatum in ihrem Lebenslauf sie nicht zu einer Kandidatin der ersten Wahl machte. »Siebenundfünfzig Jahre, fünf Monate und vier Wochen, Stand heute.«

So hörte es sich noch erschreckender an. Rein statistisch blieben ihr noch sechsundzwanzig Jahre bis zum Ableben, die sie irgendwie sinnvoll füllen musste, wobei die Perspektive, am ersten Oktober des Jahres 2033 in den Rentenstand überzugehen, etwas Struktur versprach. Doch um in die Rente zu wechseln, brauchte sie erst einmal wieder eine Arbeitsstelle.

Josefine Jeschiechek stemmte die Hände auf die Stelle ihres Körpers, an der die Natur eigentlich eine Taille vorgesehen hatte. Noch eine der Baustellen, denen sie sich widmen musste. Ihr Nervenkostüm war deutlich dünner als ihre Statur. Aber täglich frisch und gesund für eine einzelne Person zu kochen, wenn diese Person nur sie selbst war, erschien ihr übertrieben. Fertiggerichte sparten Zeit, Aufwand und die Beschäftigung mit der Frage, warum sie sich beides nicht wert war. Leider wimmelten sie auch vor Kohlenhydraten und Kalorien.

Sie stellte den Eimer ab, ging in die Hocke und rammte die Grabgabel in die lehmige Erde. Der Boden fühlte sich an wie Beton. Energisch stach sie erneut hinein, konnte aber nur ein kleines Stück herausbrechen. Wütend schlug sie gegen den Griff des Werkzeugs. Hatte sich jetzt auch noch ihr Garten gegen sie verschworen? Sie schloss die Augen, atmete tief ein und aus und legte den Kopf in den Nacken.

»Das ist kein Grund, die Beherrschung zu verlieren, Josefine«, murmelte sie.

Wie zur Antwort raschelte es im Gebüsch neben ihr. Sie blinzelte, schaute in die Richtung und versuchte, in dem Dickicht etwas zu erkennen. Wieder ein Rascheln, dann eine Bewegung. Ein Tier. Eine Ratte? Josefine lächelte, als sie erkannte, dass es keine Ratte, sondern eine Katze war, die da auf sie zukam und sich mit einer Armlänge Abstand vor ihr auf den Boden setzte. Das Tier fixierte sie mit grünen Augen, blinzelte mehrfach und schnurrte. Es klang wie ein Motor mit Startproblemen. Josefine erwiderte automatisch das Blinzeln, dann zögerte sie, sah genauer hin. Das konnte doch nicht sein.

Die Katze hob die Pfote, putzte ihre Schnurrbarthaare und schaute Josefine interessiert an, bevor sie aufstand, an Josefines

Beinen entlangstrich, ohne sie zu berühren, und wieder im Unterholz verschwand. Josefine sog scharf die Luft ein, starrte dem Tier hinterher. War vielleicht doch alles etwas zu viel für sie? Beeinflusste seelischer Stress die Wahrnehmung? Sie dachte an die Visitenkarte der Psychologin in ihrer Handtasche. »Anpassungsstörung« hatte die es genannt. Sie war genau dreimal dort gewesen. Einmal zu einem Vorgespräch, einmal zu einem regulären Termin und das letzte Mal, um der Psychologin zu sagen, dass sie ihre Probleme immer noch am besten allein in den Griff bekam. Womöglich war das ein Fehler gewesen.

Sie kannte das Tier. Ein Kater, unverwechselbar mit seinem halben Ohr und der abgeknickten Schwanzspitze. Beides Resultate heftiger Kämpfe mit seinen Artgenossen. Wilhelm war ein Kater, wie er im Buche stand. Gewesen. Bis zu seinem Tod vor mehr als fünf Jahren. Sie hatte um ihn getrauert wie um ein Kind, hatte tagelang geweint und noch Wochen später bei dem Gedanken an ihn einen dicken Kloß im Hals verspürt. Christians Unverständnis hatte sie verletzt, aber nicht verwundert. Er bezeichnete sich zu Recht als eher sachlichen Typ. Nüchtern hätte es auch getroffen oder, wie sie es heute formulierte, kalt und herzlos.

Vom Haus drang das dumpfe Geräusch der Türklingel zu ihr herüber. Mehrfach hintereinander, so als wäre es nicht der erste Versuch desjenigen, der da Einlass wünschte. Es dauerte einige Sekunden, bis Josefine in der Lage war, seine Bedeutung zuzuordnen. Sie riss sich vom Anblick des Strauchs, in dem der Kater verschwunden war, los, wandte sich ab und ging zur Terrassentür. Bestimmt hatte sie das Tier verwechselt. Wilhelm war nicht der einzige rote Kater mit Kampfverletzungen. Sie schüttelte den Kopf, streifte ihre Gartenschuhe ab und betrat auf Socken das Wohnzimmer.

»Sitz, Hasso!«, rief sie dem Wellensittich zu, der in seinem bodentiefen Käfig über die Stangen randalierte, während sie zur Haustür eilte. Zumindest ihn bildete sie sich nicht ein. Der Letzte in einer langen Reihe von »Tiere-sind-gut-für-die-Entwicklung-der-Kinder«-Hausgenossen. Sie liebte ihn nicht nur wegen der vielen schönen Erinnerungen, auch wenn er eine Menge Dreck und Arbeit machte. Sie musste unbedingt daran denken, für ihn eine kleine Auswahl an frischem Obst einzukaufen.

»Ja bitte?«

Der Mann riss den Blick von der Fußmatte los und sah sie an. Er trug einen dunklen Wollmantel und hatte eine Aktentasche unter den Arm geklemmt.

»Frau Josefine Jeschiechek?«

»Was möchten Sie?«

»Ich konnte Sie leider nicht telefonisch erreichen, und auf meine Mails wurde ebenfalls nicht reagiert.« Er streckte ihr seine Hand entgegen. »Mein Name ist Kessler von der Erbenermittlung Kessler und Maierbrink.«

Josefine überlegte. Der Name der Firma kam ihr bekannt vor. Sie hatte die Betreffzeilen der E-Mails nur flüchtig gelesen, bevor sie sie in den Spamordner verschoben hatte. Wirres Zeug von irgendwelchen Erbschaften plötzlich aufgetauchter Verwandter. Im nächsten Schritt hätte man sie sicher um die Überweisung einer im Vergleich zur Erbschaft lächerlich kleinen Summe gebeten, damit der unermessliche Reichtum auch den Weg zu ihr finden würde. Und natürlich hatte sie nicht zurückgerufen. Unbekannte Rufnummern mit fremden Vorwahlen ignorierte sie grundsätzlich. Aber dass jetzt auch noch jemand vor ihrer Haustür aufkreuzte, setzte dem Ganzen die Krone auf. Die Betrüger wurden immer unverschämter.

»Sind Sie denn Frau Jeschiechek?«

2

Der Mann stellte ihr die Frage ohne Pause und mit einer Dienstbeflissenheit, die auf einschlägige Erfahrung seinerseits schließen ließ. Das ausgesuchte Betrugsopfer nicht zu Wort oder, noch besser, nicht zum Nachdenken kommen lassen. Josefine holte tief Luft, während sie gleichzeitig ihren Fuß hinter die halb geöffnete Tür schob. Man musste mit allem rechnen.
»Wer will das wissen?« Das hatte sie immer schon mal sagen wollen. Erst im nächsten Moment fiel ihr ein, dass der Mann sich ja bereits vorgestellt hatte. Ihr Gegenüber ließ sich aber weder von der Frage noch von ihrer augenscheinlichen Vergesslichkeit irritieren. Vermutlich freute er sich darüber und glaubte nun, mit ihr ein leichtes Spiel zu haben. Er lächelte.

»Mein Name ist Kessler von der Erbenermittlung Kessler und Maierbrink«, wiederholte er im exakt gleichen Tonfall, ergänzte seine Vorstellung aber diesmal um eine kleine angedeutete Verbeugung.

Er griff in die Innentasche seines Mantels, zog eine Visitenkarte hervor und überreichte sie ihr mit großer Geste. Josefine nahm das Kärtchen mit spitzen Fingern entgegen, warf einen kurzen Blick darauf und stopfte es dann in eine der zahlreichen Taschen ihrer Gartenhose.

»Ich hoffe, ich habe Sie nicht gestört.«

Wieder dieses festgeklebte Lächeln. Josefine blickte an sich hinunter. Der Matschfleck auf ihrem Knie wurde langsam hart. Kleine Bröckchen Erde fielen auf die Fußmatte.

»Doch.« Sie schob die Tür ein Stück zu. »Und jetzt entschuldigen Sie mich bitte. Ich habe für so etwas keine Zeit.«

Sie schloss die Tür.

Umgehend klingelte es erneut. Dreist, unverschämt und lästig. Sie riss die Tür wieder auf. Herr Kesselbrink oder wie er hieß stand an derselben Stelle wie zuvor. Nur sein Lächeln hatte leicht an Spannkraft verloren.

»Es wäre gut, wenn Sie mir kurz die Möglichkeit geben könnten, Ihnen die Angelegenheit zu erläutern.«

»Ich schließe keine Geschäfte an der Haustür ab. Bitte gehen Sie jetzt, sonst rufe ich die Polizei.«

Herr Maierle-Kessel-und-so-weiter ächzte leise. »Ich verstehe, dass mein Besuch unerwartet für Sie kommt, und Sie sind nicht die Erste, die so reagiert.«

Jetzt klang er flehentlich. Josefine verspürte Mitleid mit ihm. Aber nur beinahe. Der angebliche Erbenermittler stellte seine Aktentasche vor ihr auf den Boden, ließ die Verschlüsse aufklacken und nahm ein mit einer Klarsichthülle geschütztes Blatt heraus. Er reichte es Josefine. »Unsere Agentur wurde vom Nachlasspfleger in dieser Sache beauftragt, mögliche Erben der Verstorbenen zu ermitteln.«

»Ist für Erbschaften nicht das Nachlassgericht zuständig?«, fragte Josefine und ärgerte sich im selben Moment, sich nun doch in ein Gespräch hineinmanövriert zu haben. Sie hielt die Klarsichthülle achtlos in der Hand.

»Ja, das stimmt«, Herr Kesselmayer zeigte wieder Zähne, »aber die Gerichte haben oft weder die Zeit noch die technische Ausstattung, selbst die Erben zu ermitteln. Deswegen ernennen sie Nachlasspfleger, und die wiederum wenden sich an uns. Die Ermittlung von Erben ist oft eine sehr langwierige Sache, sie kann sich über Monate, wenn nicht Jahre hinziehen.«

»Monate?«

»Jahre.«

»Und wie lange haben Sie gebraucht, um mich zu finden?« Josefine hob das Blatt und wedelte damit vor dem Gesicht des Erbenermittlers herum. Die Kunststoffhülle knisterte.

»Zwei Wochen.«

»Zwei Wochen?«

»Ganz recht.«

»Das ist nicht sehr lang.«

»Es hat uns auch überrascht. Wissen Sie, oft haben wir es

mit internationalen Erbangelegenheiten zu tun, die nicht bei einem deutschen Nachlassgericht anhängig sind, und die sind alles andere als einfach zu bearbeiten«, redete der Mann sich in Rage. Josefine erkannte Begeisterung und Leidenschaft in seinen Augen. Wie schön, wenn jemand in seinem Beruf aufging. Auch wenn es nur das Betrügen vorgeblich hilfloser Hausfrauen war. So langsam machte die Sache Josefine Spaß. Was sprach eigentlich dagegen, diesen Herrn hier noch ein wenig zu beschäftigen? Der Garten wäre auch in einer Stunde noch da. Genau genommen tat sie damit ein gutes Werk. Solange er mit ihr redete, konnte er niemand anderen belästigen.

»Aha.« Sie bemühte sich um einen neugierigen Gesichtsausdruck. »Und meine Sache, ist sie auch international? Die berühmte Erbtante aus Amerika?« Sie grinste.

»Nein. Keine Tante.« Er machte eine Pause, räusperte sich und eröffnete ihr dann: »Eine Schwester.«

»Sehr interessant. Nein, kreativ. Eine Schwester. Aha.« Josefine unterdrückte die weitere Erwiderung, die ihr auf der Zunge lag und in der die Wörter »für wie blöde« eine Rolle spielten. »Mal angenommen, Sie hätten recht, und ich wäre die Erbin meiner Schwester. Wie würde es dann weitergehen?«

»Gut, dass Sie fragen, Frau Jeschiechek. Die Sache verhält sich so. Das Nachlassgericht bezahlt unsere Dienste nicht. Es ist üblich, mit den Erben eine Vereinbarung zu schließen. Die Höhe unserer Honorare richtet sich nach dem Wert des Erbanteils. Wir bekommen also eine Art Provision. Selbstverständlich nur, wenn Sie auch Geld oder andere Vermögenswerte aus dem Erbe bekommen.«

»Das klingt ja ungeheuer vertrauenswürdig.«

»Ist es auch.« Er nickte eifrig. »Auf diese Weise müssen Sie nichts im Voraus an uns zahlen. Wir tragen sämtliche Kosten, die für die Erbenermittlung angefallen sind, und unser Honorar wird erst fällig, wenn das Erbe zur Auszahlung gekommen ist«, fuhr der Erbenermittler mit ungebrochener Begeisterung fort. Entweder ignorierte er die Ironie in Josefines Einwurf, oder er erkannte sie nicht.

»Was ich geerbt habe, werden Sie mir zweifellos erst sagen, nachdem ich bei Ihnen unterschrieben habe.«

»Richtig.«

»Und auch den Namen und die Adresse des Erblassers erfahre ich erst nach Vertragsabschluss.«

»Ganz genau.«

»Und woher weiß ich dann, dass ich keinen Haufen Schulden erbe?«

Herr Kessler von der Erbenermittlung neigte den Kopf zur Seite und schmunzelte vertraulich. »Unser Honorar bemisst sich nach der Höhe Ihrer Erbschaft. Aus einem negativen Nachlass oder, wie Sie das nennen, einem Haufen Schulden können wir kein positives Honorar berechnen. Das, meine liebe Frau Jeschiechek, würde sich schlicht nicht für uns lohnen.«

»Also lohnt es sich für Sie in meinem Fall.«

»Ja. Und dementsprechend auch für Sie.«

»Aber Sie können mir nicht sagen, was oder wie viel ich von wem geerbt habe.«

»Bedauerlicherweise nein.«

Josefine betrachtete ihren Besucher. Ein Gefühl der Enttäuschung breitete sich in ihr aus. So machte das keinen Spaß. Eine Schwester? Wie einfallslos. Und keine Auskunft über das vermeintliche Erbe. Sie sollte die sprichwörtliche Katze im Sack kaufen. Mit Brief und Siegel beziehungsweise Honorarvereinbarung. Natürlich. Der feine Herr Betrüger gab sich keine große Mühe, ihr die Sache angemessen zu verkaufen.

»Lassen Sie mich kurz nachdenken, Herr Kesselbrink.«

»Kessler.«

»Was?«

»Mein Name ist Kessler von der Erbenermittlung Kessler und Maierbrink.«

»Lassen Sie mich kurz nachdenken, Herr Kessler.« Josefine legte mit übertriebener Geste einen Finger an die gespitzten Lippen und schaute angestrengt nach oben. Dann wandte sie sich mit gespielter Überraschung wieder an ihn. »Wissen Sie, was mir gerade einfällt? Ich habe gar keine Schwester.« Wieder schaute sie angestrengt nach oben. »Doch, doch. Ich glaube, das wäre mir aufgefallen. Vor allem in der Kindheit. So ein zweites Kind nimmt einiges an Platz in Anspruch. Suchen Sie sich jemand anderen für Ihre Betrügereien. Und jetzt entschuldigen Sie mich bitte.« Josefine trat einen Schritt zurück, schloss die Haustür und ging wieder in den Garten. Auf dem Weg dorthin warf sie die Klarsichthülle samt Papier in den Müll. Sollte Herr Kessler von der Erbenermittlung Kessler und Maierbrink weitere Klingelattacken starten, würde sie das geflissentlich ignorieren.

Eine Schwester. So einen Unsinn hatte man ihr schon lange nicht mehr aufgetischt.

Zwei Stunden später hatte sie in einer Ecke am Zaun einen großen Laubhaufen für die Igel zusammengefegt, alles Fallobst aufgesammelt und die Fruchtmumien von den Bäumen entfernt. Der Teich, von Algen und Laub befreit, wartete mit frisch geschnittenen Uferpflanzen auf. In der Mitte dümpelte ein Eisfreihalter aus Styropor, den sie zwar ausgesprochen hässlich, aber auch sehr nützlich fand. Christian hatte ihn vor Jahren im baumarktlichen Angebot erstanden und jeden ästhetischen Einwand ihrerseits abgeschmettert. Seither erwies sich das Teil als unkaputtbar, und Josefines Umweltgewissen schlug ohnehin Alarm bei dem Gedanken, das Plastikteil vor Ablauf seiner Nutzungsdauer auf den Müll zu werfen. Wobei der Eisfreihalter vermutlich eine längere Nutzungsdauer aufwies als sie selbst. Sollten sich doch die Kinder irgendwann damit herumschlagen.

Herr Kessler von der Erbenermittlung Kessler und Maierbrink hatte keinen weiteren Versuch gestartet, sie zu belästigen. Oder sie hatte es im hinteren Teil des Gartens überhört. Egal. Hauptsache, sie war ihm nicht auf den Leim gegangen. Eine Schwester. Was für ein Blödsinn. Josefine war das einzige Kind ihrer Eltern und eines von zwei Enkelkindern ihrer Großeltern mütterlicherseits. Auf der Seite ihres Vaters hatte es eine eher unüberschaubare Menge an Cousins und Cousinen gegeben, was der beeindruckenden Geschwisterschar ihres Vaters zuzurechnen war. Aber die kannte sie alle, wenn sie über die Jahre auch nicht zu allen Kontakt gehalten hatte.

Josefine drehte den Gartenwasserhahn auf und hielt die Harke darunter, bis alle Reste von Erde und Schlamm entfernt waren. Den Spaten unterzog sie der gleichen Prozedur und stellte beide Gerätschaften an die Schuppenwand. Hier, unter dem kleinen Dachüberstand, konnten sie trocknen. Welche Möglichkeiten gäbe es denn für die Existenz einer Schwester? Ein außereheliches Kind ihres Vaters? Das Resultat eines Fehltritts? Nein. Sicher nicht. Ihre Eltern waren einander immer sehr zugeneigt gewesen. Eine Geliebte passte da nicht ins Bild. Oder vielleicht doch? Josefine ging durch den Garten, kontrollierte, ob sie irgendwo eine Gartenschere, eine Rolle Rosendraht oder eine Verpackung der Blumenzwiebeln liegen gelassen hatte. Und ihre Mutter? Sie erinnerte sich an die Begeisterung, mit der sie in fremde Kinderwagen geschaut hatte. Stets hatte auch ein Hauch von Wehmut in ihrem Blick gelegen. Josefine hatte gedacht, die Mutter wünschte sich, dass sich bei ihnen ein Schwesterchen oder Brüderchen ankündigte. War es keine Hoffnung, sondern Trauer um etwas Verlorenes gewesen? Denn wenn Herr Kessler kein Betrüger war und es diese Schwester vonseiten der Mutter wirklich gegeben hatte, musste sie aus der Zeit vor der Ehe ihrer Eltern stammen. Josefine bückte sich, um einen winzigen Fitzel Pappe aufzuheben, und sah sich um. Bis zum Frühjahr stand nun bis auf gelegentliches Laubfegen nichts mehr an. Wieder etwas mehr, das sie nicht zu tun hatte.

Sie stopfte das Pappestückchen in die Hosentasche. Nur keine trübsinnigen Gedanken aufkommen lassen. In dem großen Haus würde sich sicher auch in den langen Wintermonaten etwas finden, womit sie sich beschäftigen konnte. Der Keller vertrug auch noch einen vierten Entrümpelungsdurchgang, und dem Speicher fehlte nach wie vor ein stringentes Ordnungssystem. Was stand eigentlich auf dem Blatt Papier, das der Erbenermittler ihr in die Hand gedrückt hatte? Sie könnte auch die Zimmer der Kinder gründlich putzen, damit alles vorbereitet wäre, wenn sie zu Besuch kämen, obwohl gerade nichts darauf hindeutete, dass dies der Fall sein würde. Weder jetzt noch in näherer Zukunft. Und wenn auf dem Papier Erklärungen standen? Eine Schwester. Sie hätte immer gerne eine Schwester gehabt. Früher als Kind eine Spielkameradin. Als Teenager eine Verbündete gegen die ungerechte Allmacht der Eltern. Und vor ein paar Jahren, als die Eltern beide Pflege benötigten und schließlich kurz hintereinander verstarben, als Unterstützung und Trost. Eine Schwester. Sie wäre nicht allein gewesen. Nicht damals und auch nicht heute. Wobei das genau genommen nicht stimmte. Denn selbst wenn es eine Schwester gegeben hatte – jetzt war sie tot. Und an Josefines Zustand des geschwisterlosen Daseins würde sich nichts ändern.

Josefine blieb stehen und horchte in sich hinein. Machte es einen Unterschied, ob man keine oder eine tote Schwester hatte? Würde sich allein durch das Wissen um deren Existenz ihr Leben ändern? »Meine tote Schwester«, das klang wie ein kitschiger Buchtitel oder der Name eines mit Schauspielerinnen und Schauspielern der C-Riege besetzten Low-Budget-Heulfilms. Josefine ging zur Terrassentür, streifte die Gartenschuhe von den Füßen und eilte in die Küche. Die Klarsichthülle hatte verhindert, dass das Papier den Saft aus den Orangenschalen gesogen hatte, auf denen es gelandet war. Josefine nahm den Spülschwamm aus dem Ständer, hielt ihn kurz unter heißes Wasser und wischte die Hülle sauber, bevor sie sie umdrehte.

»Honorarvertrag«, stand mittig oben. Darunter, ebenfalls mittig gesetzt, die Adresse der Agentur als Auftragnehmer und ihr Name samt vollständiger Adresse als Auftraggeberin. Es folgten jede Menge Absätze mit Rechten und Pflichten beider Vertragspartner. Keine Hinweise auf den Namen oder den Wohnort der Erblasserin. Die wussten schon, wie sie die Leute hinters Licht führten. Josefine lehnte sich an die Küchenzeile, ließ das Blatt sinken. Andererseits, so suspekt alles auf den ersten Blick schien, so korrekt las sich der Vertrag. Keine Vorkasse, das Honorar wurde nur fällig bei Erfolg. Wenn sich herausstellen würde, dass sie doch nicht erbberechtigt war, hätte sie keine Verpflichtungen. Das finanzielle Risiko lag allein bei der Agentur. Nach Betrug sah das nicht aus. Es sei denn, sie übersah etwas – was sie nicht grundsätzlich ausschließen wollte.

Josefine legte den Vertrag auf die Arbeitsfläche und verschränkte die Arme vor der Brust. Mal angenommen, es ging dort alles mit rechten Dingen zu, die Agentur war seriös und die Schwester nicht erfunden. Was hätte das für Konsequenzen? Würde sie einfach einen Batzen Geld in noch zu definierender Höhe überwiesen bekommen, und die Sache hätte sich erledigt? Oder würde mit dem Erbe auch Arbeit auf sie zukommen? Man kannte das doch. Ein Mensch verstarb einsam und ohne Freunde und Verwandte zwischen Müllbergen und Dreck, und irgendwer musste sich darum kümmern, dass die Bude ausgeräumt wurde. Sie stellte sich vor, zwischen stinkenden Türmen gehorteter Habseligkeiten zu stehen, und schüttelte sich.

Mit geschlossenen Augen horchte sie in die Stille des Hauses. Nichts rührte sich. Wollte sie diese Ruhe gegen einen unkalkulierbaren Aufwand eintauschen, ohne zu wissen, was auf sie zukam? Dann stutzte sie, lauschte erneut. Es war ruhig. Zu ruhig. Josefine stieß sich von der Arbeitsfläche ab und ging ins Wohnzimmer. Auch hier: Stille. Es dauerte einen Moment, bis sie es begriff. Sie spürte einen Kloß in ihrer Kehle, und Tränen lauerten in ihren Augen, als sie langsam zum Vogelkäfig ging. Hasso lag auf dem Rücken, die Flügel ausgebreitet. Sein Kopf hing zur Seite, die Augen waren halb geöffnet. Josefine öffnete das Türchen, griff hinein und stupste Hasso an. Vielleicht war er nur bewusstlos, würde im nächsten Moment losflattern und ihr entwischen, wie schon viele Male zuvor.

»Komm schon, alter Junge«, flüsterte sie und strich mit der Fingerspitze sanft über den Brustkorb des Wellensittichs. Nichts. Schließlich nahm sie ihn behutsam auf und hielt ihn in ihren Händen wie in einer Schale. Sie legte einen Finger an den Schnabel, rüttelte ihn vorsichtig. Hasso rührte sich nicht.

Josefine ging vor dem Käfig auf die Knie, setzte sich mit dem

Vogel in den Händen auf den Boden und wiegte ihn, während sie sich im Raum umsah, ohne etwas zu sehen. Tränen brannten in ihren Augen. Sie küsste den toten Vogel sanft auf das Köpfchen, schmiegte ihre Wange an ihn. Die weichen Federn streichelten ihre Haut. Er fühlte sich noch warm an. »Auf Wiedersehen, alter Freund«, flüsterte sie und verstummte. Sie hörte nichts außer ihrem eigenen Atem. Minuten verstrichen. Die Leere und Stille des Hauses drückten sie nieder. Sie war endgültig allein. Niemand brauchte sie mehr. Egal, was sie sich an Arbeiten vornahm, irgendwann wäre alles getan, und dieses Irgendwann war nicht mehr weit entfernt. Sie musste sich nichts vormachen. Es war bereits da. Die Kinder lebten ihr eigenes Leben. Ihren Job war sie los, und in ihrem Alter standen potenzielle Arbeitgeber nicht gerade Schlange. Selbst Frau Riechers, ihre langjährige Nachbarin, für die sie regelmäßig eingekauft und kleinere Besorgungen gemacht hatte, war in ein Betreutes Wohnen gezogen. Wieder streichelte sie den Vogel. Mit Hasso war das letzte Puzzleteil ihres Lebens als Mutter und Familienfrau verloren gegangen. Ein Lebensabschnitt unwiederbringlich vorbei. Ab heute war es egal, ob sie sich hier oder woanders aufhielt. Es war egal, ob sie ihre Pflichten erfüllte, denn sie hatte keine. Es war egal, welcher Arbeit sie nachging, ob sie überhaupt einer nachging. Im Zweifel, wenn sie genügsam lebte, reichten ihre Ersparnisse bis zur Rente. Aber die Vorstellung, mit siebenundfünfzig im Sessel zu sitzen, die Wände anzustarren und auf etwas zu warten, das nicht kam, erschreckte sie zutiefst. Dann konnte sie Hassos Grab der Einfachheit halber groß genug machen und sich direkt mit hineinlegen. Nein. Sie wollte etwas tun. Und wenn es die Abwicklung des Erbes einer ihr gänzlich unbekannten Schwester war.

Josefine suchte eine kleine Schachtel, legte Hasso auf eine dunkelblaue Serviette gebettet mit seinem Lieblingsspielzeug hinein und trug die Kiste in den Garten. Den Spaten würde sie ein zweites Mal säubern müssen, aber das machte nichts. Nachdem sie an einer hübschen Stelle ein Loch ausgehoben hatte, grub sie eine der frisch gesetzten Zwiebeln wieder aus und legte sie mit in Hassos Grab. Über ihr in den Bäumen zwitscherte ein Vogel. Sie schaute hoch. Im Ast ganz oben saß ein Wellensittich, der Hasso bis auf die Flügelspitze glich. Er neigte den Kopf zur Seite, beobachtete sie aus einem Auge und flog schließlich fort. Josefine schaute ihm hinterher, winkte, bis sie ihn nicht mehr sehen konnte. Dann zog sie die Visitenkarte aus ihrer Hosentasche.

3

»Titzelsee? Wo liegt das?« Josefine hatte noch nie von diesem Ort gehört.

»Hier.« Herr Kessler von der Erbenermittlung Kessler und Maierbrink drehte seinen Laptop so, dass sie den Bildschirm sehen konnte, und zeigte auf einen Punkt auf der Karte. »Die nächste große Stadt ist Iwersingen.«

»Und woraus genau besteht das Erbe? Beim ersten Erklären sind noch etliche Fragen bei mir offengeblieben.« Sie zog nachdenklich an ihrem Ohrläppchen. Sie hatte den Abend am Rechner verbracht und alles gelesen, was sie über Erbenermittlung im Allgemeinen und über das Unternehmen Kessler und Maierbrink im Besonderen hatte finden können. Die Erbenermittlung hatte eine ordentliche Webseite, auf der es einen FAQ-Reiter mit Antworten auf all die Fragen gab, die sie sich auch gestellt hatte. Mit ihrem Misstrauen schien sie nicht allein zu sein. Der Hinweis, man empfehle den Kunden einen Anruf beim Nachlassgericht, um die Richtigkeit der Sache zu bestätigen, und die Auskunft, die sie dort erhalten hatte, hatten sie schließlich überzeugt.

Herr Kessler griff in seinen Aktenkoffer, nahm einen schmalen Ordner heraus und legte ihn in die Mitte des Tisches. »Hier sind alle Unterlagen, die mit Ihrem Erbe in Zusammenhang stehen. Selbstverständlich sende ich Ihnen das alles auch noch einmal als PDF-Datei, aber wir wissen aus Erfahrung, dass die Kunden besonders am Anfang gerne alles schwarz auf weiß vorliegen haben.« Er schlug den Ordner auf. »Die Erblasserin Frau Beate Silberzier war die Inhaberin der Agentur ›Ho! Ho! Ho! – Die Leihnachtsmänner‹, ein Mietservice für Weihnachtsmänner und andere Eventfiguren.«

»Weihnachtsmänner mieten?«

»Ganz richtig.«

»Das kann ich mir ja noch vorstellen, aber was sind Eventfiguren?«

»Hier.« Herr Kessler nickte und tippte den Namen der Firma in seinen Laptop. Eine Webseite öffnete sich, ein lautes »Ho! Ho! Ho!« ertönte, und auf dem Bildschirm schleppte eine Horde gezeichneter Rentiere vor nächtlichem Himmel einen bimmelnden und leuchtenden Schlitten hinter sich her, auf dem ein, wie Josefine fand, ausgesprochen übergewichtiger Weihnachtsmann durch seinen mächtigen weißen Bart grinste. Nachdem er samt Entourage vorbeigezogen war, erschien der Schriftzug »Die Leihnachtsmänner« in Rot, Weiß und Grün, ebenfalls blinkend.

Herr Kessler drückte auf eine Taste, das Bild erstarrte, und an der linken Seite ploppte mit einem hellen Glockenton eine von Efeu- und Mistelranken umkränzte Menü-Leiste auf. Wenn diese Homepage dem Geschmack ihrer unbekannten Schwester entsprochen hatte, war Josefine jetzt bereits klar, dass große Ähnlichkeiten nicht unbedingt vorhanden gewesen sein konnten.

»Da.« Es blinkte, glitzerte und bimmelte, und ein Weihnachtsmann erschien auf dem Bildschirm. Nicht gezeichnet, sondern als Foto, aber nicht weniger umfangreich und ebenfalls mit einem stattlichen Bart. »Die Agentur bietet in der Hauptsache einen Weihnachtsmann-Mietservice an. Weihnachtsfeiern, Geschäfte, Familienfeiern. Aber eben nicht nur Weihnachtsmänner, sondern auch ...« Er schob die Zunge zwischen die Lippen, während er konzentriert auf den Bildschirm schaute. »... Rauschgoldengel, Wichtel, Elfen und eine ...«, wieder zögerte er, »... eine Ruprechtine. Was auch immer das sein soll.« Er räusperte sich. »Außerdem offeriert die Agentur eine Märchenerzählerin.«

»Ist auf dieser Seite auch ein Bild von Frau Silberzier?«, wollte Josefine wissen. Das Wort Schwester kam ihr nach wie vor sperrig vor.

»Ich konnte eines auf der Webseite finden. Aber nur im Kostüm.« Herr Kessler wiegte unschlüssig den Kopf hin und

her, ehe er das Foto aufrief. Ein Rauschgoldengel mit einer Flut goldblonder Haare und Flügeln mit Zwei-Meter-Spannweite erschien. Die Frau strahlte in die Kamera, perfektes Make-up, phantastische Figur und die Haarpracht allem Anschein nach echt.
»So jung?« Josefine beugte sich vor. »Diese Frau ist doch höchstens Ende zwanzig.« Die Anmerkung, dass sie bildschön war und so viel Ähnlichkeit mit ihr aufwies wie eine Rose mit einer Stinkmorchel, verkniff sich Josefine ebenso wie ihre logische Schlussfolgerung. Mal angenommen, der Rauschgoldengel war Anfang dreißig, was ihr in Anbetracht der strahlenden Haut und der Haare schon hochgegriffen erschien, bedeutete es, dass ihr Vater nach langen Jahren glücklicher Ehe fremdgegangen sein musste. Denn eine Schwangerschaft ihrer Mutter wäre zu diesem Zeitpunkt sicherlich nicht unbemerkt geblieben. Wenn sie denn überhaupt noch möglich gewesen wäre. Ihre Mutter hatte sich zu dem Zeitpunkt definitiv in den Wechseljahren befunden.
»Nein. Bitte entschuldigen Sie. Nicht der Engel ist Ihre Schwester, sondern da ... äh ... sie stellt den Wichtel dar.« Herr Keller verzog bedauernd die Mundwinkel.
Erst jetzt sah Josefine den Weihnachtswichtel hinter dem Rauschgoldengel. Er lugte unter dem linken Flügel hervor, die rote Zipfelmütze tief in die Stirn gezogen. Sein dickes grünes Wams, die graue Hose und die spitzen Stiefel ließen keine eindeutigen Rückschlüsse auf eine wie auch immer geartete Figur zu. Ein breites sympathisches Lachen dominierte das Gesicht, und Josefine reagierte spontan mit einem Lächeln. Auch wenn der Kopf im Schatten des Flügels und eher unscharf war – diese Frau war definitiv nicht mehr Ende zwanzig.
»Wie alt war Frau Silberzier?«
»Neunundfünfzig. Am 21. Dezember hätte sie ihren sechzigsten Geburtstag gefeiert.«
»Knapp drei Jahre älter als ich.« Josefine betrachtete ihre Hände. Unter der Haut zeichneten sich Adern ab, und wenn sie sie ausstreckte, durchzogen Falten den Handrücken. »Meine

Eltern haben ein Jahr vor meiner Geburt geheiratet. 1965.« In ihrer Erinnerung tauchte das Hochzeitsbild auf. Eine Schwarz-Weiß-Fotografie im typischen Stil der Sechziger. Ihre Mutter trug ein weißes Minikleid, der Vater einen Anzug. Das Bild war vor dem Eingang der Kirche aufgenommen worden. Die Familie, ihre Großeltern und die Geschwister des Vaters, posierten hinter dem Brautpaar. Alle lachten in die Kamera. »Dann muss sie 1963 geboren sein.«
Herr Kessler nickte und schaute Josefine abwartend an. »Möchten Sie die genauen Zusammenhänge wissen?«, fragte er. »Wir haben natürlich alles sehr sorgfältig recherchiert und überprüft.« Er strich mit den Fingerspitzen über den Ordner. »Aber manchmal wollen unsere Kundinnen und Kunden die Details gar nicht erfahren«, sagte er mit weicher Stimme.
Josefine erwiderte seinen Blick, ohne ihn wirklich wahrzunehmen. Sie hörte die Stimme ihrer Mutter, das Lachen ihres Vaters. Einer von beiden hatte dieses Geheimnis mit sich herumgetragen. Ein fortgegebenes Kind. Wusste der jeweils andere davon? Hatten sie sich offenbart und die Last gemeinsam geschultert?

»Ist die Agentur ein Ein-Frau-Unternehmen, oder gibt es Angestellte?« Sie schob das Bild ihrer Eltern zur Seite. Nicht jetzt. Eine Sache nach der anderen.

»Die Agentur arbeitet mit einer ganzen Reihe an freien Mitarbeiterinnen und Mitarbeitern, aber es gibt auch zwei Festangestellte.« Er blätterte im Ordner. »Eine Dame für die Verwaltung und einen Herrn, der Hauptweihnachtsmann sozusagen. Die beiden kümmern sich auch weiter um die Geschäfte, bis klar ist, was mit der Agentur geschehen soll.«

»Heißt das, sie ist nicht geschlossen worden?«, fragte Josefine verwundert. Sie wusste nicht, was sie erwartet hatte, aber in ihrer Vorstellung starb ein Geschäft mit dem Tod des Besitzers. Auch wenn das bei genauerer Betrachtung Unsinn war, wie ihr jetzt klar wurde.

»Nein. Wir haben den 25. November, und es ist Hauptsaison. In Absprache mit dem Nachlasspfleger wurde entschie-

den, das Geschäft aufrechtzuerhalten, bis die Erbangelegenheit geklärt wurde.« Er wies mit der Hand in Josefines Richtung.
»Womit wir ja nun ein gutes Stück weitergekommen sind.«
»Bedeutet das, ich muss entscheiden, was mit der Firma geschieht?«
»Letztlich ja. Aber nicht sofort. Vielleicht möchten Sie das Geschäft ja übernehmen?«
Josefine lachte laut auf. Was für eine abstruse Vorstellung. Sie mochte Weihnachten nicht. Sie mochte keinen Kitsch und erst recht kein übertriebenes Getue und Gewese. Auf keinen Fall all das Geblinke, Geblitze und Gebimmele. Unter allen möglichen Tätigkeiten war die des Betriebs eines Weihnachtsmann-Verleihs die allerletzte, die sie ausüben würde. »Ein Verkauf kommt wohl eher in Frage.«
Ihr Tonfall klang selbst in ihren Ohren schroffer, als sie es beabsichtigt hatte. Das war Herrn Kessler gegenüber nicht fair. Er gab sich alle Mühe, sie in dieser Situation zu unterstützen.
»Alles ist denkbar.« Er lehnte sich auf seinem Stuhl zurück. »Wir empfehlen in solchen Fällen immer, nichts übereilt zu entscheiden. Lassen Sie sich Zeit. Denken Sie in aller Ruhe nach. Manchmal hilft es auch, sich persönlich ein Bild der Lage zu machen.«
»Nach Titzelsee fahren?«
»Das wäre eine Möglichkeit.«
Josefine zögerte. Die Abwicklung des Erbes hatte sie sich anders vorgestellt. Eher bürokratisch als praktisch. Mehr Formulare als Handeln. Nach Titzelsee zu fahren bedeutete, in die Privatsphäre einer ihr unbekannten Person einzudringen. Sie würde in Unterlagen, Papieren und persönlichen Dingen herumkramen, ein fremdes Leben betrachten, ohne den Menschen dahinter gekannt zu haben. Das Leben ihrer fremden Schwester.
»Wieso war sie meine Schwester?« Sie wollte es nicht wissen, ihr Bild von der heilen Welt ihrer Eltern nicht zerstören, nicht das Geheimnis lüften, das ihr Leben bestimmt hatte, ohne dass sie es ahnte. Aber sie brauchte die Antwort. Sie kannte sich. Die Frage würde ihr keine Ruhe mehr lassen.

Herr Kessler zog den Ordner zu sich heran und blätterte darin, bis er zu einem amtlich aussehenden Papier kam. »Ihre Schwester, genau genommen Ihre Halbschwester, wurde am 21. Dezember 1963 als uneheliches Kind einer gewissen Christel Werstall geboren. Vater unbekannt. Christel Werstall ehelichte 1964 einen gewissen Werner Silberzier, später erfolgte die sogenannte Einbenennung des Kindes. Was bedeutet, dass Ihre Schwester Beate den Namen ihres Stiefvaters erhielt.«
Christel Werstall. Josefine hatte diesen Namen noch nie gehört. »Hat er sie adoptiert?«
»Nein. Sie bekam nur seinen Namen.«
»Weshalb?«
»Über die damaligen Beweggründe können wir nur spekulieren. Für uns ist die Konsequenz daraus interessant.«
»Die lautet?«
»Hätte Herr Silberzier Ihre Schwester Beate adoptiert, säße ich jetzt nicht hier. Denn mit einer Adoption erlöschen alle leiblichen Verwandtschaftsverhältnisse, in Folge auch die Erbberechtigung.«
»Die Eltern sind also auch tot?«
»Christel Silberzier ist bereits verstorben. Werner Silberzier lebt noch, ist aber aus den eben erläuterten Gründen nicht erbberechtigt.«
»Wie sind Sie dann auf mich gekommen?«
»Wir haben uns natürlich mit Herrn Silberzier unterhalten. Auch er wusste nicht, wer der leibliche Vater seiner Tochter war, weil es ihn, wie er uns versicherte, nie interessiert hat. Allerdings hatte er private Unterlagen seiner verstorbenen Frau aufbewahrt. Dort sind wir dann fündig geworden.«
»Wusste mein Vater von seinem Kind?«
»Nicht zum Zeitpunkt der Geburt.«
Josefine versuchte sich vorzustellen, was gewesen wäre, wenn ihr Vater von der Schwangerschaft gewusst hätte. Sie kannte ihn nur als ausgesprochen rechtschaffenen Mann, der Gesetz und Ordnung immer hochgehalten hatte. Hätte er diese Christel Werstall geheiratet? Wenn nicht aus Liebe, so doch aus

Pflichtgefühl? Ja. Das hätte er. Selbst wenn er gezögert hätte, der Druck auf ihn wäre sicherlich groß gewesen. Josefine rief sich ihren Großvater in Erinnerung. Ein strenger Mann, der über seine Familie regierte wie ein kleiner König. Niemals hätte er zugelassen, dass der Sohn nicht die Konsequenzen seiner Taten trug.

Hätte Christel Werstall nicht angegeben, den Vater ihrer neugeborenen Tochter Beate nicht zu kennen, wäre ihr, Josefines Leben ganz anders verlaufen. Nein, halt, das stimmte nicht. Es wäre nicht anders, es wäre gar nicht verlaufen. Sie wäre schlicht nie geboren worden. Und infolgedessen gäbe es auch Lea, Sarah und Florian und das Baby nicht. In Gedanken schickte sie einen stummen Dank an Christel Silberzier, der sie auf gewisse Weise ihre Existenz zu verdanken hatte.

Den Dank konnte sie aber umgehend wieder relativieren, denn ohne das alles stünde sie jetzt auch nicht vor der Frage, wie sie mit dem Erbe ihrer Schwester umgehen sollte.

Erst jetzt fiel ihr die Formulierung auf, die Herr Kessler eben genutzt hatte.

»Sie sagten gerade ›Nicht zum Zeitpunkt der Geburt‹. Was bedeutet das?«

»Die Vaterschaft wurde 1977 nachträglich anerkannt. Es fand sich eine entsprechende Urkunde in den Unterlagen von Christel Silberzier. Da war Ihre Schwester bereits ein Teenager.«

»Mein Vater hat nie etwas in der Richtung verlauten lassen.« Sie versuchte sich zu erinnern. Hatte es je eine Zeit gegeben, in der ihr Vater sich anders verhalten hatte? In der es eine Krise in der Ehe ihrer Eltern gegeben hatte? Ihre Mutter hatte ihren Vater um fünf Jahre überlebt. Nie war auch nur ein Wort in dieser Richtung gefallen. Josefine rieb sich über die Augen. Sie konnte ihre Eltern nicht mehr fragen. Dieses Geheimnis hatten sie mit sich genommen. Jetzt galt es, praktisch zu denken. Probleme wurden nicht kleiner, wenn man sie ignorierte, und der beste Weg, sie zu lösen, war immer, zunächst Ordnung in die Sache zu bringen und sich einen möglichst guten Überblick zu verschaffen.

»Gut.« Sie rieb sich mit beiden Händen über die Oberschenkel, stützte sich darauf ab und stand auf. »Ich fahre nach Titzelsee und regele die Angelegenheit.« Sie nickte Herrn Kessler zu. »Brauche ich Vollmachten?«

Herr Kessler tippte auf die Mappe. »Es ist alles vorbereitet.« Er erhob sich ebenfalls. »Eines sollten Sie aber noch wissen, Frau Jeschiechek.«

Josefine hob fragend eine Augenbraue.

»Ihre Schwester, Frau Silberzier.« Er machte eine Pause. »Es gibt Ermittlungen.«

»Ermittlungen? Hat sie etwas angestellt?«

»Nein. Sie hat nichts angestellt.«

»Warum dann die Ermittlung?«

»Es besteht der dringende Verdacht, dass Ihre Schwester Opfer eines Mordes wurde.«

4

»Du bist *wo*?«

Hatte Christians Stimme immer schon so geknarzt? Er klang, als habe er drei Tage kein Wort von sich gegeben und müsste nun unvermittelt losbrüllen. Josefine stellte sich vor, welche Lautstärke er am anderen Ende der Leitung gerade entwickelte. Das Prinzip des Fernsprechens und der modernen Kommunikationsmöglichkeiten hatte sich Christian nie erschlossen. Er sprach stets in einer Lautstärke, als müsste er die Entfernung ohne Hilfsmittel überbrücken. Und das galt für Gespräche in ausgeglichener Stimmungslage. Jetzt war er wütend.

»Auch wenn es dich eigentlich nichts angeht. Ich bin in Titzelsee.« Sie hielt das Handy mit einigem Abstand vor ihr Gesicht. Den Lautsprecher konnte sie getrost ausgeschaltet lassen.

»Kannst du es wieder nicht lassen.« Eine Feststellung, keine Frage. Josefine presste die Lippen aufeinander. »Dass du dich aber auch überall einmischen musst.«

»Ich mische mich nicht ein. Ich regele Dinge.«

»Ja. Darin bist du gut. Dinge zu regeln für andere Leute.« Am anderen Ende erklang ein bitteres Lachen. »Ob sie es wollen oder nicht.«

Josefine kämpfte mit sich. Christian wusste, mit welchen Worten er sie triggern konnte. Wie einen alten schweren Sack voller Unrat knallte er ihr die üblichen Vorwürfe vor die Füße. Sie hätte alles an sich gerissen, alles gemacht, alles entschieden, alles von ihm wegorganisiert. Kinder, Familie, Finanzen. In all den Jahren ihrer Ehe hätte er keine Chance gehabt, seine Vorstellungen umzusetzen, weil immer alles nach ihrem Willen und ihren Wünschen gelaufen war. Dass sie ihm auf diese Weise den Rücken freigehalten und ihm seine Karriere überhaupt erst ermöglicht hatte, sah er nicht.

»Warum hast du mich angerufen?« Es fiel ihr schwer, nicht auf seine Sätze zu reagieren, aber sie schaffte es.
»Ich habe dir eine Mail geschrieben, aber du hast sie noch nicht geöffnet.«
»Wie gesagt. Ich bin unterwegs.« Sie hatte die Mail in der Liste in ihrem Handy gesehen, aber sie bewusst noch nicht gelesen. »Ich schaue sie mir an, wenn ich Zeit dafür habe.«
»Josefine ...«
»Und jetzt entschuldige mich bitte. Mein Termin wartet auf mich.« Schnell beendete sie das Telefonat, noch ehe Christian etwas erwidern konnte, und verließ das Bahnhofsgebäude. Sie hatte jetzt keinen Kopf für seine Wünsche. Auch wenn das mit dem Termin nicht der Wahrheit entsprach. Sie hatte keinen Termin gemacht. Sie hatte sich noch nicht einmal angekündigt. In den letzten zwei Wochen war sie keinen Tag lang sicher gewesen, ob sie überhaupt herkommen sollte. Und sie wollte nicht, dass ihretwegen Vorbereitungen getroffen wurden. Weder in die eine noch in die andere Richtung. Wer wusste denn, wie es in der Agentur zuging? Wie die Bücher geführt wurden? Sie wollte sich schnellstmöglich einen Überblick über die realen Gegebenheiten verschaffen. Wie auch immer die sein würden. Danach konnte sich eine Notarin mit der Sache befassen. Auf der Zugfahrt hierher hatte sie beschlossen, die Abwicklung einem Fachmenschen zu überlassen, und eine Adresse in Titzelsee ausfindig gemacht.

Josefine schaute sich um. Vor ihr erstreckte sich der Marktplatz von Titzelsee. Die Fläche war deutlich größer, als sie erwartet hatte, und es gab auch eine Menge Geschäfte. Eine Apotheke, eine Reinigung, ein Blumengeschäft und eine Buchhandlung auf der einen, einen Drogeriemarkt, eine Bäckerei und eine Metzgerei auf der anderen Seite. Ein Café mit eingezäuntem Außenbereich dominierte eine der Stirnseiten des Platzes. Unter großen Schirmen saßen trotz des kaltfeuchten Wetters einige in Mäntel und Decken gehüllte Menschen, schlürften Heißes und unterhielten sich. Über allem schwebte an langen Streben befestigte Weihnachtsbeleuchtung in Form von Sternen, Glocken und etwas, das Josefine an Stringtangas erinnerte. Der ganze Platz machte einen gediegenen und sehr gepflegten Eindruck. So schlecht konnte das Geschäft der Agentur tatsächlich nicht gelaufen sein. Die Mieten entsprachen sicherlich der Lage.

»Am Markt 47«, murmelte Josefine leise und kniff die Augen zusammen. Sie stand neben dem Haus mit der Nummer 53. Hier irgendwo musste es sein. Sie blickte suchend in alle Richtungen. Schließlich entdeckte sie den Eingang zu einer kleinen Gasse. Nach wenigen Schritten hatte sie sie erreicht und spähte hinein. Die Hausnummern setzten sich hier fort. Die Nummer 47 bemerkte sie erst, als sie sich direkt davor befand. Das Haus stand etwas zurückgesetzt. Ein Anstrich hätte dem fleckig angegrauten Putz gutgetan. Die schwarz-goldenen Metallrahmen der Fenster stammten wie der komplette Bau vermutlich aus der Mitte des letzten Jahrhunderts. Josefine erkannte das Logo von der Webseite wieder. Es nahm beinahe die gesamte Breite des Schaufensters ein. Eine rote Folie versperrte den Blick ins Innere des Geschäfts, ließ nur oben einen schmalen Streifen frei, in dem eine blinkende Lichterkette hing, die wohl weihnachtliche Stimmung verbreiten sollte. Die Eingangstür zur Agentur lag nach innen versetzt in einer Art Windfang, in dem sich auch noch eine weitere Haustür befand. Drei Klingelschilder ließen Wohnungen über dem Ladenlokal vermuten. Rechts daneben quetschte sich eine enge Hofeinfahrt zwischen die Wohnhäuser.

»Die Leiche der Agenturinhaberin Beate Silberzier wurde vor dem Eingang ihres Ladenlokals gefunden«, flüsterte sie und zitierte damit den Zeitungsartikel, den Herr Kessler ihr zusammen mit den Unterlagen überreicht hatte. Bis jetzt hatte Josefine diesen Punkt verdrängt. Beate Silberzier war erschlagen worden, hier an dieser Stelle, an der sie nun stand. Sie stellte sich die Szene vor. Die Absperrbänder, die Menschen in weißen Anzügen, die Spiegelung des blinkenden Blaulichts in den Scheiben und auf den Wänden der benachbarten Häuser. Und direkt vor ihr, hinter einem Sichtschutz: die Tote. Ob jemand damals die Lichterkette ausgeschaltet hatte? Laut Herrn Kessler suchte die Polizei nach dem Mörder.

Josefine wollte sich damit nicht auseinandersetzen. Es war schrecklich, was Beate Silberzier zugestoßen war, und sie wünschte niemandem so ein Schicksal. Aber für ihr Vorhaben konnte es keine Rolle spielen. Sie war hier, um die Sache so schnell wie möglich zu erledigen. Zu viel emotionale Beteiligung wäre da nur hinderlich. Probeweise drückte sie gegen den schwarzen Griff der Eingangstür. Sie gab nach, und sofort erklang ein fröhliches »Ho! Ho! Ho!«. Josefine schob die Tür auf und betrat die Agentur. Eine junge Frau erhob sich halb von ihrem Schreibtischplatz, den Blick noch auf ein Papier geheftet. Hinter ihr hing eine riesige Foto-Pinnwand in der Art, wie Josefine sie von ihrer Frauenärztin kannte – Bilder dicht an dicht, teilweise einander überlappend. Nur lachten von diesen Fotos keine Babys den Betrachter an, sondern Engel, Wichtel, Elfen, jeweils umringt von strahlenden Kindern oder Menschen in Businesskleidung. Den Rahmen der Pinnwand zierte eine Girlande aus künstlichem Tannengrün. Die hineingeflochtene Lichterkette gab sich große Mühe, keinem der unzähligen bunten Lämpchen im Schaufenster die Show zu stehlen. Josefine fragte sich, wie lange man das Geblinke von allen Seiten wohl aushalten konnte, ohne einen epileptischen Anfall zu bekommen.

Dem aufblasbaren Weihnachtsmann in der Ecke fehlte es etwas an Spannkraft. Vielleicht hätte er sich besser auf den Nikolausstab aus Metall stützen sollen, der neben ihm an einem Türrahmen lehnte. Letztlich hinderte ihn nur ein in kaltweißem Licht leuchtendes Rentierschlittengespann daran, umzufallen. Josefine schauderte. Hier stand ein Besuch der Geschmackspolizei mit Sicherheit ganz kurz bevor.

»Willkommen bei den Leihnachtsmännern«, hob die junge Frau an. »Mein Name ist Candan Aydin. Womit kann ich Ihnen ...« Sie sah Josefine an und verstummte. Ihr Lächeln erstarrte. Sie wurde blass. Ohne ihren Blick von Josefine abzuwenden, ließ sie sich wieder auf den Stuhl fallen.

»Ist Ihnen nicht gut?« Josefine machte einige Schritte auf die junge Frau zu. Sie kannte das von ihrer Tochter, wenn die wieder mal eine ihrer Diäten machte und auf Kriegsfuß mit ihrem Kreislauf war. »Soll ich Ihnen ein Glas Wasser besorgen«, sie versuchte, sich an den Namen zu erinnern, »Frau Aydin?« Candan Aydin schüttelte den Kopf. »Nein. Danke. Es ist nur …« Sie straffte sich und stand erneut auf. »Sie müssen Frau Jeschiechek sein.« Sie streckte ihr die Hand entgegen.

»Das stimmt.« Hatte Herr Kessler ihr Kommen in der Agentur entgegen ihrer Vereinbarung angekündigt? »Woher wissen Sie das?«

»Sie sehen aus wie Beate.« Candan Aydins Stimme wurde weich. »Für einen Moment dachte ich, sie wäre wieder hier. Aber das kann ja nicht sein.« Sie lächelte traurig. »Der Herr von der Erbenermittlung hatte Ihren Namen erwähnt, als er hier war.«

»Meinen Sie Frau Silberzier?« Josefine rief sich den Wichtel auf dem Foto in Erinnerung. Sie hatte keine Ähnlichkeit entdeckt.

Candan Aydin nickte. »Ja.« Sie betrachtete Josefine genauer. »Sie sind größer. Aber sehr ähnlich.«

»Das mag sein.« Kein Grund, direkt einen Streit zu beginnen. Sie stellte ihre Tasche auf dem Schreibtisch ab. »Dann können Sie sich vermutlich auch denken, warum ich hier bin.« Josefine bemerkte, wie distanziert, beinahe kühl sie klang, und konnte sich nicht erklären, warum sie so reagierte. Die junge Frau hatte sie sehr freundlich empfangen. Oder war es gerade diese Freundlichkeit, die ihr Misstrauen weckte?

»Sie möchten sich einen Überblick verschaffen, was wir hier so machen? Schließlich gehört die Agentur jetzt Ihnen«, entgegnete Candan Aydin und nahm ihren professionellen Tonfall auf.

»Richtig. Ich bin hier, um zu entscheiden, wie ich die Angelegenheit am besten abwickle.«

»Was meinen Sie mit abwickeln?« Ihr Gegenüber schaute sie mit aufgerissenen Augen an.

»Ich werde die Agentur vermutlich schließen.«
»Oh.« Candan Aydin hob die Hand an den Mund. Ihre Miene zeigte Enttäuschung. »Wie schade!«, platzte sie heraus.
»Aber doch nicht sofort, oder? Wir befinden uns mitten in der Hauptsaison. Unsere Darstellerinnen und Darsteller sind nahezu ausgebucht.«
»Vielleicht verkaufe ich sie auch. Ich habe mich noch nicht entschieden«, ruderte Josefine zurück. Die junge Frau wirkte ehrlich betroffen, und Josefine ärgerte sich über sich selbst. Es war keine gute Idee, hier einfach hereinzuspazieren und der Angestellten zu verkünden, dass ihr Arbeitsplatz in naher Zukunft nicht mehr existieren würde. »Bitte entschuldigen Sie. Ich bin selbst von dem Erbe überrascht worden.« Sie lächelte und schaute sich nach einem zweiten Stuhl um, entdeckte aber keinen.

Candan Aydin verstand ihren Blick.

»Ich hole schnell einen Stuhl von hinten aus der Kammer«, sagte sie und klang erleichtert. »Dann zeige ich Ihnen, was wir hier so machen. Sie möchten sicherlich auch die Buchhaltung sehen?«

Josefine nickte.

»Es kann etwas dauern«, erklärte Candan Aydin entschuldigend und stand auf. »Wir lagern dort unsere Requisiten und Kostüme und haben nicht viel Platz.« Sie ging in den hinteren Bereich des Geschäfts und öffnete eine der beiden Türen, die dort waren. »Nehmen Sie solange gerne auf meinem Stuhl Platz.«

Josefine setzte sich. Sie hörte, wie im hinteren Raum Dinge verschoben wurden. Etwas fiel mit Gepolter um, ein unterdrückter Fluch ertönte. Eine Bewegung am Ladeneingang lenkte sie ab. Dort stand eine Frau in einem grünen Wams und grauen Filzhosen. Das gleiche Kostüm wie auf dem Foto, das Herr Kessler ihr gezeigt hatte. Sicherlich eine der Darstellerinnen. Josefine konnte sich nicht erinnern, das »Ho! Ho! Ho!« der Türglocke gehört zu haben.

»Hallo«, sagte Josefine. Die Frau beachtete sie nicht. Sie ging auf die Tür zu, hinter der Candan Aydin hörbar nach einem Stuhl suchte, und betrat den Lagerraum.

Nicht alle hier waren so höflich und kundenorientiert wie Candan Aydin. Eine halbe Minute später stand diese im Türrahmen und hielt triumphierend einen Klappstuhl in der Hand. Sie öffnete ihn mit Schwung, wischte mit der flachen Hand den Staub von der Sitzfläche und stellte ihn neben den Schreibtischstuhl.

»Ich zeige Ihnen gerne alles, was Sie sehen möchten.« Sie klatschte leise in die Hände. »Womit sollen wir anfangen?«

»Müssen Sie sich nicht erst um Ihre Kollegin kümmern?« Josefine wies mit dem Kinn auf die Tür zur Requisitenkammer.

»Welche Kollegin?« Candan Aydin drehte sich in Richtung der Tür, bevor sie wieder Josefine ansah.

»Die gerade gekommen ist. Eine Frau in einem Wichtelkostüm. Graue Hosen und so eine grüne Weste.« Josefine deutete das Kostüm mit ihren Händen an. »Lassen Sie die Mitarbeiter nicht irgendwas unterschreiben? Dass der Auftrag erledigt ist oder etwas in der Art?«

»Doch, selbstverständlich.« Candan Aydin deutete auf eine Ablage, in der ein kleiner Stapel Kopien lag. »Aber ich weiß nicht, welche Kollegin Sie meinen. Es ist niemand in die Kammer gekommen.«

Fünf Stunden später hatte Candan Aydin Josefine das Geschäftsmodell der Agentur erklärt und ihr die Zahlen der letzten Monate sowie die Abschlüsse der vergangenen sechs Jahre gezeigt. Alles sehr ordentlich und sorgfältig geführt und dank eines Computerprogramms flexibel abrufbar. In dieser Zeit hatte das Telefon nicht länger als fünf Minuten stillgestanden. Allerdings musste Candan Aydin mehr Leute vertrösten, als dass sie Zusagen machen konnte. Der Terminkalender der Leihnachtsmänner war voll.

»Ich könnte doppelt so viele Auftritte zusagen, wenn wir mehr Menschen hätten, die für uns arbeiten.«

»Wie viele sind es denn?«

»Fünfundzwanzig insgesamt. Natürlich alles Freie. Nur Bernhard Rösner und ich sind fest angestellt.«

»Wo ist Herr Rösner?«

»Er arbeitet von zu Hause aus. Er ist zuständig für die Einsatzpläne und betreut die Darsteller inhaltlich. Und als unser Vorzeigeweihnachtsmann ist er selbst entsprechend viel im Einsatz.«

»Das ganze Jahr über?«

»Nein, natürlich nicht. Aber er ist auch sehr überzeugend als Wikingerkönig und Piratenkapitän.«

»Wer mietet denn einen Wikingerkönig?«

»Auftritte auf Kindergeburtstagen sind sehr beliebt. Unsere Rauschgoldengel gehen auch super als Prinzessinnen und Prinzen.«

»Das kann ich mir vorstellen. Einfach nur Blinde Kuh spielen reicht heute nicht mehr aus.« Josefine erinnerte sich an die Geburtstagsfeiern ihrer Kinder. Eine Prinzessin oder ein Pirat als Extrabesucher wäre ihr sehr willkommen gewesen. Vor allem ihr, denn die hätten ihr ein paar Minuten Auszeit von dem Wahnsinn verschaffen können.

»Außerdem bespielen wir noch Firmenveranstaltungen und andere Events für Erwachsene. Wir haben sämtliche Figuren in männlicher und weiblicher Ausführung und sowohl für Kinder als auch für Erwachsene im Portfolio.«

Josefine hob fragend eine Braue.

»Knappe Kostüme, nackte Haut, anzügliche Sprüche. Die entsprechende Kundschaft steht auf so was. Junggesellinnen-Abschiede zum Beispiel.« Candan Aydins Magen knurrte laut. Sie legte beide Hände auf ihren Bauch. »Ich muss jetzt etwas essen. Was ist mit Ihnen? Haben Sie auch Hunger? Ich kann uns schnell etwas besorgen.« Sie stand auf. »Vegan? Vegetarisch? Fast Food? Was möchten Sie haben?«

Josefine sah auf ihre Uhr. »Haben Sie nicht längst Feierabend?«

»Ja. Eigentlich schon. Wir schließen das Büro normalerweise um sechs. Aber ich kann bleiben, kein Problem.«

»Würden Sie mir einen Schlüssel geben?« Josefine kam sich nach wie vor wie ein Eindringling vor.

»Natürlich. Bitte entschuldigen Sie, dass ich es vergessen habe. Sie sind meine neue Chefin.« Candan Aydin ging zu einem verschlossenen Aktenschrank, öffnete ihn und nahm einen Schlüsselbund aus einem Körbchen. Sie reichte ihn Josefine. »Das gehörte Beate. Der Schlüssel hier ist für die Agenturräume und dieser für ihre Wohnung oben.« Sie zeigte auf einen pinken Schlüssel. »Ich habe die Blumen gegossen und mich ein bisschen gekümmert. Sie können da auch übernachten, wenn Sie möchten.« Candan Aydins Miene drückte eine Mischung aus Trauer um Beate und Hilfsbereitschaft für Josefine aus. »Oder haben Sie ein Hotelzimmer?«

»Nein, ich … Wie dumm von mir …« Josefine verstummte. Sie hatte nichts reserviert. Nicht daran gedacht. Entgegen ihrer sonstigen Art hatte sie vor ihrer Abreise nichts geplant. Irgendwie war sie davon ausgegangen, noch am gleichen Abend wieder nach Hause zu fahren. »Danke.« Sie nahm den Bund und legte ihn neben die Computertastatur. Zwischen den beiden Schlüsseln, auf die Candan sie hingewiesen hatte, hing ein weiterer. Wie es aussah, der Haustürschlüssel. Auch ein hellgrüner Filzanhänger mit der Aufschrift »Schrottgewichtelt« und etwas, das aussah wie ein Igel in der Mauser, baumelten an dem Schlüsselring. »Wenn ich hier fertig bin, schließe ich ab.«

Candan Aydin zögerte kurz. Dann nickte sie. Sie ging zur Kammer und kam wenig später in Mantel, Schal und Mütze gehüllt wieder heraus.

»Meine Nummer steht dort auf der Liste.« Sie deutete auf ein Papier unter der transparenten Schreibtischunterlage. »Falls noch etwas ist. Ich bin morgen um neun wieder hier.«

Josefine sah ihr hinterher, dann rief sie die Webseite ihres Mailanbieters auf und loggte sich in ihr Konto ein. Die Mail von Christian war als einzige ungelesen.

Das Programm verlangte eine Bestätigung von ihr, dass sie

die Mail geöffnet hatte. Josefine atmete bewusst langsam aus und setzte das Häkchen an der gewünschten Stelle. Was war das nun wieder für eine Schikane? Die Antwort auf diese Frage gab ihr der Inhalt der Mail. Es fühlte sich befremdlich an, die Nachricht zu lesen, obwohl sie nicht unerwartet kam. Aber die Worte zu sehen und zu begreifen, was sie bedeuteten, schmerzte trotzdem. »Scheidung«, stand da. Flankiert von Terminen, Fristen, Ankündigungen und Rechtsbelehrungen. Sie sollte Papiere einreichen. Alles müsse über einen Anwalt laufen, und sie möge doch bitte kooperativ sein, damit man sich einvernehmlich trennen und so eine Menge Geld sparen könne.

Josefine starrte auf den Bildschirm. Mehr als dreißig Jahre ihres Lebens. Ein langes Kapitel. Vorbei.

5

Geldbörse
Schlüsselbund
Papiertaschentücher
Pflaster
Nähmäppchen
Hustenbonbons
Deo
Handcreme
Einkaufsbeutel
Ladekabel Handy
Kopfschmerztabletten
Fleckentferner
Notizbuch mit Kugelschreiber
Regenschirm
Sonnenbrille

Nichts von den Dingen in ihrer Handtasche half Josefine jetzt weiter. Sie hätte dem Rat der Frauenzeitschrift folgen und ihre Liste noch um den Punkt Energieriegel ergänzen sollen. Ihr Magen knurrte.

Candan Aydin hatte den Kühlschrank in Beate Silberziers Wohnung von allem Essbaren befreit, bevor es wieder selbstständiges Leben entwickeln konnte, zwei noch unangetastete Weißweinflaschen aber darin belassen, wofür Josefine ihr nun ausgesprochen dankbar war. Obwohl die Wohnung den Eindruck machte, dass man hier alles finden könnte, wenn man nur lange genug suchte, so vollgestopft mit Krims und Krams war sie, hatte ihre Halbschwester augenscheinlich keinen großen Wert auf die systematische Bevorratung von Nahrungsmitteln gelegt. Im Vorratsschrank fand Josefine neben einer beeindruckenden Sammlung bunter Prilblumen auf der Innenseite der Tür lediglich Konservendosen ohne Banderole sowie eine Dose noch nicht allzu lange abgelaufener Ravioli und Apfelmus. Da sie keine Lust auf Konservenroulette hatte, entschied sie sich dafür. Ob Beate Silberzier diese Kombination mit Absicht gewählt oder der Zufall die beiden zusammengebracht hatte, war ihr egal. In ihr weckte der Anblick Erinnerungen an die Campingurlaube mit den Kindern, die am liebsten nichts anderes gegessen hatten. Sie mochte die Geschmackskombination auch. Nein. Das stimmte nicht. Sie liebte sie. Vor allem, wenn man es auf dem Sofa im Wohnzimmer vor dem Fernseher aß. Und ein Glas Wein zum Abschluss wäre genau richtig.

Sie stellte die Armada von Weihnachtsmannfiguren in jeglicher Ausführung vom Wohnzimmertisch auf die Fensterbank, ging in die Küche und nahm ein Glas aus einem der Oberschränke. Sie öffnete die Flasche, drehte sich um und zuckte heftig zusammen. Der Inhalt der Flasche spritzte heraus. Josefine schrie gellend auf. Die Frau ihr gegenüber schrie ebenfalls. Sie breitete beschwichtigend die Arme aus, ihre Flügel bebten.

»Alles in Ordnung«, sagte sie immer noch atemlos und wich drei Schritte von Josefine zurück. »Ich werde nichts machen. Gehen Sie einfach. Hier gibt es eh nichts zu holen.«

»Was?« Josefine starrte die Frau an. Was war das? Eine Erscheinung? Langes weißes Kleid, goldblonde Locken, Flügel mit vibrierenden Federn. Ein Engel. Dabei hatte sie doch noch gar nichts von dem Wein getrunken. Dann begriff sie. Vor ihr stand kein Engel. Die Frau trug ein Engelskostüm. Weder die Locken noch die Flügel waren echt. »Nein. Nein. Ich bin hier nicht eingebrochen.« Sie hob die Flasche und das Glas, aber der Rauschgoldengel reagierte nicht auf die Geste.

»Sehen Sie sich um. Hier gibt es kein Geld und auch keinen Schmuck.«

»Ich will nichts stehlen«, sagte Josefine mit Nachdruck und musterte die Frau. Sie musste eine von Beate Silberziers Mitarbeiterinnen sein, die ebenfalls einen Schlüssel für die Wohnung besaß. Irgendwie kam sie ihr bekannt vor.

»Was machen Sie denn dann hier?«, fragte die Frau und stemmte die Hände in die Hüften.

»Ich wollte mir gerade ein Glas Wein einschenken.« Sie hob Glas und Flasche noch höher, bis ihr klar wurde, dass die Frau ja gar keinen Schimmer haben konnte, wer sie war. »Bitte entschuldigen Sie. Mein Name ist Josefine Jeschiechek, und ich schlafe heute Nacht hier, weil ich dabei bin, mir einen Überblick über die Agentur zu verschaffen. Candan Aydin hat mir die Schlüssel gegeben.«

Der Rauschgoldengel hob skeptisch die Augenbrauen, wobei ihr die Perücke ein Stück zu weit in die Stirn rutschte, und schüttelte heftig den Kopf. Die goldenen Locken flogen.

»Das kann nicht sein. Cancan würde einer Fremden nie den Schlüssel geben.« Sie sagte nicht Candan, sondern Cancan. Ausgesprochen wie der französische Tanz. Sie machte einen Schritt auf Josefine zu und baute sich drohend vor ihr auf.

»Und nun raus mit der Sprache! Was wollen Sie hier?«

»Wie ich schon sagte, ich bin hier, um mir einen Überblick über das Erbe zu verschaffen.«

»Welches Erbe?« Jetzt klang die Frau ehrlich verblüfft.

»Das meiner Schwester.«

»Und wer ist Ihre Schwester?« Die Frau verschränkte ihre Arme vor der Brust.

»Beate Silberzier.«

Für einen Moment war es still. Dann brach die Frau in lautes Gelächter aus. An ihrem Gürtel klingelten kleine Glöckchen. Josefine verstand zwar nicht, was an der Erwähnung des Namens so lustig war, aber das Lachen wirkte ansteckend. Sie lächelte und wollte gerade weitersprechen, als die andere abrupt verstummte. Ihr Gesichtsausdruck wurde hart. Sie schob die Perücke aus der Stirn.

»Nein.« Kurz und knapp. Sie presste die Lippen zusammen.

»Suchen Sie sich jemand anderen, den sie verarschen können. Ich bin nicht so blöde, wie ich vielleicht aussehe. Und jetzt raus hier. Aber zackig. Sonst rufe ich die Polizei«, zischte sie.

»Aber ich ...« Josefine brach ab. So langsam hatte sie die

Nase voll.» Wieso denken Sie eigentlich, Sie könnten mich hier einfach rauswerfen? Wer sind Sie überhaupt?«
»Mein Name ist Beate Silberzier, und das hier ist meine Wohnung.«
Josefine öffnete den Mund und schloss ihn wieder. Sie ließ die Frau nicht aus den Augen. Ein Engel mit Wahnvorstellungen? Das war keine Kollegin von Beate Silberzier. Und wenn doch, dann hatte sie das mit dem Rausch in Rauschgoldengel deutlich missverstanden.
Was hatte sie eben gesagt, als sie fast in sie hineingelaufen wäre? Hier sei kein Geld und auch kein Schmuck. Woher wusste sie das? Es gab nur eine Erklärung. Sie war eine Einbrecherin. Und ihr Verhalten und ihre Verdächtigungen Josefine gegenüber nur der Versuch, die Situation irgendwie zu retten, ohne selbst aufzufliegen.
Josefine hob die Hände. »Wenn Sie jetzt einfach gehen, werde ich nicht die Polizei rufen«, sagte sie leise und hatte dabei das Gefühl, die andere müsste ihren aufgeregten Herzschlag hören, der in ihren Ohren dröhnte. »Ich weiß, dass Sie lügen. Sie können nicht Beate Silberzier sein. Meine Schwester ist tot.«
Sie musterte die Frau, die behauptete, Beate Silberzier zu sein, und plötzlich wusste sie, woher sie sie kannte.
»Sie sind doch der Wichtel von heute Mittag.« Josefine trat ein paar Schritte zurück, stellte das Glas und die Weinflasche ab und musterte sie. Kein Zweifel. In diesem Kostüm wirkte sie größer, aber sie war es. »Sie sind in die Requisitenkammer gegangen.«
»Wieso sollte ich auch nicht in die Requisitenkammer gehen? Schließlich ist es meine Requisitenkammer. Mit meinen Requisiten. In meiner Kammer.« Die Frau schnaubte. »Genau wie das hier meine Wohnung ist.« Sie stampfte wütend mit dem Fuß auf. »Mir reicht es jetzt.« Sie drehte sich um, lief in Richtung des Schlafzimmers und verschwand darin. »Ich rufe die Polizei.«
Josefine ging ihr hinterher. Sie konnte doch nicht zulassen,

dass die Einbrecherin nun auch noch die anderen Räume der Wohnung erkundete.

»Stopp!« Sie wunderte sich über ihren Mut und gleichzeitig ärgerte sie sich über ihre Dummheit. Auf keinen Fall durfte sie der Frau ins Schlafzimmer folgen. Vermutlich lauerte sie schon hinter der Tür, bereit, sie niederzuschlagen. Josefine sah sich nach einer geeigneten Waffe um. Es musste ihr nur gelingen, die Tür zum Schlafzimmer zu schließen. Es gab keinen anderen Ausgang, und die Wohnung lag zu hoch, um ohne ein paar gebrochene Knochen aus dem Fenster zu springen. Fliegen würde sie trotz der Flügel sicherlich nicht. Der Engel säße in der Falle.

Unglücklicherweise öffnete sich die Tür ins Rauminnere. Sie musste also die Türklinke erreichen, ohne das Zimmer zu betreten und selbst in Gefahr zu geraten. In einer Ecke stand ein altmodischer Wanderstock. Einer von der Sorte, an deren Vorderseite sich eine Metallplakette an die nächste reihte. Als Zeugen absolvierter Wanderungen. Sie griff danach, packte ihn an der Spitze und hangelte mit dem Griff nach der Türklinke. Sie zog daran, die Tür fiel ins Schloss, und Josefine drehte den Schlüssel um.

Im Schlafzimmer blieb es still. Vielleicht hatte die Dame noch nicht bemerkt, dass sie in der Falle saß? Josefine suchte ihr Handy, zögerte. Und wenn es nun doch eine Mitarbeiterin ihrer verstorbenen Schwester war? Jeder Mensch reagierte anders auf einen Todesfall, Trauer hatte viele Gesichter. Josefine nahm den Wohnungsschlüssel, verschloss die Tür von außen und eilte nach unten.

»Sind Sie sicher, dass sie das gesagt hat?« Candan Aydin stieg aus ihrem Wagen, den sie direkt vor dem Haus geparkt hatte. Falls um diese Uhrzeit noch jemand durch die enge Gasse fahren wollte, musste er klingeln, damit sie ihn wegfuhr. Lange würde sie sicher nicht bleiben. Zu zweit hätten sie die Angelegenheit bestimmt schnell geklärt.

»Der Engel behauptet, Beate Silberzier zu sein.« Josefine

hielt ihr die Haustür auf. Sie hatte unten auf Candan Aydin gewartet.

»Hat sie sonst noch etwas gesagt?«

»Eine ganze Menge. Sie würde die Polizei holen, das sei ihre Wohnung, ihre Requisitenkammer, und sie wusste anscheinend nicht, dass Beate tot ist.« Sie ließ Candan Aydin den Vortritt und folgte ihr in den Flur. »Deswegen habe ich auch zuerst Sie angerufen und nicht direkt die Polizei. Wenn es doch eine von Ihren Leuten ist, lässt sich die Sache vielleicht einfach klären.«

»Sehr seltsam. Keiner unserer Engel war heute gebucht.« Candan Aydin blieb auf dem Treppenabsatz stehen, drehte sich zu Josefine um und hob bedauernd die Schultern. »Heute hatten wir nur die Weihnachtsmänner und Bärbel im Einsatz.«

»Vielleicht ist das da oben ja Bärbel?«

»Eher nicht. Bärbel Rosenbusch ist unsere Märchenerzählerin. War sonst noch was ungewöhnlich?«

»Sie meinen, außer dass der Engel denkt, Beate Silberzier zu sein und sehr spät am Abend in fremde Wohnungen eindringt?« Josefine stapfte hinter Candan die enge Treppe hoch. »Doch. Warten Sie. Die Frau sagte, Sie würden nie einer Fremden den Schlüssel zu ihrer Wohnung geben.«

»Womit sie recht hat.«

»Aber sie sagte nicht Candan, sondern Cancan. So wie der Tanz in der Operette von Jacques Offenbach.« Josefine stimmte die ersten Takte der Musik an.

Candan Aydin blieb erneut stehen und wandte sich Josefine mit dem Ausdruck großer Verwunderung zu.

»Sie sagte wirklich Cancan?«

»Ja.«

»Das ist jetzt wirklich seltsam. Nur Beate nannte mich so. Als ich hier anfing, hat es gedauert, bis alle meinen Namen richtig aussprechen konnten. Ein Aushilfsweihnachtsmann nannte mich ein paarmal Cancan, das hat ihr gefallen, und sie hat es zu meinem Spitznamen gemacht.« Candan Aydin schob die Tür auf und betrat die Wohnung. »Dort?« Sie zeigte auf die Schlafzimmertür.

Josefine nickte, drückte sich an Candan Aydin vorbei und legte die Hand auf die Klinke. Langsam schloss sie auf und öffnete die Tür einen Spalt breit.

»Hallo?«, rief sie durch den Spalt. »Wir sind jetzt zu zweit und kommen rein.« Sie versetzte der Tür einen Stoß. Die flog auf und prallte mit einem lauten Knall gegen die Wand. Vorsichtig schaute Josefine in das Zimmer. Es war nicht besonders groß. Einfache Kleiderständer neben einem hohen Schrank, ein breites Kastenbett ohne Füße an der linken Seite. Geradeaus eine mehrteilige Fensterfront. An der dritten Wand neben der Tür eine hohe, breite Kommode, deren Schubladen nicht vollständig geschlossen waren. Alle Fenster fest verschlossen. Das Zimmer war leer.

»Frau Jeschiechek. Bitte kommen Sie morgen in meine Praxis.« Die Stimme klang zwar professionell, aber Josefine hörte den genervten Unterton.

»Es tut mir leid, Frau Altburg. Ich wollte Sie nicht stören, aber ich glaube, das ist ein Notfall.«

»Aus diesem Grund habe ich ja auch auf Ihre Nachricht reagiert und Sie um diese Uhrzeit zurückgerufen, Frau Jeschiechek.« Die Psychologin machte eine kurze Pause, bevor sie wiederholte: »Trotzdem möchte ich Sie bitten, morgen in meine Praxis zu kommen.«

Josefine starrte ihr Handy an. Sie hatte es vor sich gegen die Weinflasche gelehnt und die Freisprechfunktion angeschaltet.

»Ich kann morgen früh nicht zu Ihnen kommen. Ich bin in Titzelsee, um das Erbe meiner Schwester zu regeln.«

»Aha.« Frau Altburg verfiel wieder in Schweigen. Es rauschte in der Leitung. »Schildern Sie mir bitte kurz, was vorgefallen ist, dann sehen wir weiter.«

Josefine überlegte, wie sie am besten anfangen sollte.

»Ich sehe tote Menschen«, platzte sie heraus und kam sich im selben Augenblick albern vor. Fielen ihr keine anderen Worte als ein Filmzitat ein?

»Sie meinen, Sie haben die Leiche Ihrer Schwester gesehen

und nun Schwierigkeiten damit, dieses Erlebnis zu verarbeiten? Nun, das ist verständlich. Vor allem, wenn Sie vorher noch nie einen Toten gesehen haben. Wir können gerne darüber sprechen, was das mit Ihnen gemacht hat. Aber besser persönlich und in meiner Praxis.«

»Nein. Ich meinte, dass ich meine tote Schwester gesehen habe. Sie stand vor mir und hat mit mir geredet.«

»Bevor sie gestorben ist? Kam ihr Tod unerwartet? Wir haben in diesen Fällen oft das Gefühl, vieles unausgesprochen gelassen zu haben. Dinge bleiben ungeklärt, Fragen unbeantwortet. Wir können auch darüber sprechen, Frau Jeschiechek. Aber bitte schauen Sie auf die Uhr. Es ist zwei Uhr nachts.«

»Sie stand als Engel vor mir. Mit Locken und Flügeln und einem weißen Kleid.«

»Wir projizieren spirituelle Archetypen, um Dinge zu verarbeiten, die uns emotional stark mitnehmen. Das Bild des Engels ist sehr symbolbeladen, und es hilft uns sicher bei der Arbeit an Ihren Problemen.«

»Sie war kein echter Engel. Ich habe meine Schwester im Kostüm eines Rauschgoldengels gesehen. Sie trug eine schlecht sitzende Perücke, und an einem der Flügel fehlten Federn.« Josefine griff nach dem Handy und hielt es sich direkt vor den Mund. »Meine Schwester, die ich bisher nicht kannte. Von der ich bis zu dem Tag, an dem Herr Kessler von der Erbenermittlung vor meiner Haustür stand, noch nicht einmal wusste, dass sie existierte. Und die bereits vor Wochen verstorben ist. Nein. Halt. Das stimmt so nicht. Die vor Wochen umgebracht wurde.« Josefine hatte die Sätze in einer Geschwindigkeit ausgespuckt, als müsste sie einen schlechten Nachgeschmack loswerden.

»Wollen Sie sagen, Sie hätten eine Art Halluzination gehabt?« Die Akustik des Gesprächs veränderte sich. Als säße Frau Altburg in einem kleinen fensterlosen Raum.

»Zweimal. Das erste Mal in der Agentur, auch wenn es mir in dem Moment nicht klar war. Da trug sie ein Wichtelkostüm. Und das zweite Mal eben hier in der Wohnung, als Rauschgoldengel verkleidet.«

»Als Sie den Engel gesehen haben, hatten Sie da was getrunken oder eingenommen?«

»Was wollen Sie denn damit andeuten?«

»Ich deute nichts an. Ich möchte nur abklären, was zu diesem Ereignis geführt haben kann. Und Drogen oder Alkohol sind geeignet, Halluzinationen auszulösen.«

»Beim ersten Mal nur Kaffee, und den Wein hatte ich noch nicht angerührt.«

»Aha.« Etwas rappelte.

»Was aha?« Josefine bereute so langsam, überhaupt auf die Idee gekommen zu sein, die Psychologin anzurufen. Sie war schließlich kein betrunkener Junkie.

»Ich wollte damit nur ausdrücken, dass ich Ihre Information zur Kenntnis genommen habe, Frau Jeschiechek.« Frau Altburg räusperte sich. »Wir sollten auf jeden Fall ausführlich darüber sprechen.«

»In Ihrer Praxis«, warf Josefine ein.

»Ganz richtig. In meiner Praxis. So schnell wie möglich. Aber ich möchte Ihnen bereits jetzt etwas mit auf den Weg geben.«

»Aha«, murmelte Josefine.

»Es ist normal, dass unter Stress und Trauer die Dinge anders laufen, als man es gewohnt ist. Sie haben eine Menge Neues zu verkraften. Gestatten Sie sich, das auch zu tun. Nehmen Sie sich Zeit. Denken Sie an andere Sachen. Lenken Sie sich ein wenig ab. Versuchen Sie zu schlafen. Morgen wird sich vieles anders darstellen.«

»Sie haben recht. Es war vielleicht alles etwas zu viel.«

»Schlafen Sie gut, Frau Jeschiechek.« Wieder rauschte es in der Leitung.

Eindeutig eine Toilettenspülung.

6

Josefine legte das Handy auf den Tisch und sah sich um. Kein Rauschgoldengel, kein Wichtel weit und breit. Mit Candan Aydin hatte sie vorhin jeden Winkel der Wohnung kontrolliert, um die Einbrecherin aufzuspüren. Trotzdem ging sie noch einmal ins Schlafzimmer, öffnete erneut alle Schränke, spähte hinein. Wie früher, als sie für ihre Kinder unter dem Bett nach Monstern gesucht hatte, damit sie schlafen konnten. Niemand außer ihr war hier, da war sie sicher. Zwischen all den Klamottenbergen, Pappkisten und vollgestopften Einkaufstüten in den Schränken hätte noch nicht einmal ein echter Weihnachtself Platz gefunden. Sie rüttelte an den Fenstern, drehte den Schlüssel der Wohnungstür zweimal um und legte die Sicherheitskette vor. Niemand würde heute Nacht hier hereinkommen.

Josefine zog ihre Hose und ihren Pulli aus, schlug beides einmal aus und legte die Kleidungsstücke über einen der Sessel im Wohnzimmer, bevor sie sich auf das Sofa fallen ließ und eine dünne Decke über sich zog. Sie griff nach der Fernbedienung, schaltete den Fernseher ein. Erfreut stellte sie fest, dass ein Streamingdienst vorhanden war, öffnete die App und startete den erstbesten Film, der angeboten wurde. Eine Einblendung am oberen linken Rand des Bildes warnte vor Nacktheit, Alkoholkonsum, Gewalt und sexuellen Inhalten. Wunderbar. Das war genau das, was sie jetzt sehen wollte. Im besten Fall nickte sie darüber ein.

In Beate Silberziers Bett zu schlafen, kam ihr unangemessen vor. Und unhygienisch. Sie schlief nicht in gebrauchter Bettwäsche. Das Sofa war ein Stück zu kurz und sie rutschte gegen die Lehne, aber für die eine Nacht würde es schon gehen, auch wenn sie bereits spürte, dass ihr Rücken dieser Aussage morgen früh vehement widersprechen würde. Sie versuchte, dem Rat der Psychologin zu folgen und sich gedanklich von ihrer

Halluzination abzulenken und an etwas Schönes zu denken. Aber das machte es nicht besser. Denn weder der Gedanke an die Scheidungspapiere noch der an Hasso und schon gar nicht der an die Arbeit, die nun auf sie wartete, waren geeignet, sie aufzuheitern.

»Warum liegen Sie auf meinem Sofa?«

Josefine schreckte hoch. Ein stechender Schmerz fuhr durch ihre Schulter. Der Rauschgoldengel stand in der Mitte des Wohnzimmers und starrte sie wütend an.

»Nein, nein, nein. Ich bin eingeschlafen, und das ist ein Traum. Hier ist niemand. Das ist alles nur Einbildung. Ich bin überarbeitet, und das gerade ist einfach zu viel für mich.« Sie legte sich wieder hin und zog die Decke über den Kopf.

»Was reden Sie da?«, hörte sie dumpf die Stimme des Engels durch das Fleece. »Wieso sind Sie schon wieder hier?«

»Was?« Josefine schlug die Decke zurück und richtete sich entrüstet halb auf. »Sie sind doch die, die immer wieder auftaucht.«

»Ich tauche nicht auf. Ich wohne hier. Und Sie liegen einfach auf meinem Sofa, obwohl ich sie nicht eingeladen habe.«

Josefine schwang die Beine über den Rand der Couch und setzte sich auf. Sie schloss die Augen, atmete mehrmals tief ein und aus, ein und aus.

Wenn sie die Augen jetzt gleich wieder öffnete, wäre der Rauschgoldengel verschwunden, und sie könnte den Rest der Nacht versuchen, noch etwas Schlaf zu finden.

»Was wird das? Meditieren Sie jetzt? Ich denke, das ist nicht der richtige Zeitpunkt dafür.«

Josefine öffnete die Augen. Der Engel stand am selben Platz und schaute noch wütender als vorhin.

»Verschwinden Sie. Sie sind eine Halluzination. Sie sind nicht echt.« Josefine griff mit beiden Händen nach der Decke und zerrte sie über ihren Kopf. Sie konnte nicht glauben, dass ihr so etwas passierte.

»Okay. Ich sehe, dass es Ihnen nicht gutgeht. Das tut mir leid, und ich bin wirklich niemand, der einen anderen in Not

hängen lässt«, ließ der Engel verlauten. »Aber ich möchte Sie ein paar Dinge fragen: Stehen Sie gerade unter starkem Stress?«
»Was?« Josefine schob die Decke aus dem Gesicht und schaute die Frau im Engelskostüm an. »Ob ich unter starkem Stress stehe? Das kann man so sagen.«
»Haben Sie ein Problem mit Alkohol?« Sie deutete auf die fast leere Weinflasche, die noch auf dem Wohnzimmertisch stand.
»Nein. Hab ich nicht. Das meiste von dem Wein ist vorhin bei unserem Zusammenstoß auf dem Fußboden gelandet.«
»Aber Sie haben etwas getrunken.«
»Ja. Nein. Doch. Ein Glas. Deswegen habe ich aber noch kein Problem mit Alkohol.«
»Hatten Sie in letzter Zeit Erlebnisse, die Sie sich nicht erklären konnten? Hören Sie Stimmen? Sehen Sie Dinge, die nicht da sind?« Der Engel verschränkte die Arme vor der Brust, was dazu führte, dass die Flügel sich ausbreiteten. Eine der Federn löste sich und segelte langsam zu Boden. Josefine beobachtete, wie sie lautlos auf dem Laminat landete. Der Kater im Gebüsch. Der Wellensittich in den Bäumen. Der Wichtel in der Requisitenkammer.
»Ehrlich? Ja!«, sagte sie und schaute der Goldgelockten direkt ins Gesicht. »Sie. Ich sehe Sie, obwohl Sie nicht existieren. Jedenfalls nicht, wenn sie Beate Silberzier sind.«
»Ich bin Beate Silberzier. Ich muss es ja wohl wissen.« Der Engel raffte mit der Rechten die Röcke und schritt durch die Wohnung. »Hier. Alles meine Sachen.« Sie blieb stehen. »Ich glaube, Sie haben ein gesundheitliches Problem.«
»Da sind wir uns zum ersten Mal einig. Rauschgoldengel zu sehen, die behaupten, meine tote Schwester zu sein, ist definitiv nicht gesund.«
»Nein. So meine ich das nicht. Ich weiß nicht, warum Sie denken, ich sei Ihre Schwester, aber so ist es nicht. Und tot bin ich schon mal gar nicht. In Ihrem Wahn haben Sie sich das alles zusammenphantasiert, sind hierhergekommen und in meine Wohnung eingedrungen. Weiß der Himmel, weshalb

Sie dabei ausgerechnet auf mich gekommen sind. Vielleicht wegen des Zeitungsartikels im ›X-Mas‹-Magazin letzten Monat? Der Artikel war so toll. Man hat mich interviewt. Und wunderbare Fotos von Bernhard in vollem Ornat und mir im Ruprechtinen-Outfit gemacht.« Der Engel hüpfte, klatschte vor Begeisterung in die Hände und breitete dann die Arme aus. »Schauen Sie mich an. Sehe ich tot aus?«

Josefine schüttelte den Kopf.

»Und ist das die Wohnung von Beate Silberzier?«

Josefine nickte.

»Also – was schließen Sie daraus?«

»Dass Sie nicht Beate Silberzier sein können, denn die wurde ermordet.«

»Unsinn. Natürlich bin ich Beate Silberzier. Und ermordet? Wer erzählt denn so einen Quatsch?«

»Beweisen Sie es. Dass Sie Beate Silberzier sind.«

Der Rauschgoldengel verdrehte die Augen und stöhnte. »Also gut. Wenn es Ihnen hilft, von Ihrem Trip wieder runterzukommen.« Sie überlegte kurz. »Schauen Sie unter das Sofa. Da liegen Erdnüsse. Sie sind mir letzte Woche abends beim Fernsehen runtergefallen, und ich war zu faul, sie aufzukehren. Ich habe sie unter das Sofa geschoben.«

Josefine beugte sich vor und sah nach. Es stimmte.

»Sie haben recht. Aber mal abgesehen davon, dass da auch noch Kronkorken, Fusseln und eine Socke liegen und hier anscheinend nie jemand richtig sauber macht, kann das auch erst seit vorhin dort liegen, als Sie hier eingebrochen sind. Beate Silberzier kann sie letzte Woche nicht darunter geschoben haben, die war da nämlich auch schon tot. Und bitte was macht der Tampon da?«

»Oh, der muss mir aus der Tasche gefallen sein.«

»Beate Silberzier wäre in einigen Tagen sechzig Jahre alt geworden.«

»Der Tampon liegt schon lange dort. Sehr lange. Ich bin nicht die Ordentlichste«, erwiderte der Engel trocken.

Josefine lehnte sich zurück und sah die Frau, die behauptete,

Beate Silberzier zu sein, abwartend an. Sie wünschte sich, dass der Engel eine Bekannte oder Freundin der Toten wäre, auch wenn diese dann komplett durchgeknallt wäre. Aber selbst eine Verrückte als nächtliche Besucherin erschien ihr besser als ein herbeihalluzinierter Geist.

»Was würde Sie denn überzeugen?«

Josefine registrierte die vorgeschobene Geduld in den Worten. Sie überlegte. »Ein unveränderliches Merkmal.«

»So etwas wie eine Narbe?«

»Zum Beispiel.«

»Ich habe keine Narben.«

Josefine hob schweigend eine Augenbraue.

»Okay, dann ... jetzt ist mir etwas eingefallen. Aber ...«

»Was aber?«

»Können wir uns darauf einigen, dass Sie meine Wohnung verlassen werden, wenn ich Ihnen beweise, dass ich wirklich Beate Silberzier bin?«

»Selbstverständlich können wir das. Aber es gilt auch der umgekehrte Fall. Wenn Sie es nicht können, dann gehen Sie.«

»Deal.« Der Engel ging zum Bücherregal, streckte die Hand aus und zog sie wieder zurück. »Nein. Besser ist es, Sie machen das. Sonst behaupten Sie nachher noch, ich hätte irgendetwas manipuliert.« Sie trat zur Seite und bedeutete Josefine, zu ihr zu kommen. »Sehen Sie das blaue Fotoalbum?«

»Ja.«

»Nehmen Sie es und blättern bis zur dritten oder vierten Seite. Da ist ein Bild von mir im Bikini.«

Josefine zögerte.

»Was? Nun los. Keine Angst. Sie werden schon nicht blind werden. Das Bild ist von vor dreißig Jahren. Da war ich noch jung und knackig.«

Josefine zog das Album aus dem Regal und trug es zum Esstisch. Sie blätterte, bis sie das Bild gefunden hatte.

Eine deutlich jüngere, aber unverwechselbar übereinstimmende Ausgabe des Rauschgoldengels stand an einem Strand. Sie trug einen breitkrempigen Strohhut, der einen leichten

Schatten auf ihr Gesicht warf, und strahlte in die Kamera. »Beate auf Lesbos«, stand handgeschrieben darunter. Rechts über ihrem Bauchnabel prangte ein brauner Fleck, dessen Umrisse an einen aus dem Wasser springenden Delphin erinnerten. Ein Muttermal. Unwillkürlich legte Josefine ihre Hand auf ihren Bauch.

»Er heißt Rüdiger.« Die Frau im Engelskostüm bückte sich, hob das Kleid und präsentierte Josefine ihren Bauch.

»Sie tragen ein Spandex-Höschen. Das verdeckt alles.«

»Oh. Das vergesse ich immer. Presswurstpelle.« Sie kicherte. »In meinem Alter muss man der Schwerkraft etwas unter die Arme greifen.« Sie klemmte sich die gerafften Röcke unter das Kinn und rollte mit beiden Händen die enge Miederhose herunter. »Rüdiger hat etwas an Schwung und Spannkraft verloren, aber glauben Sie mir jetzt?« Sie wies mit präsentierender Geste auf das Muttermal. »Ich bin Beate Silberzier. Und jetzt gehen Sie bitte.«

»So einfach ist das nicht.« Josefine spreizte ihre Finger. Dann umfasste sie den Saum ihres Pullis und machte Anstalten, ihn hochzuziehen.

»Wowwowowow! So war das nicht gemeint. Das hier ist keine Einladung zur gemeinsamen Nacktparty, meine Liebe.« Der Rauschgoldengel ließ alle Röcke fallen und hob beschwichtigend die Hände. »Lassen Sie bitte alles an und gehen einfach.«

Josefine verharrte in der Bewegung. Sie starrte ihr Handy an. Vielleicht sollte sie statt der Psychologin lieber gleich den Rettungsdienst anrufen. Sie halluzinierte. Es musste so sein. Denn eine andere Erklärung gab es nicht. Die Frau auf dem Foto war Beate Silberzier, und Beate Silberzier war definitiv ihre Schwester. Denn dieses Muttermal hatte seinen Namen verdient, wenn es auch korrekterweise Vatermal hätte heißen müssen. Ihr Vater hatte dieses Mal ebenfalls getragen. Die gleiche Form an der gleichen Stelle. Er hatte es an seine Tochter vererbt. Aber Beate Silberzier war tot. Eine Menge Menschen hatten Josefine das bestätigt. Und doch stand sie hier vor ihr.

Josefine riss den Pulli mit Schwung hoch. Der Engel, der behauptete, Beate Silberzier zu sein, schnappte nach Luft.
»Das gibt es doch nicht.«
»Ich nenne ihn Flipper.« Wie abstrus ihre Worte klangen, wie verrückt. Rein statistisch war es sehr unwahrscheinlich, dass jemand völlig Fremdes dieses identische Mal aufwies.
»Wir haben beide recht. Du bist Beate, und …« Josefine verstummte, ging zum Sofa und setzte sich. »Und du bist meine Schwester.«
Beate Silberzier blieb einen Moment lang in der Mitte des Raumes stehen.
»Ich muss jetzt was trinken.«
Josefine griff nach der Weinflasche und hob sie hoch, aber Beate schüttelte den Kopf. Sie ging zu einem alten Küchenschrank. In der linken Ecke der Ablagefläche stand dicht an dicht eine beachtliche Auswahl an Alkoholika. Sie schaute Josefine über ihre Schulter hinweg an. »Willst du auch was Stärkeres?«
»Nein.« Wenn sie jetzt auch noch Schnaps trinken würde, wäre alles vorbei. Diese Frau war Beate Silberzier, Beate Silberzier war ihre Schwester, und ihre Schwester stand quicklebendig vor ihr. Das musste sie erst einmal verarbeiten.
»Was ist nur mit der Flasche los?« Beate fluchte, langte danach, Josefine schaute auf. Beate hatte die Hand nach der Flasche ausgestreckt, griff zu, aber ihre Finger fuhren durch das Glas, als wäre es nicht da. »Wieso kann ich nicht …« Sie lief zum Wohnzimmertisch, beugte sich darüber, streckte ihre Finger nach dem Wein aus. Wieder glitten sie durch das Glas der Flasche hindurch. »Was stimmt denn nicht?«, rief sie und versuchte es wieder und wieder – ohne Erfolg.
»Hör auf.« Josefine wunderte sich über ihre feste Stimme, die so gar nicht zu dem passte, wie sie sich fühlte.
»Das kann nicht sein.« Beate murmelte den Satz wie ein Mantra vor sich hin.
»Hattest du in letzter Zeit vielleicht mal den Eindruck, dass bei dir gerade irgendetwas sehr seltsam läuft?«

»Wenn du damit meinst, dass ich nicht in der Lage bin, diese blöde Weinflasche hochzuheben, dann ja. Das ist in der Tat sehr seltsam.«

»Wann hast du das letzte Mal mit jemandem gesprochen?«

»Vor einer Sekunde – mit dir.«

»Außer mit mir.«

»Mit Cancan?«

»Ja. Zum Beispiel.«

»Oder mit Bernhard?«

»Auch. Egal. Mit irgendwem außer mir.«

»Ständig.« Beate drehte sich um sich selbst, hob die Hände und ließ sie wieder sinken. »Ich rede ständig mit Leuten. Mit Cancan und Bernhard, mit Bärbel … wobei – zuletzt haben wir eher weniger geredet …« Sie schmunzelte.

Josefine war ins Grübeln geraten und hörte nur noch mit halbem Ohr hin. Sie dachte an die einschlägigen Filme und Bücher, in denen von Geistern die Rede war. »Wann genau war das?«

»Gestern. Heute Morgen.« Beate dachte angestrengt nach. »Ach, was weiß ich.«

»Und sonst so?«

»Was sonst so?«

»Was machst du gerade so den lieben langen Tag?«

Beate hielt in der Bewegung inne, streckte den Rücken durch und legte mit übertrieben grüblerischer Miene eine Hand an ihr Kinn, während sie demonstrativ an die Decke blickte. »Lass mich überlegen. Ich betreibe einen Weihnachtsmann-Mietservice, in acht Wochen ist Weihnachten, und die Kunden rennen mir die Bude ein. Was mache ich also den lieben langen Tag?« Sie veränderte ihre Haltung, stemmte beide Hände in die Hüften und schenkte Josefine ein nachsichtiges Lächeln. »Ich arbeite, meine Liebe. Ich arbeite.«

»Ist dir kürzlich irgendwas passiert? Etwas Schlimmes? Ein Unfall? Oder bist du …« Josefine verstummte. Das Wort »gestorben« lag ihr auf den Lippen, aber sie konnte es nicht aussprechen. Weniger wegen Beate, sondern weil sie sich damit endgültig eingestehen würde, dass bei ihr die Dinge in die völlig falsche Richtung liefen.

»Was wolltest du sagen? Gestorben? Wolltest du mich fragen, ob ich gestorben bin?«, rief Beate wütend. »Ein für alle Mal: Ich. Bin. Nicht. Tot.« Sie betonte jedes Wort einzeln. Josefine stutzte. »Wann ist Weihnachten, sagtest du?«

»In acht Wochen.«

»Welches Datum haben wir heute?«

»Heute ist der 29. Oktober. Ich muss mich also korrigieren. Es sind noch nicht einmal acht Wochen bis Weihnachten.« Josefine stand auf, nahm ihr Weinglas und trank es in einem Schluck aus. Sie ging zum Küchenbüfett, schob die Flaschen hin und her, griff zum Gin. Die klare Flüssigkeit schwappte ins Weinglas.

»Dafür, dass du eben nichts wolltest, ist das aber eine mutige Menge.« Beate stand neben ihr, zeigte auf das randvolle Glas. Josefine mied den Blick ihrer Schwester. Sie ließ die Hälfte des Gins in einem Zug durch ihre Kehle rinnen, bevor sie antwortete:

»Heute ist der 13. Dezember. Am 29. Oktober bist du gestorben.«

1

»Am 29. Oktober bist du ermordet worden«, korrigierte Josefine sich.

»Was im Ergebnis auch keinen Unterschied macht.« Beate fixierte das Weinglas mit dem Gin und leckte sich über die Lippen. »Tot ist tot.« Sie schüttelte den Kopf. »Ich kann es einfach nicht glauben.« Sie streckte die Hand nach dem Glas aus. Als ihre Finger durch die Flüssigkeit fuhren, blieb die Oberfläche glatt.

»Siehst du ein Licht in deiner Nähe?«

»Ein Licht? So wie in ›Geh in das Licht!‹-Licht?« Josefine nickte. Beate schaute sich um. »Nein. Kein Licht.«

»Vielleicht eine Treppe? Ich habe mal ein Buch gelesen, da gelangten die Toten über eine Rolltreppe in den Himmel.«

»Keine Treppe.« Für einen kurzen Moment erkannte Josefine im Gesicht ihrer Schwester Enttäuschung, ehe diese sich straffte und energisch im Zimmer auf und ab ging. Dabei nahm sie keine Rücksicht auf im Weg stehende Möbel. Ihre weiten weißen Engelsgewänder glitten durch Stühle, Couchtisch und Stehlampe hindurch wie durch Wasser. Mitten im Sofa blieb sie stehen.

»Es ist vermutlich ganz einfach.« Sie lachte auf und schlug sich vor die Stirn.

»›Einfach‹ wäre nicht das Erste, was mir im Zusammenhang mit unserer Situation einfallen würde, aber ich bin ganz Ohr.« Josefine trank einen weiteren Schluck Gin. Der Wacholderschnaps brannte in ihrer Kehle. »›Ungewöhnlich‹ oder ›sonderbar‹ schon eher. Oder ...« Ein dritter Schluck. »Beunruhigend‹? Nein.« Sie nickte und trank. »Jetzt weiß ich: ›verstörend‹. Das ist das richtige Wort«, murmelte sie, ohne das Glas abzusetzen.

»Jetzt hör mit der Sauferei auf. Das bringt nichts.« Beate baute sich vor ihr auf, ihre Flügelspitzen bebten. »Wenn eine von uns Grund hätte, sich zu betrinken, bin das ja wohl ich. Immerhin bin ich die, die gestorben ist.«
»Also bist du tot.« Josefine trank den Rest des Gins wie Mineralwasser aus. Sie wischte sich mit dem Handrücken über den Mund und goss sich ein weiteres Mal ein.
»Ja. Nein.« Beate sah an sich hinunter und trat einen Schritt zur Seite, aus dem Sofa heraus. »Vielleicht.« Sie strich ihre Gewänder glatt. »Ach, ich weiß nicht. Auf jeden Fall fühle ich mich nicht tot. Ganz im Gegenteil: Ich bin fit wie nie.« Sie trabte auf der Stelle, wobei sie die Knie hochzog und gleichzeitig mit den Armen ruderte. Die Flügel schwangen. Gleich würde sie abheben. »Siehst du? Noch nicht mal außer Atem«, stieß sie im Rhythmus ihrer Bewegungen hervor.
»Was daran liegen mag, dass du gar nicht mehr atmest.« Josefine betrachtete ihr Glas, stellte es auf die Anrichte und setzte sich auf die Lehne des Sessels, neben dem sie stand. Sie hob den Kopf und sah Beate an. »Was meintest du denn mit ›Es ist einfach‹?«

Beate unterbrach ihre sportlichen Übungen und nahm ihren Gang durch das Mobiliar wieder auf.

»Überleg doch mal, wie das in den Filmen ist: Ein Geist kann erst ins Licht oder wohin auch immer gehen, wenn alles geklärt ist.«

»Was geklärt?«

»Keine Ahnung. Die offenen Fragen.«

»Davon gibt es eine Menge.«

»In der Tat. Warum existiert das Universum? Wird es jemals Weltfrieden geben? Trug die Queen Unterwäsche?«

»Stimmt. Ich habe mich schon immer gefragt, wie etwas aus dem Nichts entstehen und sich im Nichts ausbreiten kann. Vor allem, wenn es unendlich ist – wo kommt der ganze Platz her? Und warum streiten sich Menschen und führen als Nationen Kriege? Warum kann man das Leid anderer ignorieren? Ist der Mensch von Grund auf böse?«, erwiderte Josefine ernst.

»Allerdings wage ich zu bezweifeln, dass das die Fragen sind, die dich persönlich weiterbringen.«
»Ironie ist meine Muttersprache.« Beate grinste. »Also gut. Fragen, die mich persönlich betreffen. Beginnen wir mit der wichtigsten: Kann ich etwas anderes anziehen?« Sie raffte die Röcke und ging in Richtung Schlafzimmer. »Das Engelskostüm ist symbolträchtig, aber lästig.«
»Als ich dich das erste Mal gesehen habe, trugst du ein Wichtelkostüm.« Josefine stand auf und folgte ihr. Sie schwankte. Der Gin tat seine Wirkung. Vorsichtig bahnte sie sich ihren Weg durch die Wohnung.

Beate stand vor ihrem verschlossenen Kleiderschrank und versuchte vergeblich, ihn zu öffnen. Wortlos trat Josefine neben sie und schob die Tür auf. Ein Stapel Pullover kippte vom oberen Regal und fiel durch Beate hindurch auf den Boden. Sie machte einen Schritt zur Seite.

»Vielleicht musst du es dir wünschen?«

Beate schloss die Augen, öffnete sie wieder, zuckte mit den Schultern.

»Oder es dir vorstellen? Visualisieren?«

Wieder kniff Beate die Augen zu, ballte die Fäuste. Wieder geschah nichts.

»Was hast du dir vorgestellt?«
»Jeans und Pulli.«
»Welche Jeans und welchen Pulli?«
»Ist das nicht egal?«

Diesmal zuckte Josefine mit den Schultern. Beate konzentrierte sich. Das Engelskostüm waberte und verschwamm wie ein Nebel. Als er sich lichtete, stand Beate in einer roten Cordhose und einem grünen Weihnachtspullover da, von dessen Vorderseite ein riesiger schielender Lebkuchenmann Josefine angrinste.

»Besser. Viel besser.« Beate wirkte zufrieden.
»Geschmackssache.«
»Zweite Frage: Wieso bist du meine Schwester? Nicht dass ich mich nicht darüber freuen würde, aber ich bin sechzig Jahre alt geworden in dem Glauben, ein Einzelkind zu sein.«

»Fast sechzig. Du bist fast sechzig Jahre alt geworden.«

»Ja, ja.« Beate warf den Kopf in den Nacken und wedelte mit der Hand, als wollte sie eine lästige Fliege vertreiben. »Sechzig. Fast sechzig. Auf solche Kleinigkeiten kommt es wirklich nicht an.«

Josefine spitzte die Lippen, sagte aber nichts, auch wenn sie in puncto Genauigkeit anderer Meinung war. Sie fand Genauigkeit immer wichtig. In jeder Lebenslage. Jeder. Auch im Tod. Aber das hier war nicht der richtige Zeitpunkt, um darüber mit ihrer Schwester zu streiten. Stattdessen schilderte sie Beate, was der Erbenermittler ihr berichtet hatte. Über die uneheliche Geburt, ihren Stiefvater, die Unterlagen. Beate warf ab und an eine Frage ein, hörte aber ansonsten zu. Als Josefine geendet hatte, schwiegen beide. Ohne ein Wort ging Beate ins Wohnzimmer zurück. Josefine folgte ihr.

»Wie traurig«, sagte Beate nach einer Weile.

»Für wen? Dich? Mich?«

»Dass er sich mir nicht offenbart hat.« Ein Grinsen umspielte ihre Mundwinkel. »Ich will mich ja nicht überbewerten, aber auf mich als Tochter zu verzichten ...« Josefine erkannte hinter der Großspurigkeit in ihren Worten auch Traurigkeit. Oder war es Wehmut?

»Was ist mit dir?«, fragte sie.

»Mit mir?«

»Ja. Macht es dir nichts aus, jetzt zu erfahren, dass der Mann, den du Papa genannt hast, gar nicht dein Papa war?«

»Vati. Ich sollte ihn Vati nennen.«

»Egal, wie du ihn nennst. Oder genannt hast. Er ist nicht dein leiblicher Vater.«

Beate öffnete den Mund, schloss ihn wieder. Sie wandte den Blick ab, starrte aus dem Fenster. »Nein«, sagte sie nach einer Weile. »Es macht mir nichts aus.« Sie sah Josefine an. »Vielleicht hat mich das hier«, sie wies mit beiden Händen auf sich selbst, »der Tod, vielleicht hat der mich weise gemacht oder abgeklärt oder was weiß ich. Aber ich denke, dass es mir nichts ausmacht, weil ich eine Mutter hatte. Meine Mutter war

großartig. Ich habe immer das Gefühl gehabt, bei ihr richtig zu sein.«
»Was ist mit deinem Vati?«
»Das war schwieriger.« Beate schüttelte sich kurz. »Aber so ist das. Egal, wo man hingeht. Da ist man dann.« Sie zupfte demonstrativ eine nicht existente Fluse von ihrem Pullover und wechselte das Thema. »Dritte und wichtigste Frage: Warum bin ich tot? So einfach stirbt es sich nicht. Vor allem nicht mit sechzig. Fast sechzig«, schob sie mit Blick in Josefines Richtung hinterher.
»Du bist nicht einfach so gestorben, Beate.«
»Ich weiß. Nein. Das stimmt nicht, und da liegt das Problem. Ich weiß es nicht.« Sie verdrehte die Augen. »Zack. Da sind sie wieder, meine drei Probleme: Vergesslichkeit, Dings und das andere. Bisher war mir noch nicht einmal klar, dass ich tot bin – und ganz ehrlich, so richtig will das auch jetzt nicht in meinen Kopf. Aber ...«, sie hob beschwichtigend die Hände, als sie sah, wie Josefine widersprechen wollte, »ich nehme es jetzt als gegeben hin, ob es mir nun gefällt oder nicht.« Sie ballte die Fäuste und klopfte damit an ihre Schläfen. »Ich weiß nicht, was passiert ist.« Sie ließ die Hände sinken und ging ans Fenster.
»Gar nichts?«
»Nein.«
»Was ist das Letzte, woran du dich erinnerst? Eben meintest du, wir hätten heute den 29. Oktober. Was war am 29. Oktober?«
Beate schob die Hände in die Hosentaschen und lehnte die Stirn gegen die Fensterscheibe. Im nächsten Moment schrie sie auf, fiel durch Glas und Wand hinaus.
Josefine lief dorthin, wo ihre Schwester eben noch gestanden hatte, und spähte ins Dunkel.
»Beate!« Sie riss das Fenster auf, beugte sich vor. Die Straße war leer.
»Es gibt einiges, an das ich mich gewöhnen muss«, hörte sie Beate hinter sich sagen und fuhr herum. Ihre Schwester stand

wieder im Zimmer, klopfte sich den nicht vorhandenen Staub von der Kleidung. »Aber ich muss sagen, tot zu sein hat auch Vorteile. Man kann nicht mehr sterben.« Sie kicherte. »Wo waren wir?«
»Der 29. Oktober. Jetzt konzentrier dich bitte.«
»Richtig. Vermutlich war ich in der Agentur.«
»Bitte genauer.«
Beate runzelte die Stirn und sah sich im Zimmer um, als läge die Antwort auf Josefines Frage hinter dem nächsten Sessel. »Ich brauche meinen Terminkalender. Der liegt unten in meinem Schreibtisch.« Sie lief zur Wohnungstür und glitt hindurch. Eine Sekunde später tauchte ihr Kopf in der Mitte der Tür wieder auf. »Was ist? Komm! Ich brauche deine Hände.«
Josefine ging ein wenig schwankend hinterher. Der Gin schien sich in der Hauptsache in ihren Beinen zu befinden und dort hin und her zu schwappen. An der Treppe stützte sie sich mit einer Hand an der Wand ab und umkrampfte mit der anderen das Geländer. Sie würde einen Sturz nicht so unbeschadet überstehen.

Beate wartete neben ihrem Schreibtisch auf Josefine. Vor Ungeduld wippte sie auf den Zehenspitzen auf und ab.

»Da. In der unteren Schublade. Der Schlüssel dazu klebt unter dem Drehstuhl.«

Josefine ging auf die Knie, suchte und fand den Schlüssel. Sie schob ihn in das Schloss, öffnete es und zog die Schublade heraus. Bis auf eine angebrochene Tafel Schokolade war sie leer.«

»Bist du sicher, dass dein Terminkalender hier liegen müsste?«

»Ich bin vielleicht tot, aber ich bin nicht senil. Natürlich bin ich sicher. Schließlich habe ich ihn da hineingelegt und die Schublade abgeschlossen.«

»Und den Schlüssel in einem absolut sicheren Versteck aufbewahrt, auf das niemand jemals kommen würde.«

Beate streckte ihr wie ein kleines Mädchen die Zunge heraus. Josefine sah sie an und spürte, wie ihr Herz sich zusammenzog. Sie fühlte sich auf einmal um eine gemeinsame Kindheit betrogen. Um nichtige Streitigkeiten und große Dramen, um Eifersüchteleien und Versöhnungen, um gemeinsame Schwimmnachmittage und lange Spieleabende an verregneten Novembertagen. Um das Wissen, einander zu haben, einander in jeder Lebenslage zur Seite zu stehen.

»Vielleicht hat die Polizei den Kalender als Beweismittel gesichert«, gab Josefine versöhnlich zu bedenken.

»Da stehen aber auch meine privaten Termine drin. Die können doch nicht einfach ...« Beate verstummte.

»Ich vermute, du bist keine regelmäßige Tatort-Guckerin?«

»Krimis sind nicht so mein Ding. Ich mag Liebesfilme. Und Weihnachtsfilme. Am besten sind Liebesfilme, die an Weihnachten spielen.« Beate strahlte und breitete die Arme aus, als wollte sie die ganze Welt umarmen. »Mit Keksen und Tee – ach, herrlich!«

»Jeder das Ihre.« Josefines Sentimentalität von eben gerade verflog. Sie und Beate hätten keine nichtigen Streitigkeiten miteinander ausgefochten – das wären mittlere Kriegsgeschehen gewesen. Und gemeinsame Schwimmnachmittage hätten damit geendet, dass die eine versucht hätte, die andere zu ertränken. Unterschiedlicher konnte man nicht sein. Liebesfilme voll schnulztriefender Romantik verstellten den realistischen Blick auf die Dinge, wie sie nun einmal waren, und weckten bei den Zuschauenden darüber hinaus die Hoffnung auf Happy Ends, die es im Leben nicht gab. Und Weihnachten setzte dem Ganzen die Krone auf. Dazu Beates Art, die Dinge nicht allzu genau zu nehmen. Josefine schüttelte sich.

»Alles in Ordnung?«, fragte Beate besorgt.

Josefine winkte ab und verkniff sich die Bemerkung über die Notwendigkeit von Realismus und Präzision, die ihr auf der Zunge lag. Sie wollte keinen Streit.

»Hast du deine Termine nicht im elektronischen Kalender gespeichert?«, fragte sie stattdessen.

»Bestimmt.« Beate ging durch ihren Schreibtisch hindurch zu Candan Aydins Arbeitsplatz und deutete auf den Computer. »Da drin. Denke ich.«

»Kennst du das Passwort? Und kannst du das bitte sein lassen!«
»Was?«
»Dieses Durch-die-Möbel-Laufen. Es macht mich nervös.« Josefine setzte sich auf den Drehstuhl und schaltete den Computer ein. »Wie lautet das Passwort?«
Candan Aydin hatte ihr heute Nachmittag zwar eine Menge Informationen gegeben, aber der Zugangscode für diesen Rechner war nicht dabei gewesen. Da war sie sich sehr sicher, denn wenn sie ihn bekommen hätte, hätte sie ihn notiert.
»Ich merke mir so was nicht. Dieser ganze Orgakram. Deswegen habe ich Cancan doch eingestellt.«
»Hast du eine Idee, wie es lauten könnte?«
Beate verzog unschlüssig das Gesicht. Josefine gab nacheinander die Zahlen von eins bis sechs vorwärts und rückwärts, »Hallo«, »Start123« und »password« ein. Alles ohne Erfolg.
»Wann ist Candans Geburtstag? Hat sie ein Haustier? Ein Hobby?«
»Am 15. Juli. Nein. Sie züchtet Zitronenbäumchen.«
Das Klappern der Tastatur übertönte ihr gespanntes Schweigen. Josefine versuchte vergeblich unterschiedlichste Varianten.
»Sie hat einen Freund. Er heißt Lennart. Versuch es damit.«
Die Anzeige auf dem Bildschirm wechselte. Josefine strahlte Beate über ihre Schulter hinweg an. Sie waren drin.
Wie Josefine erwartet hatte, führte Candan einen ordentlichen Terminkalender, in dem sie eintrug, wer wann wo und als was zu sein hatte. Josefine klickte auf der Übersicht auf den Oktober und suchte und fand den 29.
»Da steht gar nichts. Das bedeutet, ich war hier und hatte keine Außentermine.« Beate ging durch den Raum, wobei sie sorgfältig darauf achtete, um die Möbel herum- und nicht durch sie hindurchzugehen. »An solchen Tagen arbeite ich meine Stapel ab. Ich nehme Telefonate an, spreche mit unseren Leuten, kläre Fragen. Manchmal kommt Bernhard vorbei. Nichts Ungewöhnliches. Alles Routine.«
»An diesem Tag nicht. Jedenfalls nicht nur.«

»Kann man so sagen. Aber wenn ich versuche, mich zu erinnern, entgleiten mir meine Gedanken. Es ist so, als wenn du aus den Augenwinkeln etwas registrierst, aber in der Sekunde, wo du hinschaust, verschwindet es.« Beate wandte den Blick ab und umschlang mit beiden Händen ihre Schultern. »Aber es muss doch zu fassen sein«, murmelte sie.
»Vielleicht ist es das, was du erledigen musst, um ... na, du weißt schon.«
Beate sah Josefine fragend an. Die deutete zur Decke.
»Meinst du meine Wohnung? Ist damit was nicht in Ordnung?«
»Nicht die Wohnung. Um in den ...«, sie stockte, »... um nach oben zu gelangen.«
»Über die Treppe? Was ist mit der Tr...« Beate hielt inne, schlug sich vor die Stirn. »Jetzt verstehe ich. Die Geh-ins-Licht-Nummer! Glaubst du das? Wenn ich mich erinnere, wie ich gestorben bin, dann bin ich hier fertig?«
»Nein. Das Wie allein reicht vermutlich nicht. Denn das wissen wir im Grunde ja schon. Du wurdest getötet. Die dritte Frage muss lauten: Wer hat dich umgebracht?«

8

Das Handy auf dem Tisch neben Josefine zeigte acht Uhr fünfzig an, als sie erwachte. Sie blinzelte, legte den Arm über die Augen und stöhnte. Wieso dröhnte ihr Schädel so? Weshalb schmerzte ihre rechte Schulter? Warum stand ihr Bett schief? Sie lauschte. Die Geräusche, die von draußen zu ihr hereindrangen, klangen ungewohnt. Ein Motor verstummte, eine Autotür schlug, und eine Männerstimme rief etwas, das sie nicht verstand. Bekam sie eine Lieferung? Hatte sie denn überhaupt etwas bestellt? Dann fiel es ihr wieder ein, und sie setzte sich aufrecht hin. Sie lag nicht in ihrem Bett in ihrem Haus. Sie lag auf dem durchgesessenen Sofa ihrer verstorbenen Schwester in deren Wohnung. Vor ihr auf dem Tisch stand eine leere Weinflasche, daneben eine immerhin noch zu drei Viertel volle Ginflasche. Das erklärte einiges. Josefine ließ sich nach hinten gegen die Lehne fallen und schloss erneut die Augen. Definitiv zu viel Alkohol. Viel zu viel. Sie war das Trinken nicht gewohnt, genoss eher mal ein oder zwei Gläschen Wein zu einem schönen Abendessen in geselliger Runde. Sie konnte sich nicht erinnern, jemals allein zu viel getrunken zu haben.

Und wie sie jetzt wusste, bekam ihr das auch ganz und gar nicht. Sie hatte mit ihrer toten Schwester geredet, diskutiert und gestritten, als wäre sie wirklich da. Erschreckend realistisch hatte sich das angefühlt. Beate hatte vor ihr gestanden. Zuerst als Rauschgoldengel, dann in einem ausgesprochen hässlichen Weihnachtspullover. Was sagte das über sie aus, wenn sie solche Scheußlichkeiten herbeihalluzinierte? Oder war es ein Traum gewesen? Wenn ja, dann ein Alptraum. Am Ende hatte sie Beate versprochen, in Titzelsee zu bleiben, bis sie herausgefunden hätten, wer Beate umgebracht hatte. Josefine lächelte mit geschlossenen Augen. Das war wieder typisch für sie. Selbst im Wahn noch hilfsbereit.

»Na? Endlich ausgeschlafen? Wurde auch langsam Zeit. Wenn du nicht aus dem Quark kommst, fangen wir meinen Mörder nie.«

Josefine riss die Augen auf. Vor ihr stand ihre Schwester Beate. Diesmal trug sie ein kurzes Kleid mit grünem Glockenrock, rotem Oberteil und breitem goldenen Gürtel. Der große Kragen strahlte im gleichen Grün wie der Rock, auf Strumpfhose und Shirt ringelten sich rote und weiße Streifen um Arme und Beine. Eine kleine goldene Glocke hing ihr samt der rotgrünen Mützenspitze, an der sie befestigt war, in die Stirn. Josefine öffnete den Mund, starrte sie fassungslos an.

»Ja, ja. Ich weiß. Das Kleid ist etwas eng.« Beate zerrte am Gürtel herum und zupfte das Oberteil des Kleides zurecht. »Ich fühle mich ein wenig wie zu viel Leberwurst in zu wenig Pelle, aber das war es, was ich heute Morgen geschafft habe. Die Alternative wäre ein braunes Rentierkostüm gewesen. Mit Geweih.« Sie drehte sich einmal um sich selbst und betrachtete zufrieden den schwingenden Rock. Aber das geht doch zur Not, oder? Was meinst du?«

Josefine nickte stumm. Alptraum. Sie blinzelte in Richtung der Schnapsflasche. Nie wieder.

»Was bist du? Berufstrinkerin?« Beate war ihrem Blick gefolgt. »Kommt gar nicht in Frage. Oder glaubst du, am Ende ergibt alles einen Gin?« Sie lachte kurz auf und klatschte dann in die Hände. »Los! Auf, auf. Frisch ans Tagwerk. Wie sind deine Pläne? Was hast du dir überlegt?« Sie wippte von den Fersen auf die Zehenspitzen und zurück.

Langsam, um Zeit zu gewinnen, schlug Josefine die Decke zur Seite und schob ihre Beine vom Sofa. Sie stöhnte. Jetzt spürte sie nicht nur ihre Schultern, sondern auch ihre Hüften und den Nacken. Sie stützte ihren Kopf in beide Hände, rieb sich die Augen. Als sie sie wieder öffnete, schaute Beate sie weiterhin erwartungsvoll an.

»Du bist kein Traum. Du bist echt.«

»Abgesehen davon, dass ich tatsächlich in vielerlei Hinsicht ein echter Traum bin – so weit waren wir doch gestern Abend schon: Ich bin ein Geist, du siehst mich, und wir sind wirklich Schwestern. Du hast versprochen, mir zu helfen, meinen Mordfall aufzuklären.« Beate stemmte die Hände in die Hüften und blickte sich im Wohnzimmer um. »Außerdem hast du mir versprochen, die Bude hier aufzuräumen. Ich bin dummerweise nicht mehr dazu gekommen.«

»Nein. Das mit dem Aufräumen hab ich ganz sicher nicht gesagt.«

»War ein Versuch.« Beate zuckte mit den Schultern. »Aber jetzt hübsch dich auf und ran an den Tag.«

»Ich war nicht auf einen längeren Aufenthalt vorbereitet.« Josefine sah an sich herunter. Sie hatte in dem T-Shirt geschlafen, das sie gestern Morgen als Unterhemd angezogen hatte.

»Fühl dich frei und bediene dich an meinem Kleiderschrank. Was mir an deiner Länge fehlt, gleiche ich durch Umfang wieder aus. Irgendetwas Passendes wird sich finden lassen. Ich habe ein paar hübsche bunte Kleider. Die könntest du ausprobieren.«

Eine halbe Stunde später stand Josefine frisch geduscht und angezogen in der Küche. Nach langem Wühlen in pinken, gelben, türkis- und lilafarbenen Oberteilen und Hosen, deren luftig weite Beinschnitte an jeden Strand, aber weniger ins winterliche Titzelsee passten, hatte sie schließlich eine dunkelblaue Cordhose und einen hellblauen Rollkragenpullover aus den Stapeln gezogen. Klamotten, die an ihr ganz vernünftig saßen und in denen sie sich halbwegs wohlfühlte. Beate hatte sie zwar umgehend informiert, dass sie in dieser Kombi aussah wie die Chefsekretärin vom Dienst, aber genau das war ihre Absicht. Ordentlich und seriös. Auch wenn die Hose ein wenig zu kurz und der Pulli zu weit war. Damit würde sie leben müssen, wollte sie nicht in die verschwitzten Sachen von gestern steigen.

»Beate hatte fast den gleichen Pulli.« Candan Aydin hielt eine Hand über den Hörer, als Josefine die Agentur betrat, lächelte ihr freundlich zu und widmete sich wieder dem Telefonat.

»Selbstverständlich. Gerne. Ja, das klappt. Ein Weihnachtsmann plus zwei Helferwichtel. Siebzehn Uhr. Hintereingang der Firma. Die drei können unkostümiert erscheinen, damit die Überraschung zur Firmenfeier auch gelingt. Kein Problem. Ich habe alles notiert. Ihre Daten liegen mir vor. Die Rechnung wie im letzten Jahr an die Firma.« Zwischen den einzelnen Sätzen nickte sie, als könnte ihr telefonisches Gegenüber sie sehen und nicht nur hören. Dann beendete sie das Gespräch.

»Bald habe ich keine freien Termine mehr«, sagte sie halb zu ihrem Bildschirm und halb an Josefine gewandt.

»Das ist Beates Pulli«, erwiderte Josefine. »Sie war so nett und hat mir …« Sie unterbrach sich. »Ich war so frei und habe mir etwas geliehen.«

»Heißt das, Sie werden bleiben?« Josefine hörte die Hoffnung in Candan Aydins Stimme.

»Erst einmal.«

»Bis wir meinen Mörder gefangen haben.« Beate stand mit einem Mal neben Josefine. »Sag ihr das.«

»Nein, das werde ich nicht«, zischte Josefine zwischen den Zähnen hindurch in Beates Richtung.

»Also Sie bleiben nicht?« Candan Aydin wirkte verunsichert. Sie blickte zu Beate.

»Sieht sie mich?« Beate beugte sich vor, bis ihre Nase beinahe die ihrer Angestellten berührte.

»Nein. Sie wundert sich nur, wohin ich schaue.« Josefine hob beide Hände an die Ohren. »Sei still«, sagte sie in Beates Richtung.

Candan Aydin hob die Augenbrauen.

»Nicht Sie.«

»Alles in Ordnung?«

»Ja. Danke.« Josefine holte tief Luft, atmete langsam wieder aus. »Ich habe kaum geschlafen. Bitte entschuldigen Sie. Ich werde ein paar Tage bleiben …«

»Sag ich doch«, warf Beate ein. Josefine gelang es nur mit Mühe, sie zu ignorieren.

»Es gibt einige Fragen zu klären«, fuhr sie fort und kon-

zentrierte sich auf Beates Mitarbeiterin. Das Telefon klingelte erneut. Candan Aydin warf Josefine einen entschuldigenden Blick zu und nahm den Hörer ab.
»Ho! Ho! Ho! Die Leihnachtsmänner – was dürfen wir Ihnen bescheren?« Wieder hörte man das Lächeln in ihrer Stimme.
»Ah, hallo.« Das Lächeln verschwand und machte einem Tonfall des Bedauerns Platz. »Nein, wie ärgerlich.« Lauschen, heftiges Kopfnicken. »Aber ich bin allein hier und kann nicht ... nein, warte.« Sie nahm den Hörer vom Ohr und wandte sich an Josefine. »Das ist Bernhard. Er hat einen Platten am Wagen und müsste abgeholt werden. Könnten Sie das übernehmen?«
»Ich bin mit der Bahn angereist.«
»Kein Problem. Sie können mit Beates Auto fahren. Es steht im Hof. Der Schlüssel liegt hier.« Sie zeigte auf ihre Schreibtischschublade und hob den Hörer wieder hoch. »Alles geregelt, Berni, unsere neue Chefin kommt dich abholen. Bis gleich.« Sie beendete das Gespräch.

Josefine starrte sie an. Da war jetzt in sehr kurzer Zeit eine ganze Menge über ihren Kopf hinweggetrampelt wie eine Herde wild gewordener Rentiere. Erst hatte Candan Aydin sie als ihre neue Chefin bezeichnet, was sie definitiv nicht war. Denn das würde ja bedeuten, dass sie ins Leihnachtsmänner-Geschäft einsteigen und es nicht abwickeln würde. Da gab es eindeutig Klärungsbedarf. Außerdem hatte sie in ihrem Namen etwas zugesagt, ohne es mit ihr abzusprechen – was wiederum den ersten Punkt verkomplizierte. Und schließlich, und das war der entscheidende Punkt, hatte sie gerade gesagt, dass sie mit Beates Auto fahren und jemanden abholen sollte. Was das betraf, konnte sie der jungen Frau allerdings kaum einen Vorwurf machen, denn die ging natürlich davon aus, dass sie dazu in der Lage war. In der Theorie stimmte das auch. In der Praxis nicht. Weil sie zwar einen gültigen Führerschein besaß, aber seit fast acht Jahren nicht mehr selbst gefahren war. Nicht mit Absicht. Das Ganze war eher ein schleichender Prozess gewesen. Ihren uralten, aber sehr praktischen Kastenwagen hatte sie Lea bei deren Umzug in ihre Unistadt überlassen. Eigentlich mit der

Absicht, sich ein neues Auto zuzulegen. Stattdessen hatte sie ein E-Bike samt kleinem Lastenanhänger gekauft und kurvte seitdem damit durch die Stadt. Bei den überschaubaren Entfernungen brauchte sie kein Auto, und dank des guten Nahverkehrs galt das bei jedem Wetter. Wenn sie und Christian gemeinsam gefahren waren, hatte immer Christian am Steuer gesessen, schon weil es ja sein Auto und damit unantastbar war. Sie hatte nichts vermisst. Ganz im Gegenteil. Das viele Radfahren hielt sie fit, und für ihr Umweltgewissen konnte sie einen Pluspunkt verbuchen.

Candan Aydin zog mit Schwung die Schublade auf, nahm den Schlüssel und reichte ihn Josefine. Auf dem Filzanhänger in ursprünglich schreiendem, aber durch lange Nutzung angeschmuddeltem Türkis stand: »Merk dir, wo das Auto steht!«
»Der Wagen parkt hinten im Hof. Die Einfahrt ist etwas eng, und man muss zirkeln, aber es geht.« Sie zog eine Haftnotiz vom Block, notierte etwas darauf und klebte ihn in Leserichtung zu Josefine an den Rand ihres Schreibtischs. »Das ist Bernis Adresse. Der Wagen hat ein Navigationssystem. Meinen Sie, Sie kommen klar, oder soll ich Ihnen helfen?«

Das Telefon klingelte, Candan Aydin hielt die Hand darüber, ohne abzuheben, und schaute Josefine fragend an.

»Oh ja, fein. Ein Ausflug.« Beate klatschte hinter ihr in die Hände. Josefine zuckte zusammen. »Wir gehen Berni abholen. Vielleicht kann er mich ja sehen.«

Das Telefon klingelte wieder. Jetzt blinkte auch ein zweites Lämpchen an der Anlage. Josefine nahm das Post-it, griff nach ihrer Jacke und ging zur Eingangstür. Es war wie die Wahl zwischen Pest und Cholera. Entweder blieb sie hier und hielt Stallwache, was durch das brummende Geschäft eine anspruchsvolle Aufgabe wäre, oder sie stellte sich der Herausforderung einer Autofahrt. Das Einzige, was für die Cholera, also die Autofahrt sprach, war die Aussicht, für ein paar Minuten Ruhe vor Beate zu haben. Geister waren doch ans Haus gebunden, wenn sie sich nicht irrte.

»Nein. Du musst zuerst den Ort eingeben und dann den Straßennamen.« Beate fuchtelte mit den Fingern ihrer ausgestreckten Rechten vor dem Display des Navigationssystems herum. Gut. Vielleicht galt die Bindung ja an Haus und Hof, also an das Grundstück und nicht an die Mauern des Gebäudes. Josefine gab die Hoffnung nicht auf. Sie würde es herausfinden, sobald sie das Navi besiegt hatte und es ihr gelungen war, den Wagen zu starten und heil aus dem Hof zu bugsieren. Noch saß Beate quietschfidel neben ihr auf dem Beifahrersitz. Wobei sitzen der falsche Ausdruck war. Sie schwebte eher. Ohne den Sitz zu berühren, thronte sie mit übereinandergeschlagenen Beinen neben ihr. »Du kannst es aber auch lassen, und ich erkläre dir den Weg.«

Josefine tippte Titzelsee ein und versuchte, den Straßennamen zu entziffern. So aufgeräumt und organisiert Candan Aydin auch war, ihre Handschrift erinnerte an einen Haufen Ameisen, die sich nicht einigen konnten, in welche Richtung sie laufen wollten. Lautete die Adresse wirklich »Im Sackgrund«?

»Ja, das ist richtig«, sagte Beate und verdrehte die Augen, nachdem Josefine erfolglos mehrere alternative Varianten, die ihr glaubhafter erschienen, ausprobiert hatte. »Lass uns endlich losfahren. Worauf wartest du noch?«

Josefine sah sich um. Das fehlte noch. Nicht nur, dass sie seit acht Jahren nicht mehr hinter dem Steuer gesessen hatte. Ihr Auto, also der von Lea okkupierte Wagen, war ein Automatik gewesen. Dieser hier hatte ein Schaltgetriebe. Sie schloss die Augen, atmete tief ein und wieder aus und versuchte, sich zu erinnern. Das war doch wie Radfahren oder Schwimmen. Das verlernte man nicht.

»Meditierst du vor deinen Autofahrten, oder was wird das?« Beate wurde zusehends ungeduldiger. Josefine drehte den Zündschlüssel. Der Wagen machte einen Satz nach vorne und katapultierte Beate durch die Rückenlehne auf die Rückbank.

»Entschuldigung.« Josefine merkte, wie sich der Schweiß unter ihren Armen sammelte. »Ich bin lange nicht mehr gefahren.«

»Lange nicht mehr oder noch nie?« Beate glitt wieder nach vorne und bedachte sie mit einem strafenden Blick.

Josefine trat die Kupplung, drehte den Schlüssel erneut im Zündschloss und hörte erleichtert, wie der Motor ansprang. Das wäre geschafft.

»Rückwärtsgang rein, Kupplung langsam kommen lassen«, befahl Beate. Josefine schnaubte genervt, tat aber, wie ihr geheißen. Auf der einen Seite hatte sie keine Lust, sich von Beate herumkommandieren zu lassen, auf der anderen Seite war sie nun aber doch froh über die Unterstützung. Also alles in allem ein ganz normales Kleine-Schwester-große-Schwester-Ding. Mit dem Fuß auf der Kupplung gab sie Gas, der Motor heulte auf.

»Runter vom Gas! Da ist eine Wand!« Beate schrie und suchte Halt mit den Händen, was eher aussah, als ruderte sie durch die Armaturen.

»Reg dich nicht so auf. Du bist doch schon tot.« Trotzdem zog Josefine den Fuß zurück, setzte erneut und diesmal mit mehr Gefühl an, ließ die Kupplung schleifend kommen. Der Wagen rollte langsam vorwärts. Na also. Ging doch. Gelernt war gelernt. Es brauchte nur ein wenig Auffrischung.

Nach mehrfachem Hin und Her – »Du musst nach links einschlagen, nach lihinks!« – und Vor und Zurück – »Ich kann durch Wände gehen, das Auto kann das nicht!« – und zweimaligem Abwürgen des Motors – »Wenn du das noch öfter machst, folgt mein Auto mir bald in die Geisterwelt« – hatten sie es bis zur Ausfahrt des Hofes und auf die Straße geschafft. Langsam fuhr Josefine an, bremste sofort wieder, weil die Frontscheibe beschlug, und drückte den Knopf für die Lüftung. Nichts geschah.

»Ist kaputt. Ich wollte es reparieren lassen, bevor der Winter kommt, aber mir ist etwas dazwischengekommen.« Beate hob bedauernd die Schultern. Josefine beugte sich zum Handschuhfach hinüber und öffnete es in der Hoffnung, dort etwas zu finden, womit sie die Scheibe freibekommen konnte. Ein einzelner gestrickter, oranger Fäustling purzelte ihr entgegen.

Sie nahm ihn und wischte großzügig von links nach rechts und zurück, wobei der Handschuh eine Spur oranger Flusen auf der Scheibe hinterließ. Aber immerhin konnte sie jetzt etwas sehen, was bei ihrer ungeübten Fahrweise sicherlich von Vorteil war. Schweigend setzte sie die Fahrt fort. An der ersten roten Ampel wandte sie den Kopf zur Seite und betrachtete ihre Schwester, die neben ihr über dem Beifahrersitz schwebte.
»Was? Warum guckst du so?«
»Du bist noch da.«
»Ja. Und das ist auch gut so. Dich mit meinem Auto allein zu lassen, wäre der reine Wahnsinn.«
»Das meinte ich nicht.«
»Sondern? Willst du mich nicht dabeihaben?« Beate verschränkte die Arme vor der Brust. »Na, das ist ja super. Dass du ohne meine Hilfe das Auto überhaupt aufgeschlossen bekommen hast, grenzt doch schon an ein Wunder.«
»Nein. Nein. Ich dachte, du kannst das Grundstück nicht verlassen.«
»Hast du dich deswegen hierauf eingelassen? Um mich loszuwerden?«
»Weißt du, was du kannst?«
»Dich mal, oder wie? So langsam ist aber gut. Ich helfe dir, und du bist so –«
»Deine Regeln. Ich meine deine Regeln.« Die Ampel wurde grün. Josefine umklammerte mit beiden Händen das Lenkrad und beugte sich weit vor. Sie fuhr Schritttempo. In einer Dreißigerzone. Hinter ihnen bildete sich eine Schlange. »Du bist tot. Ein Geist. Du kannst nichts anfassen, durch Dinge gehen und dich durch Gedankenkraft umziehen. Du schwebst über dem Sitz. Was ich wissen will, ist, ob du weißt, was du kannst und was nicht. Dich außerhalb deines Hauses zu bewegen beziehungsweise abseits des Ortes, an dem du gestorben bist, funktioniert augenscheinlich, obwohl man immer liest, dass Geister an einen Ort gebunden sind.«
»Ach, papperlapapp. Geister. Das sind doch alles Märchen, die erfunden wurden, um Kindern Angst zu machen. Natürlich

weiß ich, was ich kann: nichts anfassen, durch Dinge gehen, mich durch Gedankenkraft umziehen, über dem Sitz schweben und mein Haus verlassen.«

»Was noch?«

»Wie, was noch?«

»Das sind alles Punkte, die du mit der Zeit gelernt hast, weil du sie tun wolltest und getan hast. Was ist mit den Dingen, die du noch nicht getan hast, weil es noch nicht notwendig war?« Josefine zeigte einem wild hupenden Autofahrer, der sie gerade überholte, einen Vogel. »Gedankenlesen zum Beispiel. Kannst du Gedanken lesen?«

»Nein. Kann ich nicht.«

»Und das weißt du einfach so, ohne es ausprobiert zu haben?«

»Seit etwa zweihundert Metern gilt hier fünfzig. Du darfst ruhig ein wenig mehr aufs Gas drücken, meine Liebe«, flötete Beate und winkte dem nächsten überholenden Autofahrer freundlich zu, spreizte dann die Finger ihrer Hand und klappte vier davon ein, sodass nur der mittlere stehen blieb. Josefines Frage ignorierte sie geflissentlich.

»Hast du etwa versucht, meine Gedanken zu lesen? Schon mal etwas von Privatsphäre gehört?«

»Vielleicht. Da hinten ist es übrigens.« Beate zeigte auf einen roten Sportwagen, der in einiger Entfernung am Straßenrand parkte. Ein weißbärtiger Mann stand daneben und trat gerade mit voller Wucht gegen den Reifen. Ohne ihn zu hören, konnte sich Josefine bildhaft vorstellen, welche Flüche er gerade ausstieß. Er hatte Beates Wagen noch nicht entdeckt und tobte. Sogar ein junger vorbeigehender Mann auf dem Bürgersteig schien eingeschüchtert und beeilte sich, da wegzukommen.

»Darf ich vorstellen«, Beate hob sich noch weiter aus dem Sitz und beugte sich leicht nach vorne: »Bernhard Rösner. Unser Ober-Leihnachtsmann.«

1

Die Rückfahrt zur Agentur ging schneller vonstatten. Das lag zum einen daran, dass Josefine sich mit jedem Meter sicherer fühlte. Zum anderen saß nun Bernhard Rösner neben ihr auf dem Beifahrersitz. Ein Mensch mit einem Körper aus Fleisch und Blut, der physikalischen Gesetzen unterlag. Zumal Bernhard Rösner mit sehr viel Körper aufwarten konnte. Obwohl er als Erstes den Beifahrersitz nach hinten geschoben hatte, berührten seine Knie das Handschuhfach. Die schlohweißen Haare stießen an das Wagendach, und sein Bart bauschte sich vom Kinn hinab bis zur Mitte des stattlichen Bauches. Den fröhlichen Falten nach, die sein Gesicht überzogen, schätzte Josefine ihn auf Ende sechzig, Anfang siebzig. Insgesamt übte er, wie Josefine erstaunt feststellte, eine ungeheuer beruhigende Wirkung auf sie aus. Wenn sie zudem noch den Blick in den Rückspiegel vermied, um nicht sehen zu müssen, wie ihre Schwester über Rücksitz und Ladefläche mäanderte, ab und an ihre Beine hinten durch die Heckklappe und ihren Kopf durch das geschlossene Seitenfenster streckte oder wie ein Cabriosurfer mit ausgestreckten Armen und jauchzend aus dem Wagendach ragte, dann ging es. Wobei schneller nicht schnell bedeutete. Aber immerhin zuckelte sie jetzt nicht mehr mit Tempo zwanzig, wo sie fünfzig fahren durfte, durch die Straßen, sondern blieb immer nur knapp zehn Stundenkilometer unter der erlaubten Geschwindigkeit. Noch zwei, drei Fahrten mehr, und sie würde wieder wie früher fahren.

»Sie sind also Beates Schwester«, unterbrach Bernhard Rösner ihre Konzentration. »Wer hätte das gedacht.«

Josefine musterte ihn kurz.

»Und Sie sind der oberste Leihnachtsmann, wenn man so will«, entgegnete sie. Ihm jetzt die verwandtschaftlichen Zu-

sammenhänge zu erklären, würde ihre Fahrkünste überfordern. Außerdem wollte sie ihn erst einmal einschätzen können, bevor sie mit privaten Details bei ihm hausieren ging.
»In der Not ist der Einäugige König«, entgegnete er. Josefine warf ihm einen schnellen Seitenblick zu. Sie hatte gerade beschlossen, ihn nicht auf seinen Fehler aufmerksam zu machen, als er dröhnend loslachte. Er zwinkerte ihr zu und rieb sich über die Beine.
Josefine lächelte gezwungen. Sprichwörter verdrehen war nicht gerade ihre Art von Humor.
»Wie kommt man auf die Idee, das zu machen?«
»Wenn man so aussieht wie ich«, er machte eine kleine Pause, deutete in einer Bewegung von seinen Haaren bis zu seinem Bauch, »dann kommt man als Elf nicht ganz so glaubhaft rüber.« Er lachte wieder. Diesmal klopfte er sich auf die Schenkel.
Josefine fokussierte einen Wagen, der sich von rechts der Kreuzung näherte, auf die sie gerade zurollte.
»Was haben Sie vorher gemacht?« Sie bremste zehn Meter vor der Kreuzung. »Also vor den Leihnachtsmännern?«
»Ich hatte einen Kiosk. Das wurde aber mit zunehmendem Alter immer anstrengender. Da habe ich etwas gesucht, was mir Spaß machte und bei dem ich mich auf die Dinge konzentrieren konnte, die mir wirklich etwas bringen.«
»Die Begegnung mit Menschen?« Josefine beschleunigte, nachdem ihr klar wurde, dass sie Vorfahrt hatte.
»So kann man das auch ausdrücken. Ja.« Er wandte ihr den Kopf zu. »Mit netten Menschen wie Ihnen. Auf jeden Fall muss ich mich bedanken, dass Sie in den Wagen gestiegen sind und mich abgeholt haben. Oder wie ich immer sage: Besser ein Ende mit Schrecken als Arm ab.«

»Auf die Minute pünktlich«, sagte Candan Aydin, als sie um kurz vor elf die Agentur betraten. Sie reckte sich zur Türglocke hoch, schob einen Schalter nach links. Das »Ho! Ho! Ho!« erklang. Sie schüttelte den Kopf. »Ich lerne es nie«, sagte sie

lachend und schob den Schalter in die andere Richtung. »Jetzt haben wir Ruhe und können gleich anfangen.«
»Womit anfangen?«
»Mit unserer Teamsitzung. Eigentlich wäre die erst Anfang nächster Woche dran gewesen, aber da nicht klar ist, wie lange Sie bleiben, habe ich sie vorgezogen. Ich dachte, dann können wir alles Wichtige besprechen und außerdem Ihre Fragen beantworten. Bärbel müsste auch jeden Moment hier sein.« Sie wies einladend auf einen kleinen Tisch, auf dem neben vier Tassen jeweils ein Block mit Kugelschreiber und in der Mitte ein Teller mit Keksen stand. Erst jetzt bemerkte Josefine den durchdringenden Kaffeeduft im Raum.
»Bärbel?« Den Namen hatte Josefine bereits gehört, aber vergessen, in welchem Zusammenhang. Sie wusste nicht genau, was sie von der Situation halten sollte. Auf der einen Seite schätzte sie Menschen, die die Initiative ergriffen, Dinge in die Hand nahmen und gut organisierten. Und das tat Candan Aydin ohne Zweifel. Andererseits wurde sie damit erneut vor vollendete Tatsachen gestellt, ohne ein einziges Wörtchen mitreden zu können. Das gefiel ihr ganz und gar nicht.
»Hach, Cancan ist ein Schatz.« Beate strahlte. Ich wüsste gar nicht, was ich ohne sie machen würde. Zahlen sind wie eine Fremdsprache für mich, die ich weder verstehe noch sprechen kann. Und der ganze Orgakram erst.
»Bärbel Rosenbusch. Unsere Märchenerzählerin.«
»Sie ist aber keine Festangestellte?«
Candan Aydin und Bernhard Rösner wechselten einen schnellen Blick. Candan Aydin schob kurz das Kinn vor. »Nein. Sie ist eine freie Mitarbeiterin. Aber sie war eine sehr gute Freundin von Beate.«
»Ja. Und?« Josefine hob fragend eine Augenbraue.
»Nichts und«, brummte Bernhard Rösner. »Bärbel hat keine Festanstellung, aber ohne sie wäre der Laden hier sicher nicht so rundgelaufen.«
Die Frau, die in diesem Moment die Agentur betrat, war Josefine auf Anhieb sympathisch. Sie strahlte eine ruhige Freund-

lichkeit aus, die den Raum füllte. Unaufgeregt zog sie ihren Mantel aus und hängte ihn auf, begrüßte Candan Aydin und Bernhard Rösner und blieb dann vor Josefine stehen.
»Sie sehen Ihrer Schwester sehr ähnlich«, sagte sie in einer Mischung aus Freude und Trauer und streckte ihre Hand aus.
»Mein Beileid.«
Josefine ergriff die Hand. Sie fühlte sich warm und kräftig an. Beate war dicht neben Bärbel Rosenbusch getreten. Sie hob die Hand, versuchte, sie zu berühren. Es sah aus, als wollte sie ihr über die Wange streichen. Als es ihr nicht gelang, wandte sie sich frustriert ab und verschwand in der Requisitenkammer.
»Danke. Auch Ihnen mein Beileid«, erwiderte Josefine. Diese Frau hatte als enge Freundin ihrer Schwester mehr Grund zu trauern als sie, die diesen Menschen gar nicht gekannt hatte.
»Wollen wir dann mal loslegen?« Candan Aydin ging zum Besprechungstisch, zog einen der vier Stühle hervor und setzte sich. »Es gibt einige Punkte, die wir klären müssen. Unsere Auftragsbücher sind voll, und ich könnte noch mehr annehmen, wenn wir mehr Leute hätten.«
Josefine trat ebenfalls an den Tisch, blieb aber zunächst stehen und wartete, bis Bernhard Rösner und Bärbel Rosenbusch Platz genommen hatten. Erst dann setzte sie sich und ergriff sofort das Wort.
»Ich wusste nicht, dass Frau Aydin so freundlich war, Sie beide heute Morgen hierherzubestellen. Deswegen bin ich leider nicht vorbereitet. Aber es ist sicherlich sinnvoll, wenn ich Sie kurz darüber informiere, wie meine Pläne für das weitere Vorgehen mit der Agentur sind. Wie Frau Aydin gerade sagte, gibt es ja eine Menge zu tun.«
»Machen Sie sich mal keine Sorgen, Frau Jeschiechek.« Bernhard Rösner strich sich in einer Bewegung über Bart und Bauch. »Wir haben das gut im Griff. Candan macht die Organisation und die Finanzen, ich koordiniere die Darsteller, und Bärbel steht uns mit gutem Rat zur Seite. Alles wie gehabt. Die Agentur ist bestens aufgestellt.«
»Was ist die Aufgabe meiner Schwester?« Josefine schaute

in die Runde. Dann ergänzte sie rasch:»Gewesen. Was ist ihre Aufgabe gewesen?«
»Beate war immer eher für den kreativen Teil zuständig. Sie kümmerte sich um die Kostüme, ließ sich Texte einfallen und solche Sachen.« Bernhard Rösner rückte seinen Stuhl zurecht und wischte mit der flachen Hand einen imaginären Krümel von seinem Brustkorb. Josefine betrachtete ihn nachdenklich, bevor sie sich an Candan Aydin wandte.
»Inwieweit hatte meine Schwester mit den Finanzen zu tun?«
»Sie wusste über alles Bescheid. Ich habe ihr immer alle Zahlen vorgelegt«, erklärte Candan Aydin eifrig.»Und natürlich erklärt.«
Josefine nickte. Das passte in das Bild, das sie so langsam von ihrer Schwester bekam. Sie überlegte, wie sie den nächsten Satz am besten formulieren sollte.»Beate hat sich also bei der Leitung der Agentur vollkommen auf Ihre Zuarbeit verlassen können?«
»Richtig.« Bernhard Rösner beugte sich vor, öffnete den Mund, sprach aber nicht weiter. Er schloss den Mund wieder und presste die Lippen aufeinander.
»Dafür bedanke ich mich bei Ihnen dreien sehr herzlich. Ich bin sicher, dass Ihre Zusammenarbeit mit Beate sehr gut war und Sie Beate in vielen Punkten unterstützt haben, damit hier alles glattlief.« Josefine blickte jedem Einzelnen kurz in die Augen. Dann schob sie ihren Stuhl zurück, stand auf und ging ein paar Schritte. Niemand sagte etwas.»Ich will ganz ehrlich zu Ihnen sein. Als ich von meinem Erbe erfuhr, war mein erster Gedanke: ›Verkauf den ganzen Laden möglichst schnell.‹ Jetzt, wo ich hier bin und um einiges mehr weiß, hat sich das geändert. Ich habe mich noch nicht entschieden, was auf lange Sicht mit der Agentur passieren wird. Gestern konnte ich ja schon einen Blick auf die Zahlen werfen, und die sind, genau wie die Auftragsbücher, erfreulich. Insofern werde ich hier auf keinen Fall einfach morgen die Tür zuschließen. Die Weihnachtssaison ist gesichert. Danach sehen wir weiter. Ein

Verkauf ist in meinen Augen auch weiterhin eine Option. Es kommt darauf an, wie es sich entwickelt. Vorerst jedenfalls sind Ihre Jobs gesichert, und ich bleibe für eine Weile hier.«

Dass dabei ihr Versprechen an Beate, deren Mörder zu finden, eine nicht unerhebliche Rolle spielte, behielt sie lieber für sich.

»Ich möchte mich gerne noch tiefer in die Materie einarbeiten, herausfinden, was jeder Einzelne von Ihnen macht und wie das Geschäft im Detail funktioniert. Diese Kenntnis brauche ich in jedem Fall für meine Entscheidung.« Sie setzte sich wieder zu den anderen. »Allerdings bin ich weniger der kreative Typ. Bunte Kostüme sind nicht meine Stärke. Eher schwarze Zahlen.« Sie lächelte in die Runde. »Wir werden die Aufgaben also etwas anders verteilen müssen. Vielleicht haben Sie Ideen oder Vorschläge?«

Schweigen.

Candan Aydin sah sie erwartungsvoll an, trank einen Schluck Kaffee, goss sich aus der Thermoskanne nach und kaute auf ihren Wangen herum.

Bernhard Rösner knetete seine Hände, die er vor sich auf dem Tisch gefaltet hatte, und zog an seinen Fingern, bis sie knackten.

Bärbel Rosenbusch betrachtete Josefine, wie eine stolze Mutter ihr Kind ansieht. Ihre Mundwinkel umspielte ein Lächeln, dann schaute sie von Bernhard Rösner zu Candan Aydin und wieder zu Josefine. Sie war diejenige, die schließlich das Schweigen brach.

»Bisher waren wir es alle gewohnt, sehr selbstständig zu arbeiten. Beate hat uns große Freiheiten gelassen. Sie scheinen mehr Wert auf ...«, sie suchte nach einem passenden Wort, »... mehr Wert auf den Gesamtüberblick zu legen.«

Bernhard Rösner schnaubte. Er entknotete seine Finger. »Sagen wir es doch, wie es ist. Sie möchten die Kontrolle haben.«

Josefine hielt seinem Blick stand. Wenn sie die Situation und ihn richtig einschätzte, war er mit der Entwicklung der Dinge nicht glücklich. Sie fragte sich, weshalb. Gefielen ihm Veränderungen grundsätzlich nicht, oder hatte er Schwierigkeiten damit, sich von einer Frau etwas sagen zu lassen? Vielleicht eher Letzteres. Sein Alter und die ehemalige Selbstständigkeit wären dafür eine mögliche Erklärung, wenn auch keine Entschuldigung. Aber er war ein Weihnachtsmann-Darsteller wie aus dem Bilderbuch. So jemanden im Team zu haben, war sicherlich eine sehr gute Sache – so jemanden schon bei der ersten Begegnung zu verärgern, keine gute Idee.

»Keine Kontrolle. Einblick.« Sie lächelte ihn an. »Jemand mit Ihrer Erfahrung braucht sicherlich keinen Laien, der ihm sagt, wo es langgeht. Aber Sie verstehen bestimmt auch, dass ich wissen muss, wo die Agentur steht, um für uns alle die richtige Entscheidung zu treffen. Ich vertraue da auf Sie und hoffe auf Ihre Unterstützung.« Sie wandte sich an Candan Aydin. »Und auf Ihre natürlich auch. Ich habe ja gesehen, wie sorgfältig Sie arbeiten. Gibt es noch irgendwelche Unterlagen, die mir weiterhelfen könnten? Hatte Beate einen Kalender, den ich mir ansehen kann?«

»Sie hatte einen Terminkalender. Aber den hat die Polizei.« Candan überlegte kurz. »Ihr Diensthandy hat sie leider verloren. Das war aber schon vor ihrem ...« Sie zögerte. »Bevor sie gestorben ist, oder Bernhard?« Sie schaute ihren Kollegen fragend an. Bernhard Rösner nickte.

»Als wir das letzte Mal zusammen unterwegs waren, hat sie es schon gesucht.« Er lächelte wehmütig. »Beate hat alles Mögliche an den unmöglichsten Orten vergessen und verloren. Das war ganz typisch für sie.«

»Wir hätten es gefunden, wenn es hier gewesen wäre. Mit dem großen Siebzigerjahre-Blumenaufkleber ist es nicht zu übersehen.« Candan hob bedauernd die Schultern. »Aber es gibt noch ein paar Ordner, die ich Ihnen zeigen kann. Unsere Lieferanten und die Anfänge einer gezielten Kundenakquise. Vielleicht sind sie nützlich für Sie.«

»Wir beide werden uns wunderbar ergänzen, wenn wir ...« Josefine sprach nicht weiter, weil die Eingangstür aufschwang und zwei Männer die Agentur betraten.

»Frau Jeschiechek?«, fragte der eine der beiden in das letzte »Ho!« hinein. Josefine stand auf und ging zu ihnen.
»Ja?«
»Guten Tag. Mein Name ist Eichner. Mein Kollege Heech und ich sind von der Mordkommission und mit den Ermittlungen zum Tod Ihrer Schwester betraut. Frau Aydin hat uns informiert, dass Sie eingetroffen sind. Wenn es möglich ist, würden wir uns gerne mit Ihnen unterhalten.«
»Selbstverständlich.« Josefine blickte über ihre Schulter hinweg nach hinten zu den dreien am Tisch. »Wir haben gerade eine Teamsitzung.« Sie wandte sich wieder den Polizisten zu und umfasste mit einer Geste den Raum. »Wie Sie sehen, ist der Platz hier begrenzt. Ist es in Ordnung, wenn meine Kolleginnen und der Kollege hierbleiben?«
»Wir möchten gerne allein mit Ihnen sprechen, Frau Jeschiechek. Gibt es eine Möglichkeit?«, fragte Heech.
Josefine nickte, griff nach ihrer Tasche und ging zur Tür, die in den Hausflur führte. »In der Wohnung oben sind wir ungestört.«
Sie betraten den Flur und stiegen die Treppe hinauf. Oben schloss Josefine die Wohnung auf und ließ den beiden den Vortritt. Siedend heiß fiel ihr ein, dass sie heute Morgen alles so gelassen und nicht aufgeräumt hatte. Na wunderbar. Was für einen Eindruck würde die Polizei von ihr bekommen? Sie beschloss, nichts darauf zu geben. Schließlich war es nicht ihre Wohnung, sie hatte sich nichts vorzuwerfen. Vergeblich. Die Situation machte sie nervös. Man hatte halt nicht jeden Tag mit der Mordkommission zu tun. Außerdem erinnerte Eichner sie in seinem Auftreten an Christian, und auch das trug nicht gerade zu ihrer Entspannung bei.
»Was möchten Sie denn mit mir besprechen?«, fragte sie, während sie mit raschen Handgriffen die Flaschen und das Glas vom Wohnzimmertisch räumte und die Decken auf dem Sofa zusammenfaltete. »Sie müssen entschuldigen. Ich war nicht darauf vorbereitet, hier zu übernachten. Das ist die Wohnung meiner Schwester. Ich bin erst gestern angekommen.«

Eichner und Heech nickten unisono.

»Das wissen wir.«

Josefine lachte unsicher und ärgerte sich im gleichen Augenblick über sich selbst. Natürlich wussten sie das. Vermutlich kannten sie auch diese Wohnung. War es nicht so, dass die Polizei die Wohnung eines Mordopfers durchsuchte, auch wenn sie nicht der Tatort gewesen war? Sie räusperte sich und straffte den Rücken. »Ich vermute, Sie möchten mit mir über den Mordfall sprechen. Wie ist denn der Stand der Dinge? Haben Sie schon einen Verdächtigen?«

Eichner und Heech wechselten einen Blick, bevor Heech erklärte: »Wir sind noch mitten in den Ermittlungen.«

»Sie sind die Schwester von Frau Silberzier. Ist das richtig?«, übernahm Eichner das Gespräch.

»Ja. Aber das weiß ich erst seit Kurzem.«

»Vorher hatten Sie keinen Kontakt zu Frau Silberzier?«

»Was?« Josefine schob die Brauen zusammen. Was war das denn? Ein Verhör? »Wie soll ich denn Kontakt zu jemandem haben, von dem ich nicht weiß, dass es ihn gibt? Außerdem wohne ich fast fünfhundert Kilometer entfernt. Da läuft man sich auch nicht zufällig über den Weg.«

»Wie haben Sie denn von Ihrem Erbe erfahren?«

»Ein Erbenermittler hat mich ausfindig gemacht. Aber darüber sind Sie doch sicher informiert.«

»Wir stellen gerne persönlich unsere Fragen, Frau Jeschiechek.« Heech kratzte sich am Ohr. Wie beiläufig fragte er: »Und Ihr Verwandtschaftsverhältnis ist wie?«

»Sie ist meine Schwester. Halbschwester«, korrigierte sie sich sogleich. Bei diesen beiden musste man es genau nehmen. »Wir haben denselben Vater.« Sie verstummte und blickte von einem zum anderen.

In der Wohnung hörte man nichts außer dem Ticken der Küchenuhr.

»Denken Sie etwa, ich hätte meine Schwester umgebracht?« Beinahe hätte sie gelacht. Dieser Gedanke war zu abstrus. Aber die beiden machten nicht den Eindruck, Großmeister des Humors zu sein. Ganz im Gegenteil. Sie wirkten eher frustriert. Was ja, wenn sie es sich recht überlegte, auch kein Wunder war. Beate war seit mehr als sechs Wochen tot, und augenscheinlich gab es noch keinen nennenswerten Ermittlungserfolg. Wieder schauten die beiden sich an.

»Wir möchten Ihnen mitteilen, dass die Rechtsmedizin die Leiche freigegeben hat, das Beerdigungsinstitut wurde informiert. Sie können Ihre Schwester nun bestatten.« Eichner deutete eine knappe Verbeugung an, ging aber mit keinem Wort auf Josefines Frage ein. »Mein Beileid«, ergänzte er.

»Wenn wir weitere Fragen haben, können wir Sie hier finden?« Heech wandte sich bereits wieder in Richtung Wohnungstür.

»Ja. Ich bleibe einige Tage.« Josefine blieb stehen und beobachtete, wie die beiden die Wohnung verließen.

»Das war ja nicht sonderlich ergiebig«, tönte es neben Josefine. Sie schreckte zusammen. Beate stand so dicht neben ihr, dass ein Teil ihrer Schulter in ihrem Oberarm verschwand. »Die haben keinen Schimmer, wer hierfür verantwortlich ist.« Beate deutete bei dem Wort auf sich. »Und da heißt es immer ›die Polizei, dein Freund und Helfer‹. Pustekuchen.«

Josefine trat einen Schritt zur Seite. »Dabei gibt es bestimmt Verdächtige«, sagte sie halb zu sich und halb an ihre Schwester gewandt.

»Denkst du?«
»Ja.«
»Wen?«
»Erst einmal ist jeder verdächtig, der dich kennt.«
»Du schaust definitiv zu viele Krimis.«
»Zum Beispiel Bernhard Rösner. Er scheint mir vielschichtiger zu sein, als sein Aussehen vermuten lässt.«
»Ach was, Bernhard ist nicht nur ein Kollege, sondern auch ein guter Freund. Und überhaupt.« Beate breitete die Arme aus. »Meine Freunde würden mir niemals so etwas antun.«
»Da bist du sicher?«
»Ganz sicher.« Beate nickte heftig. »Und ich möchte auch

nicht weiter darüber nachdenken. Denn es ist etwas Schreckliches passiert.«
»Was?«
»Der Bestatter. Er hat sich eben bei Cancan gemeldet.«
»Das ist doch gut.«
»Nein, ist es nicht.« Beate umklammerte ihren Oberkörper mit beiden Armen. »Oder wie fändest du die Vorstellung, dass dich jemand unter die Erde bringen will?«

10

»Wieso nehmen wir bei dem Wetter nicht das Auto?« Beate ging mit hochgezogenen Schultern schräg hinter Josefine und machte ein verfrorenes Gesicht. Dichte Schneeflocken fielen durch sie hindurch auf die Straße.
»So eine kurze Strecke mit dem Auto zu fahren, ist eine Umweltsünde. Ich habe nachgeschaut. Keine drei Kilometer. Ein Klacks und für die Gesundheit ein Segen.«
»Du kannst sicher nachvollziehen, dass das nicht meine oberste Priorität ist.« Beate trat nach einer leeren Dose am Wegesrand. Die Dose rührte sich keinen Millimeter.
»Warum kommst du denn überhaupt mit?«, fragte Josefine. Sie hatte eine gestrickte Mütze ihrer Schwester tief in die Stirn und über beide Ohren gezogen und presste ab und an ihre Finger ans Ohr. So sah sie aus wie eine ganz normale Frau, die ein ganz normales Telefongespräch über In-Ear-Kopfhörer führte. Und nicht wie eine Frau, die in Begleitung des Geistes ihrer toten Schwester über die Straße lief und mit ihr stritt.
»Es ist schließlich meine Beerdigung. Da möchte ich gerne ein Wörtchen mitreden.«
»Ich dachte, du willst lieber nicht ›unter die Erde gebracht werden‹«, zitierte Josefine ihre Schwester.
»Will ich auch nicht. Aber wenn ich dich da allein hingehen lasse, machst du, was du willst, und nicht, was ich will.«
»Weißt du denn, was du willst?«
»Nicht unter die Erde.«
Josefine ging schweigend weiter. Sie zog die Mütze tiefer und schlug den Mantelkragen hoch. Das Schneetreiben wurde dichter, der Wind eisiger. Trotzdem war sie froh, sich zu Fuß auf den Weg gemacht zu haben. Die Bewegung tat ihr gut. Die kalte Luft machte ihren Kopf klar, half ihr, die Gedanken zu sortieren.

»Hast du Feinde?«, fragte sie, blieb unvermittelt stehen, drehte sich zu Beate um und ging rückwärts weiter.
»Was meinst du mit ›Feinde‹?«
»Menschen, die dir Böses wollen. Die dich hassen. Jemand, der dich so hasst, dass er dich getötet hat.«
»Ich bin beliebt. Niemand hasst mich.«
»Einer schon.« Sie drehte sich wieder zurück in Laufrichtung. »Wir sollten diese Sache systematisch angehen: Wer hatte ein Motiv für den Mord? Wer hatte die Gelegenheit dazu? Fangen wir in deinem direkten Umfeld an. Da gibt es Candan Aydin, Bernhard Rösner, Bärbel Rosenbusch.«
»Aber das ist doch alles Blödsinn. Die sind meine Freunde, fast so etwas wie meine Familie.« Beate überholte Josefine und wandte sich ihr zu. Allerdings ging sie nicht rückwärts, sondern schwebte, ohne ihre Beine zu bewegen.

Josefine bemühte sich, dieses Verhalten zu ignorieren. Bisher hatte Beate sich, wenn sie nicht gerade durch Möbel und Wände ging, wie ein Mensch bewegt. Ein Umstand, der Josefine sehr zupasskam. Diese Geisterschwebenummer hingegen war gar nicht gut für ihr Selbstbild von einer Frau mit gesundem Verstand.

»Das eine schließt das andere nicht aus.« Josefine schob die Hände in die Manteltaschen. Sie hätte sich Handschuhe einpacken sollen. »Wen gibt es noch? Was ist mit den ganzen Aushilfsdarstellern?«

Beate zuckte mit den Schultern. »Ich sehe sie kaum. Cancan erledigt die Terminbuchungen, Bernhard ist für die Auftritte zuständig. Zu mir kommen sie nur, wenn sie die Kostüme abholen. Und dann haben wir immer viel Spaß.«

»Was ist mit Freunden und Kontakten deines Teams?«
»Bernhard ist alleinstehend. Er hatte zwischendurch mal eine Freundin, aber das hat sich schon wieder erledigt. Cancan hat einen festen Freund, Lennart. Er kommt sie manchmal nach Feierabend abholen. Ein netter junger Mann. Sie wohnen zusammen. Ich kann mir gut vorstellen, dass da bald die Hochzeitsglocken läuten. Bärbel ist verheiratet. Ihre Frau heißt

Svenja. Wir sind uns auf Partys und bei anderen Gelegenheiten begegnet, aber ich kenne sie nicht gut.«
»Du bist also von lauter netten Menschen umgeben, die dich sehr liebhaben. Dumm nur, dass das bei einem dieser netten Zeitgenossen nicht stimmen kann. Denn sonst wärst du jetzt nicht in dieser Situation.« Josefine hatte mit jedem Wort lauter gesprochen. Die Einstellung ihrer Schwester ging ihr an die Nerven. Was war das? Naivität oder Ignoranz? Oder beides? Weil nicht sein konnte, was nicht sein durfte? Eine Passantin blieb kurz stehen, sah sie kopfschüttelnd an und ging dann weiter. »Du kannst die Augen nicht davor verschließen, dass jemand dich getötet hat.«
»Vielleicht war es ein Zufall? Vielleicht bin ich das Opfer eines Psychopathen geworden?«
»Du meinst, jemand, der rumläuft und wahllos alte Frauen tötet?«
»Jemand Altes zu ermorden – das ist doch wie putzen, bevor die Putzfrau kommt. Außerdem bin ich nicht alt.«
»Du bist nicht alt, du bist tot.« Sie fuhr die Lautstärke wieder herunter, zog ihr Handy aus der Manteltasche und schaute auf die Wegbeschreibung. Nur noch ein paar hundert Meter.
»Wir müssen die Perspektive wechseln. Hinter die Fassaden schauen. Nehmen wir Candan Aydin. Sie hat die komplette Kontrolle über dein Geld. Wer sagt dir, dass das alles korrekt abläuft? Auf den ersten Blick sehen die Zahlen sauber aus, aber das bedeutet nicht, dass nicht irgendwelche krummen Dinger hinter deinem Rücken abgelaufen sind. Oder dein Oberweihnachtsmann Bernhard Rösner. Er lässt sich nicht gerne in die Karten schauen. Das hat er heute Morgen mehr als deutlich gemacht. Warum denn nicht? Was verbirgt er? Und zum guten Schluss deine Freundin Bärbel: Was, wenn ihr euch gestritten habt, und dann ist der Streit eskaliert? Alles ist möglich, Beate. Man darf niemandem trauen. Der Mensch, der dir am nächsten steht, von dem du dachtest, du könntest auf ihn zählen, kann dir im nächsten Moment das sprichwörtliche Messer in den Rücken stechen.« Josefine blieb stehen. Sie spürte, wie sie

am ganzen Körper zitterte, obwohl sie nicht fror. Beate blieb ebenfalls stehen. Sie trat so dicht zu Josefine, dass die glaubte, im nächsten Moment eine Berührung fühlen zu können.

»Ich weiß nicht, was bei dir im Leben schiefgelaufen ist, dass du so denkst, wie du denkst. Dass du jedem Menschen misstraust, der dir begegnet. Warst du immer schon so? Oder hat dich jemand so verletzt, dass du nicht anders kannst? Ich hoffe es für dich. Denn dann gibt es Hoffnung. Diese Menschen, denen du da Motive für einen Mord an mir unterstellst, sind meine Freunde. Ich glaube an das Gute im Menschen. Da unterscheiden wir uns wohl.«

Beate glitt an ihr vorbei in die Richtung, aus der sie gekommen waren. Als Josefine ihr nachsah, konnte sie keine Spur von ihr entdecken.

Das Bestattungsinstitut war in einer alten Tankstelle untergebracht. Auf dem Dach des weiß gekachelten Hauptgebäudes ruhte ein weit ausladendes, geschwungenes Vordach. Dort, wo einmal die Zapfsäulen gewesen sein mussten, ragten nur noch zwei ebenfalls kachelweiß glänzende Säulen empor. Das Dach schien über ihnen zu schweben. Durch die bodentiefen Fenster konnte Josefine schon im Vorbeigehen ins Innere des Gebäudes blicken. An der Stirnseite trug ein schlichtes Stahlregal mehrere Särge neben- und übereinander. Sie erkannte die feinen Maserungen an dunklen Holzsärgen und die leicht spiegelnden Oberflächen der lackierten Exemplare. Sie mochte es, wie die Särge offen und für alle sichtbar präsentiert und nicht hinter schweren Vorhängen vor den Blicken und Gedanken der Lebenden verborgen wurden.

Sie erinnerte sich an das Bestattungsinstitut, in dem ihre Eltern die eigene Beerdigung lange vor ihrem Tod bis ins Kleinste abgesprochen, vertraglich geregelt und natürlich auch bezahlt hatten. Dunkle, kleine Räume, die ihr die Luft zum Atmen und die Fähigkeit zu trauern genommen hatten. Während sie dort der Bestatterin gegenübergesessen und mit ihr gesprochen hatte, wünschte sie sich mehr als einmal, es wäre nicht alles seit

Jahren festgeschrieben. Jedes Lied bei der Trauerfeier, der Blumenschmuck, der Text der Traueranzeige. War eine Trauerfeier nicht mehr für die Hinterbliebenen denn für die Toten gedacht? Sollte sie nicht die Möglichkeit bieten, auf ganz persönliche Art und Weise Abschied zu nehmen? Aber sie verstand auch ihre Eltern, die sie nicht hatten belasten wollen, so wie sie ihren Kindern am liebsten nichts von dem aufbürden wollte.

Sie schüttelte sich vor dem Eingang den Schnee von Mütze und Mantel und stampfte das Eis aus den Schuhsohlen. Sie legte die Hand auf die Klinke, drückte die Tür auf und betrat das Bestattungsinstitut. Eine angenehme Wärme und flirrende Stille umfingen sie.

Beate trat von hinten an sie heran. »Vergiss den Streit von eben. Es tut mir leid. Du hast recht. Einer muss es schließlich getan haben.«

Josefine senkte den Kopf, ohne sich umzudrehen. »Nein. Du hattest recht. Ich bin zu misstrauisch. Vor allem seit der Sache mit Christian. Es tut mir leid.«

»Alles vergeben und vergessen. Vielleicht sollten wir lieber woanders hingehen? Irgendwohin, wo wir mehr Spaß haben? Wir müssen das hier nicht machen.« Beate schwebte ein Stück näher zur Tür hin.

Josefine musterte sie von oben bis unten. Ihre Schwester hatte sich umgezogen und steckte in einem grünen Filzkostüm. Hätte man ein Kind gebeten, einen Tannenbaum zu malen, wäre das vermutlich das Ergebnis gewesen. Rechts und links jeweils drei geschwungene Zacken, die die Zweige darstellen sollen. Unter dem obersten Paar ragten ihre Oberarme hervor, in der Mitte der Baumspitze ließ ein rundes Loch Platz für das Gesicht. Oben hatte jemand einen Stern aus metallisch glänzendem Goldstoff festgetackert. Kreise und kleinere Sterne aus dem gleichen Stoff, aber in Rot, Silber und einem helleren Grün klebten überall auf dem Filz. Einige lösten sich an den Rändern. Beates Beine steckten in braunen Strumpfhosen und Wanderschuhen.

»Findest du das passend?« Sie wies auf Beates Aufmachung.

»Als Weihnachtsbaum? Dein Ernst? Oder willst du mir damit etwas sagen? Planst du eine Waldbestattung?«

»Ich plane gar keine Bestattung.« Der Weihnachtsbaum mit dem Gesicht ihrer Schwester verschränkte die Arme. »Mir gefällt dieser Gedanke überhaupt nicht. Wer weiß, was dann passiert? Vielleicht verschwinde ich endgültig? Einfach so? Puff und weg?«

Josefine sah sie schweigend an. Beate erwiderte den Blick.

»Nein, nein, nein.« Beate schüttelte den Kopf, wandte sich ab und stapfte durch die Fenster hinaus und über die Kundenparkplätze. Vor einem Lastenfahrrad mit außergewöhnlich langer Ladefläche blieb sie kurz stehen und kehrte dann um. »So einfach ist das nicht«, sagte sie, als sie wieder bei Josefine angekommen war. Sie zeigte anklagend auf die gestapelten Särge. »Möchtest du in so einer Kiste liegen, den Deckel anstarren und darauf warten, dass du langsam verfaulst? Oder schlimmer noch«, sie reckte beide Arme in die Luft, was dem Baumkostüm ein seltsam verdrehtes Aussehen verlieh, »verbrannt werden?« Sie ließ die Arme sinken. »Kommt gar nicht in Frage. Nicht mit mir.«

»Manchmal haben wir Glück, und die Toten antworten auf unsere Fragen«, sagte eine Männerstimme. »Ich bin allerdings der festen Überzeugung, dass es unser unterbewusstes Wissen über den anderen ist, das uns die Antworten gibt. Manche von uns lernen ihre Toten erst nach dem Sterben wirklich kennen.« Der Mann trat auf Josefine zu und streckte ihr die Hand entgegen. »André Lenzen.«

»Josefine Jeschiechek.« Josefine starrte kurz auf die Hand, dann ergriff sie sie. Sein Händedruck war warm und fest. »Da mögen Sie recht haben. Vermutlich sogar mehr, als Sie denken«, ergänzte sie nach einer winzigen Pause. Hatte er gehört, wie sie mit Beate sprach? Und wenn ja, wie viel davon? Hielt er sie jetzt für verrückt? Oder auch nicht? Als Bestatter war er sicher einiges gewohnt.

»Liste aller Waldfeen, die namentlich bekannt sind. Position eins: Holla!« Baum-Beate klatschte in die Hände. »Das ist ja mal ein ausgesprochen erfreulicher Anblick. Genau mein Typ.« Sie verschränkte die Hände auf dem Rücken und schritt einmal um André Lenzen herum, während sie ihn ausführlich begutachtete. »Diese Augen! Hast du gesehen? Er trägt Kajal. Sehr cool.«

Josefine biss sich auf die Lippen. Natürlich hatte sie die dezent schwarz umrandeten Augen bemerkt. Ebenso wie seine Kleidung. Schlichtes schwarzes Shirt unter einer schwarzen Sportjacke mit Streifen auf dem Arm, kombiniert mit einem knielangen Schottenrock mit schwarz-grauem Muster. Nicht zwingend das, was man von einem Bestatter erwartet hätte. Sie hatte all das bemerkt und in ihre innere »Dinge-die-mich-nichts-angehen-und-die-ich-nehmen-sollte-wie-sie-sind-Schublade« gepackt. Sie war hier, um eine Beerdigung zu besprechen, nicht wegen einer Modeberatung oder um zu diskutieren, ob Männer Röcke tragen sollten oder nicht. Florian hatte mit fünfzehn Jahren eine Gothic-Phase durchlebt und war monatelang im selben schwarzen Anzug zur Schule gegangen, bis er nahtlos zu Surfklamotten wechselte. Manche Dinge musste man einfach aussitzen. Der Bestatter André Lenzen zählte aber sicherlich dreimal fünfzehn Lenze, und bei ihm sah es nicht wie eine Phase, sondern wie Absicht aus. Absicht mit Stil.

Josefine stellte fest, dass es ihr ebenfalls gefiel. Sie fand den Stil ungewöhnlich, aber gut. Sie hätte es zwar anders ausgedrückt als Beate, musste ihr jedoch unumwunden recht geben: Dieser Mensch war attraktiv. Seine dichten dunklen und mit wenig Grau durchzogenen Locken erweckten den Eindruck, den morgendlichen Kampf gegen die Bürste regelmäßig zu gewinnen. Die Farbe seiner Augen konnte sie trotz ihrer Aversion gegen Kitsch nicht anders als seeblau bezeichnen. Er wirkte trainiert, und war das wirklich ein Tattoo, was sie da unter dem Rand des Ärmels hervorblitzen sah? Das alles verteilt auf eine Größe von geschätzten eins neunzig. Dieser Mann würde immer eine gute Figur machen, egal, was er trug oder ob er etwas trug.

Den letzten Teil dieses Gedankens verbot sie sich sofort. Dies war weder der richtige Ort noch die richtige Zeit noch die richtige Gelegenheit. Und sie nicht die richtige Frau für solche Gedanken. Vom Alter her könnte sie seine Mutter sein. Okay. Eine Mutter, die vermutlich als junges Ding auf die Sache mit dem »Beim ersten Mal passiert schon nichts« reingefallen wäre. Aber trotzdem.

»Ich bin hier, um die Beerdigung meiner Schwester Beate Silberzier mit Ihnen zu besprechen«, sagte sie und rief sich den Grund ihres Besuchs sehr deutlich ins Gedächtnis. »Die Polizei hat ...« Sie brach ab. André Lenzen wartete geduldig, bis sie weitersprach. »Meine Schwester wurde ... also, sie ist ...« Meine Güte. Er machte sie tatsächlich nervös. Sie musste sich zusammenreißen. Sie war sechsundfünfzig Jahre alt. Nicht sechzehn.

Josefine räusperte sich. Als sie weitersprach, klang ihre Stimme eine Oktave tiefer. »Meine Schwester wurde Opfer eines Mordes. Jetzt hat die Rechtsmedizin die Leiche freigegeben, und wir können die Beerdigung organisieren.«

»Mein herzliches Beileid. Ich weiß bereits Bescheid. Frau Aydin rief mich kurz nach Frau Silberziers Tod an und gab mir vorab einige Infos.«

»Heißt das, Cancan hat mit ihm schon meine Beerdigung klargemacht, kaum dass ich ... also, direkt nachdem es passiert ist?« Beate schnaubte empört. »Ich fasse es nicht. Das hätte ich nicht von ihr erwartet. Mich so schnell loswerden zu wollen!«

»Danke.« Josefine öffnete ihren Mantel und sah zu Beate hinüber. »Zu dem Zeitpunkt wusste Frau Aydin nicht, dass es mich gibt. Sie hat mit den besten Vorsätzen gehandelt. Man kann ihr keinen Vorwurf machen.«

»Pah!« Beate drehte sich auf dem Absatz um und entfernte sich in Richtung der Urnenausstellung, die in einem anderen Teil des Raums untergebracht war. Fünf lange weiße Tische, kaum breiter als Regalbretter. Auf jedem standen zehn Urnen, unterschiedlich in Form, Farbe und Material. Die Tische waren diagonal aufgestellt. Mit Zwischenräumen, breit genug, damit ein Mensch dort entlanggehen und die einzelnen Urnen betrachten konnte. Beate schwebte mitten hindurch, blieb in einer Urne stehen, ging in die Knie und fuchtelte dabei wild mit den Armen, als versinke sie darin. Sie sah aus wie ein Geist auf dem Rückweg in seine Flasche.

»Frau Aydin hat alles richtig gemacht. Auch wenn der Leichnam Ihrer Schwester als Opfer einer Straftat von der Polizei beschlagnahmt wurde, musste sich jemand um die Bestattung kümmern. Wenn das nicht innerhalb von zehn Tagen geschieht, wird automatisch eine Amtsbestattung veranlasst. Unabhängig davon, wie lange die Untersuchung in der Rechtsmedizin dauert. Dann haben Sie weder die Möglichkeit, den Bestattungsort zu bestimmen, noch eigene Gestaltungsmöglichkeiten. Die Kosten müssen Sie trotzdem tragen.« André Lenzen zeigte auf vier Sessel, die in einer Runde nebeneinanderstanden. »Möchten Sie sich gerne setzen?«

Josefine nickte und folgte ihm. Sie nahm Platz, blieb aber auf der vorderen Kante hocken.

»Haben Sie sich schon Gedanken gemacht, wie Ihre Schwester bestattet werden soll?«

»Am liebsten gar nicht«, rief Beate aus dem Hintergrund. Josefine verneinte.

»Ich wusste bis vor Kurzem nichts von ihrer Existenz. Ich kenne sie eigentlich nicht.« Josefine dachte an ihren Streit von vorhin. »Aber ich könnte mir vorstellen, dass ihr etwas Fröhliches gut gefallen würde. Etwas Buntes. Sie war ein Mensch, der die Menschen mochte.« Josefine räusperte sich. Wieso hatte sie auf einmal diesen Kloß im Hals?

André Lenzen lächelte, und sie hatte für eine Sekunde das Gefühl, dieses Lächeln sei nur für sie ganz persönlich bestimmt. Bis ihr einfiel, dass er vermutlich jedem seiner Kunden den Eindruck vermittelte, in dieser schweren Stunde ganz und gar für ihn da zu sein. Sie stand auf.

»Muss ich das jetzt entscheiden, oder habe ich noch ein wenig Bedenkzeit?«, fragte sie in scharfem Tonfall und brachte so etwas mehr Distanz zwischen sich und den Bestatter.

»Von heute an gerechnet haben wir zehn Tage Zeit, dann muss Ihre Schwester bestattet sein.« Er griff in eine Tasche seines Rocks, zog eine Visitenkarte heraus und reichte sie ihr. »Noch besteht keine Eile. Denken Sie in Ruhe nach. Wenn Sie möchten, komme ich auch zu Ihnen, und wir reden dort weiter. Manchmal braucht man die vertraute Umgebung. Melden Sie sich gerne. Ich freue mich.«

Wieder dieses Lächeln. Wieder dieses warme Gefühl in ihr, dem sie nicht traute.

11

Lächeln schien in der Titzelseer Geschäftswelt grundsätzlich sehr beliebt zu sein. Die Version, die Josefine nun präsentiert wurde, erinnerte sie allerdings an Reptilien oder genauer gesagt an Schlangen. Vorzugsweise an falsche. Karin Butter war Josefine auf den ersten Blick unsympathisch. Dabei hätte sie nicht sagen können, was genau es war, das sie an ihr störte. Die in Josefines Ohren eine Nuance zu schrille Stimme, das einen Hauch zu dick aufgetragene Make-up oder die übertriebene Herzlichkeit, mit der die Inhaberin des »Butterblümchens« hinter der grün-bunten Wand ihrer blühenden Waren hervortrat und Josefine wie eine lang verschollene Freundin begrüßte? Womöglich war es der kurze Moment, in dem der Floristin die Miene entglitt, nachdem Josefine gesagt hatte, wer sie war und was sie wollte. Für eine Sekunde erkannte sie Hochmut und Abscheu in ihrem Blick, bevor Karin Butter sich wieder fing.

»Sehr tragisch, was mit Beate geschehen ist. Mein Beileid.« Sie senkte den Blick, umfasste mit beiden Händen einen Bund gelber Rosen, der neben ihr in einer Vase stand, und drehte ihn um einen halben Zentimeter, bevor sie Josefine wieder in die Augen schaute. »Ich habe Sie hier noch nie zuvor gesehen. Sie sind die Schwester, sagen Sie?«

»Das stimmt. Beides.« Josefine ließ den Raum auf sich wirken. Die Blütenpracht war überwältigend, die Sträuße und Gestecke liebevoll arrangiert. Sie schmeckte den Duft der unzähligen Blüten in ihrem Mund. In dem Punkt hatte Beate recht gehabt, als sie ihr die Ladennachbarin empfohlen hatte.

»Sie sagen, Sie kämen direkt vom Bestatter. Haben Sie mit ihm über den Blumenschmuck gesprochen? In der Regel organisiert er das für die Angehörigen.« Karin Butter verschränkte ihre Hände ineinander, schob leicht den Unterkiefer vor und verzog die Mundwinkel zu einer Mischung aus Lächeln und Grimasse.

»Ich wollte mich selbst darum kümmern«, entgegnete Josefine in einem Tonfall, als wäre ihr das nicht erst eben auf dem Heimweg als perfekter Vorwand eingefallen, um sich bei der Ladennachbarin umzuhören. Auch wenn Beate davon gar nicht begeistert gewesen war, sich gar weigerte, weiter an ihrem eigenen Begräbnis mitzuwirken, und sich vor Josefines Augen in Luft aufgelöst hatte. Ein Anblick, den sie mit Rücksicht auf ihr mentales Gleichgewicht lieber vermieden hätte. »Sie kannten meine Schwester doch sicher gut. Die Ladenlokale liegen Tür an Tür. Was glauben Sie, würde ihr gefallen?«

Josefine drehte sich langsam um die eigene Achse, schaute von einer Blumensorte zur nächsten und zeigte dann auf einen fertigen Strauß. Tulpen, Anemonen, Freesien, Ranunkeln, Hyazinthen und Wachsblumen strahlten in bunten Regenbogenfarben.

Die Floristin schüttelte den Kopf. »Zu Bestattungen wählt man eher eine zurückhaltende Farbgebung. Weiß. Callas und Lilien, Immergrün, Efeu. Vielleicht noch Rosen als Ergänzung. Das sind die klassischen gedeckten Trauernuancen.« Sie zupfte eine weiße Calla aus einer Vase und hielt sie neben einen dunkeln Zweig Immergrün.

»Klassisch gedeckt? Denken Sie, das wäre passend für Beate?« Sie hatte die Hoffnung noch nicht ganz aufgegeben. Ihre Schwester hatte ihr versichert, ihre Nachbarin sei nett, und sie wären immer super miteinander ausgekommen.

Karin Butter schob die Calla wieder zurück ins Wasser. »Nein. Sie war eher … Bitte entschuldigen Sie.« Sie verstummte. Josefine wartete schweigend. »Sie war, nun …« Ein Räuspern. »Man soll ja nichts Schlechtes über die Toten sagen.« Jetzt hustete sie. »Sie war ja Ihre Schwester.«

Josefine blinzelte. Mit Beates Menschenkenntnis schien es nicht allzu weit her zu sein. Oder – um es positiv auszudrücken – sie sah in jedem nur das Gute.

»Hören Sie, Frau Butter«, sagte Josefine leise, aber bestimmt und schlenderte durch den Laden. »Bis vor wenigen Tagen wusste ich noch nicht einmal, dass ich eine Schwester habe. Diese seltsame Leihnachtsmann-Agentur ist mir mehr als suspekt. Mein Anliegen ist es, die lästige Sache rasch und anständig hinter mich zu bringen und dann die Heimreise anzutreten. Meine Schwester ist eine Fremde für mich. Sie ist mir egal. Sie brauchen sich mir gegenüber also nicht zu verstellen. Sagen Sie ruhig, was Sie wirklich denken.« Sie blieb stehen, verschränkte die Arme vor der Brust und schaute die Floristin an. Was sie gesagt hatte, hätte noch vor wenigen Stunden der Wahrheit entsprochen. Jetzt war es eine Lüge, und sie schämte sich dafür. Aber sie für ihren Teil hatte eine gute Menschenkenntnis, und wenn sie sich nicht gründlich irrte, würde sie auf diese Weise doch noch das ein oder andere aus der Blumenfrau herausbekommen.

»Ihre Schwester war sehr lebhaft, sprunghaft. Um nicht zu sagen anstrengend. Sie passte nicht nach Titzelsee«, platzte Karin Butter heraus. »Mit ihren ständigen Aktionen, den wilden Ideen, und dann die ganzen jungen Leute, die da immer ein und aus gehen. Man hört so einiges.«

Josefine spürte, wie ihre Anspannung, die sie vorher nicht wirklich wahrgenommen hatte, nachließ. Es funktionierte.

»Was zum Beispiel?« Josefine ließ offen, worauf sie sich bezog.

»Werbung für das eigene Geschäft zu machen, ist ja okay. Mit Flyern oder auch mit Plakaten. Aber den ganzen Tag im knalligen Phantasiekostüm auf dem Marktplatz zu stehen und die Leute zu belästigen – das entspricht nicht dem, wie wir Titzelseer Geschäftsleute uns sehen. Es ist aufdringlich. Aber Beate war ja auch nicht von hier. Sie kam hier eines Tages an und meinte, alles besser zu wissen als wir. Warum sie diese Frau angestellt hat, versteht auch keiner. Eine Araberin im Weihnachtsgeschäft. Wo kommen wir denn da hin?« Karin Butter redete sich weiter in Rage. Josefine hatte keine Chance, auf den letzten Satz zu reagieren, obwohl sie ihr liebend gerne eine passende Antwort gegeben hätte. »Und dann wie gesagt

die ganzen jungen Frauen. Auch junge Männer. Aber hauptsächlich Frauen. Alle sehr gut aussehend. Es geht zu wie im Taubenschlag. Da fragt man sich ja, ob es wirklich nur Engel sind, die da vermittelt werden. Oder ob diese Damen noch ganz andere Glückseligkeiten bereiten.«
»Sie meinen doch nicht ...« Jetzt war Josefine wirklich überrascht. Daran hätte sie als Allerletztes gedacht.
Karin Butter hob in gespielter Unschuld beide Hände. »Ich meine gar nichts. Ich weiß nur, was man sich hier erzählt. Sie haben gefragt, und das sind meine Antworten.«
Sie ging hinter ihre Theke, zog ein Auftragsbuch darunter hervor und schlug es auf.
»Für was haben Sie sich denn nun entschieden?«

Vor der Tür blieb Josefine kurz stehen und sog die klare Winterluft tief in ihre Lungen. Der betörende Blumenduft hatte sich mit jeder Minute im Laden mehr wie ein schwülstiges Parfüm angefühlt. Drückend und schwer, ohne Leichtigkeit. Sie hatte sich entschieden. Vor allem dafür, den Blumenschmuck für Beates Bestattung, egal, welche Blumen in welchen Farben es sein würden, nicht bei Karin Butter in Auftrag zu geben. So viel in einer Person versammelte Spießigkeit, vereint mit üblen Vorurteilen, konnte sie nicht ertragen. Sie hatte der Floristin mitgeteilt, sie müsse noch darüber nachdenken. Wie konnte es sein, dass Beate so ein falsches Bild von den umliegenden Geschäftsleuten hatte? Oder war diese eine Ladennachbarin die sprichwörtliche Ausnahme?
Das leise »Ho! Ho! Ho!« der Agenturtür riss sie aus ihren Gedanken. Sie ging ein paar Schritte, beugte sich vor, um in die Gasse blicken zu können. Sie war leer. Irgendjemand hatte die Agentur betreten. Eine Kundin, ein Mitarbeiter? Auf jeden Fall wäre Candan beschäftigt. Wieder ärgerte sie sich über den noch nicht einmal versteckten Rassismus in Karin Butters Worten. Sie musste unbedingt noch jemand anderen befragen. In einem Ort voller Menschen mit diesen Einstellungen würde sie ganz sicher nicht zum Geschäftsleben beitragen wollen. Zwischen

Menschen mit diesen Einstellungen würde sie auf keinen Fall leben und arbeiten wollen.

»Buchhandlung am Markt«, stand in weißen Lettern auf blauem Grund quer über einer breiten Schaufensterfront, aus der warmes Licht auf das Straßenpflaster drei Häuser weiter fiel. Postkartenständer drängelten sich unter einem schmalen Vordach. Vor den Buchregalen standen Menschen mit zur Seite geneigten Köpfen, Buchhändlerinnen eilten zwischen den Auslagentischen umher und blieben immer mal wieder bei einer Kundin oder einem Kunden stehen. Josefine beschloss, es gleich hier zu versuchen. So konnte sie zwei Dinge gleichzeitig angehen: in Sachen Beate weiterkommen und Plus- und Minuspunkte für ihre innere Liste »Pro und Kontra Agenturauflösung« sammeln. Es gab keinen besseren Indikator für den Zustand eines Ortes als eine Buchhandlung. Gab es keine, war der Ort entweder winzig oder so klein, dass der einzige Laden vor Ort ein Gemischtwarenladen für wirklich alles war, vom Aal über Eisenschraube und Nagellackentferner bis hin zur Zitatensammlung. Gab es eine Buchhandlung, spiegelten die angebotenen Bücher den Geschmack der Menschen der Gegend und vor allem den Mut der Buchhändler wider. War beides nicht vorhanden, fanden sich neben Mainstreamtiteln und aktuellen Bestsellern meist bloß noch ein paar Schreibwaren und das Angebot, auch Schulbücher von heute auf morgen zu bestellen. Bücherschätze kleiner Verlage und unbekannter Verfasserinnen und Verfasser, die man nur durch intensives Suchen in unzähligen Lesestunden entdeckte, fehlten dann völlig.

Josefine betrat die Buchhandlung. Sofort fiel ihr ein Auslagentisch mit einem Hinweisschild »Unsere persönlichen Empfehlungen« auf. Vor jedem einzelnen Bücherstapel hielt ein kleiner Ständer ein handgeschriebenes Blatt mit der Meinung einer der Buchhändlerinnen bereit. Die Titel waren bis auf einen alle neu für Josefine. Sie reichten vom Kinderbuch bis zum dicken Historienwälzer. Die Zettel mit den Empfehlungen entdeckte sie auch an den Regalwänden. Eine Ecke war regionalen Büchern vorbehalten. Kochbücher, Reisetipps und Krimis, die in der Gegend um Titzelsee spielten. Zu ihrer großen Überraschung stieß sie im hinteren Bereich des Geschäfts auf eine ganze Abteilung mit Wolle in allen Farben, nach Arten sortiert. Einige zum Verkauf angebotene handgestrickte Pullis und Strickjacken bezeugten, dass es hier jemanden geben musste, dem Handarbeit genauso sehr am Herzen lag wie das Lesen.

Im ersten Moment war Josefine irritiert. Doch beim zweiten Nachdenken fand sie, dass Wolle hervorragend zu Büchern passte. Mit beidem konnte man seine Tage sehr sinnvoll verbringen. Im Idealfall gleichzeitig mit Hörbuch und Strickprojekt. Am besten noch mit einer Tasse Kaffee oder einem schönen Glas Wein dazu. Beides konnte sie hier zwar nicht entdecken, dafür pries ein Plakat den regionalen Titzel-Gin in herbstlicher Sonderedition an. Josefine musste sich beherrschen, um nicht zwischen den Regalen in Bücher, Geschichten und Bildbände einzutauchen. Sie liebte all das, aber deswegen war sie nicht hier.

»Wie kann ich Ihnen helfen?«

Josefine wandte sich um. Der große schmale Mann wirkte ebenso freundlich wie seine Stimme. Eine markante Hornbrille ruhte auf einer ebensolchen Nase, eine Menge Lachfältchen um die Augen machten ihn Josefine auf Anhieb sympathisch. Auch ihm erzählte sie, wer sie war, aber statt wie im Blumenladen einen Vorwand zu suchen, kam sie hier direkt auf den Punkt.

»Kannten Sie meine Schwester?«

»Ja, natürlich. Wir waren doch so etwas wie Nachbarn.« Der Buchhändler schwieg für einen kurzen Moment. Trauer strich über seine Züge. »Ich mochte Beate. Sie hat frischen Wind hier reingebracht, obwohl sie älter als einige der anderen Geschäftsleute war. Aber das Geburtsdatum sagt ja nie etwas über das gelebte Alter eines Menschen aus.«

»Kannten Sie sie gut?«

»Wir haben ab und an einen Kaffee zusammen getrunken,

wenn sie herkam und ich etwas Zeit hatte. Was aber«, er wies auf die Kunden, »nicht allzu oft der Fall ist.« Er musterte Josefine. »Sie hat mir nie erzählt, dass sie eine Schwester hat.«
»Das konnte sie auch nicht, weil sie es nicht wusste. Ich habe auch erst nach ihrem Tod von ihr erfahren.«
»Nein.« Der Buchhändler legte erschrocken eine Hand auf den Mund und ließ sie dann auf die Brust sinken. »Wie traurig.«
Josefine nickte. »Ja. Deswegen versuche ich, mir ein Bild von ihr zu machen. Auch um zu entscheiden, was ich mit der Agentur machen soll«, sagte sie und fragte sich gleichzeitig, warum sie dem Mann, den sie nicht kannte, so offen gegenüber war.
»Uwe Madel. Aber nenn mich Uwe.« Er reichte ihr die Hand.
»Josefine.« Sie erwiderte den Händedruck.
»Weißt du was? Ich nehme mir jetzt einfach die Zeit für einen Kaffee. Meine Kolleginnen bekommen den Weihnachtswahnsinn für ein Viertelstündchen auch ohne mich gut geregelt.« Er wies auf eine Wendeltreppe hinter dem Kassenbereich, die in das Obergeschoss führte, und ging voran.
Josefine folgte ihm.
»Ich wollte Beate immer mal zu uns nach Hause zum Essen einladen, aber das hat irgendwie nie richtig geklappt. Wir hatten beide so viel zu tun, und man denkt ja auch, man hätte ewig Zeit«, sagte er, als sie mit dampfenden Tassen in der Hand in seinem Büro saßen.
»Hat sie mal etwas von Schwierigkeiten erzählt?«
Uwe Madel überlegte kurz. »Sie hatte anfangs Probleme mit der Agentur. Aber das war nur das Übliche, womit man auch rechnen muss, wenn man so ein Geschäft übernimmt. Personal, Werbung, Auftragsakquise. Zumal die Agentur doch sehr schnell in Schwung kam. Erst recht, wenn man bedenkt, von welchem Niveau sie starten musste.«
»Niveau?«
»Der Vorbesitzer war ein sehr seltsamer Mensch. Hat sich aus allem rausgehalten und auch zu uns anderen Geschäftsleu-

ten gar keinen Kontakt gesucht. Ich hatte immer das Gefühl, er betreibt die Agentur nur als Vorwand.«

»Wie meinst du das?«

»Mir kam es immer so vor, als wäre der Weihnachtsmann-Mietservice nicht das eigentliche Geschäft.« Er wedelte mit beiden Händen, als wollte er ein lästiges Insekt vertreiben. »Als Beate auf der Bildfläche erschien, änderte sich das von einem Tag auf den anderen. Sie ist mit ganzem Herzblut an die Sache rangegangen. Sie war sehr engagiert.«

»Hatte Beate mit irgendwem Streit? Fühlte sich jemand auf die Füße getreten?«

»Das hat mich die Polizei auch schon gefragt. Aber von einem Streit hat sie mir nie etwas gesagt. Sie war auch nicht der Typ, der sich streitet.« Er trank einen Schluck. »Einmal als sie kam, war sie sehr genervt. Aber nicht wegen der Agentur, sondern wegen etwas Privatem.«

»Hat sie gesagt, was es war?«

»Ihr Vater. Sie kam wohl nicht besonders gut mit ihm aus.«

»Warum?«

»Ich weiß es nicht. Wir wurden unterbrochen, weil eine Kundin kam, die immer eine sehr intensive Beratung von uns erwartet. Und Beate musste dann auch los.«

»Habt ihr noch mal darüber gesprochen?«

»Nein. Das war nur ein paar Tage vor ihrem Tod.«

»Kennst du ihren Vater?«

»Nein. Ich glaube, er lebt etwas weiter weg. Hier in Titzelsee jedenfalls nicht.«

Josefine nickte. Sie schob die leere Tasse ein Stück von sich weg, schaute auf ihre Armbanduhr und stand auf.

»Danke für den Kaffee und deine Zeit.«

»Du bist jederzeit willkommen hier bei uns. Für einen Kaffee, einen Plausch oder auch eine Buchempfehlung.« Uwe Madel ging mit ihr zur Wendeltreppe, umfasste das Geländer und betrat die erste Stufe. Dann hielt er inne, drehte sich um und schaute Josefine nachdenklich an.

»Ist dir noch etwas eingefallen?«

»Da gibt es tatsächlich etwas. Ich wollte mit Beate darüber sprechen, hatte aber keine Gelegenheit mehr.«
»Worüber?«
»Ich bin nicht sicher, ob ich das überhaupt sagen soll.« Er wiegte sachte den Kopf hin und her. »Ich möchte nichts Falsches in die Welt setzen, weil letztlich alles nur auf meinem Eindruck beruht.«
Josefine sah ihn schweigend an, wartete, wie er sich entschied. Ein Ruck ging durch Uwes Oberkörper.
»Vielleicht bringt es dir ja was.« Er atmete tief durch die Nase ein, als wollte er Anlauf nehmen. »Ihr habt doch etliche junge Männer als Darsteller engagiert.«
»Hmm.«
»Also dem ein oder anderen solltest du mal auf die Finger gucken.«
»Stehlen sie?«
»Nein. Jedenfalls nicht, dass ich wüsste. Aber so wie ich es sehe, dealen ein paar von ihnen. Ich muss abends auf dem Weg zum Parkhaus durch ein paar dunklere Ecken unseres Städtchens und komme nicht umhin, das ein oder andere zu beobachten.«
»Passiert das etwa in unseren Kostümen?«
»Nein.«
Josefine fiel ein kleiner Stein vom Herzen. Mit so etwas wollte sie sich jetzt nicht auch noch herumschlagen müssen.
»Bist du sicher, dass das unsere Jungs sind?«
»Ja. Sie gehen bei euch ein und aus. Und im Leutemerken bin ich gut.«
»Weißt du, wie sie heißen?«
»Nein. Ich kenne nur ihre Gesichter.«

12

Im Leben gab es gute und schlechte Entscheidungen. Dies hier war definitiv eine schlechte gewesen. Kälter konnte ein Wasser, in das man geworfen wurde, gar nicht sein. Dazu passte der Eisberg, der sich vor ihr auftürmte, ganz hervorragend. Auch wenn er aus Pappmaschee, eher schlecht bemalt und gerade mal zweieinhalb Meter hoch war. Der Eisberg war Teil einer Bühnendekoration, die mit einer Holzhütte, in der es verdächtig nach Reibekuchen roch, und einem großen Holzschlitten, auf dem sich bunte Geschenkpakete stapelten, Wohnort und Werkstatt des Weihnachtsmannes am Nordpol darstellen sollte. Die Bühne befand sich im Zentrum der Iwersinger Arcaden. Ein aus den Achtzigern stammender Architektentraum in Beton, Beton und – Überraschung – noch mehr Beton. Durch abgehängte gelbe Deckenraster fiel kaltblaues Licht, das die Gänge und Flächen in eine Kühlhausatmosphäre tauchte. Dagegen kamen auch die hektisch blinkenden Lichterketten in den überquellenden Schaufenstern nicht an. Josefine fragte sich, ob ein Wackelkontakt die Ursache war, oder ob die Verkäuferinnen verzweifelt nach Hilfe morsten.

Vorsichtig setzte sie einen Fuß vor den anderen. Noch ein Fehler, der vermeidbar gewesen wäre. Sie hatte seit Jahren keine Schuhe mit hohen Absätzen mehr getragen. Diese hier wiesen nicht nur die stolze Höhe von sechs Zentimetern auf, sondern auch so glatte Sohlen, dass sie damit auf dem Steinboden des Einkaufstempels hätte Schlittschuh laufen können. Dass die Schuhe zudem weiße Lackstiefel waren und ihr bis knapp über das Knie reichten, fiel da schon gar nicht mehr so ins Gewicht. Es war das einzige Paar gewesen, das zu ihrem Kostüm und gleichzeitig an ihre Füße passte.

Als Candan Aydin ihr am Morgen von dem Auftrag in den Arcaden berichtet hatte, war sie sofort bereit gewesen, mit in die benachbarte Kreisstadt zu fahren. Sie wollte Einblick in das Agenturgeschäft bekommen, und hier bot sich ihr eine Gelegenheit auf dem Silbertablett.

Die Iwersinger Arcaden waren laut Candan Aydin das beste Shoppingzentrum der Gegend, wobei Josefine sich fragte, ob dieses Urteil schlicht auf dem Mangel an Shoppingzentren beruhte. An Ironie konnte sie sich im Zusammenhang mit dem Gesagten nämlich nicht erinnern. Vielleicht bezog sich die Begeisterung aber auch auf das Auftragsvolumen. Gleich achtzehn Darstellerinnen und Darsteller waren gebucht. Mit Kinderbetreuung, Walking Acts, Bühnenprogramm und allem, was dazugehörte. Einen ganzen Tag lang sollten die Engel, Elfen und Wichtel der Leihnachtsmänner die Kauflust der Besucherinnen und Besucher steigern. Josefine hatte aus professioneller Distanz beobachten, sich der Engel-Elfen-Wichtel-Truppe dezent annähern und sie diskret in Gespräche verwickeln wollen, um sich auf die Suche nach möglichen Mordmotiven zu begeben. Mit der Betonung auf Distanz, dezent und diskret. Drei Wörter, die ihre Schwester nicht nur nicht kannte, sondern die in ihrem Lebenskonzept gar nicht vorkamen.

»Wenn du mitgehst, dann mach es richtig. Schwimmen lernt man nicht an Land. Ein wundervolles Kostüm gibt es auch.«

Das wundervolle Kostüm bestand aus einem engen roten Paillettenkleid, hinten bodenlang, vorne nur sehr knapp bis zur Mitte der Oberschenkel reichend. Beates Oberschenkel. Bei Josefine bedeckte es gerade so den Schritt. Daran änderten weder Josefines Bestreben, es hinunterzuziehen, noch der weiße Puschelsaum etwas, der entlang des Rocks, am Ende der schmal geschnittenen Ärmel und dem V-Ausschnitt angebracht war. Ganz im Gegenteil, je mehr sie unten zog, umso tiefer rutschte der ohnehin sehr großzügige Ausschnitt. Nur wenige Zentimeter mehr, und sie hätte ihrem Flipper-Muttermal über ihrem Bauchnabel eine Weihnachtsmütze aufmalen müssen. Zu dem Outfit gehörten noch ein dicker roter Samtumhang mit Kapuze und niedliche flache rote Wildlederstiefel. Letztere waren Josefine leider zwei Nummern zu klein. Die weißen Overknee-Lackstiefel hatte Candan in der Requisitenkammer gefunden. Ursprünglich gehörten sie zu einem Krankenschwestern-Outfit.

»Das traut sich in der heutigen Zeit niemand mehr zu buchen«, hatte Beate mit großem Bedauern festgestellt, »dabei ist es wirklich sehr sexy.«

Josefines Einwand, genau das könne eventuell das Problem darstellen, und in der Realität hätten Krankenschwestern vieles zu sein, aber nicht in erster Linie sexy, war von ihr mit heftigem Augenrollen kommentiert worden.

»Wir sind Darsteller. Wäre Andrew Lloyd Webbers ›Cats‹ annähernd realistisch, würden die Schauspieler auf der Bühne schlafen, fressen und sich den Hintern lecken.«

Nun balancierte Josefine also auf sechs Zentimetern über Normalnull durch die Gänge der Iwersinger Arcaden, zupfte, lächelte und winkte würdevoll, wie sie hoffte, den Menschen zu und erwiderte die Umarmungen der Kinder, die sich strahlend an sie warfen. Die missbilligenden oder wahlweise neidischen Blicke der bei ihren sich nach Josefine den Hals verdrehenden Männern untergehakten Ehefrauen ignorierte sie. Die größte, aber erfreulicherweise auch einzige Schwierigkeit bestand im Moment darin, im Schwung ihres neu erwachten beruflichen Elans nicht umzufallen.

Ihre Aufregung legte sich etwas. Wenn es so weiterging, bräuchte sie zwar heute Abend komplett neue Füße und diverse Ersatzteile für ihre Hüften, aber diesen Preis war sie bereit zu zahlen.

Nach zwei Minuten Schlittern und Umknicken entdeckte sie einen Wichtelkollegen, der allein unterwegs war. Er schlenderte gemächlich an einer Reihe leer stehender Geschäfte entlang, warf einen Blick nach hinten, bemerkte sie aber nicht. Josefine wunderte sich, warum er sich ausgerechnet in diesem Bereich aufhielt, denn vom Kaufpublikum würde sich wahrscheinlich niemand hierher verirren. Aber umso besser. So konnte sie sich ihm kurz vorstellen und dann mit ihm von Ruprechtine

zu Wichtel plaudern, um im Laufe des Gesprächs auf Beate und die Umstände ihres Todes zu sprechen zu kommen.
 Aus der anderen Richtung kamen ihnen zwei Teenager entgegen. Die Kapuzen ihrer Hoodies tief in die Stirn gezogen, die Hände in den Hosentaschen versenkt. Vor dem Wichtel blieben sie stehen und sprachen ihn an. Josefine verlangsamte ihren Schritt, stellte sich geistesgegenwärtig in einen Geschäftseingang. Dass auch große Kinder noch auf die Weihnachtsfiguren reagierten, erschien ihr nicht sehr wahrscheinlich. Uwe Madels Hinweis fiel ihr wieder ein.
 Die drei redeten miteinander. Der Wichtel kramte in seinem Beutel, überreichte den beiden etwas und erhielt im Gegenzug etwas anderes von ihnen. Josefine konnte nicht erkennen, was es war, aber darauf, dass es keine Süßigkeiten waren, hätte sie weitere fünf Zentimeter ihrer quasi nicht vorhandenen vorderen Rocklänge gewettet. Sie suchte in den Tiefen ihres Kleides nach ihrem Handy, um ein Bild von dem Wichtel zu machen. Die Kostüme sahen alle sehr ähnlich aus, waren aber nicht gleich. Ohne Foto würde sie diesen Wichtel trotzdem nicht wiedererkennen. Als sie wieder aufsah, waren die drei von der Bildfläche verschwunden. Josefine würde sich nun nicht nur einen anderen Mitarbeiter für ihre Fragen über Beate suchen, sondern vor allem einen genauen Blick auf die Wichtel- und Zwergenschar werfen müssen. Aber zunächst einmal beabsichtigte sie, ihren Beutel von der schweren Last der Süßigkeiten zu befreien.
 Die Gelegenheit, diesen Vorsatz in die Tat umzusetzen, ließ nicht lange auf sich warten. Ein kleiner Junge stand allein an einer der Bänke, sah sich hilfesuchend um. Über sein Gesicht kullerten dicke Tränen. Josefine ging, vorsichtig auf ihr Gleichgewicht bedacht, neben ihm in die Hocke und reichte ihm einen der Schokoweihnachtsmänner aus ihrem Beutel. Der Junge sah sie erstaunt an und griff zu. In Sekundenschnelle hatte er das Stanniolpapier aufgerissen und stopfte sich die Schokolade in den Mund.
 »Was erlauben Sie sich?« Josefine wurde grob zur Seite ge-

schubst. Sie musste sich mit einer Hand auf dem Boden abstützen, um nicht hinzufallen, und verhedderte sich in ihrem Samtumhang. »Theodor wird zuckerfrei erzogen!« Die Frau ließ ihre vier prallen Einkaufstaschen fallen, steckte dem Jungen zwei Finger in den Mund und pulte die klebrigen Reste der Schokolade heraus. »Spuck es aus, Theodor. Spuck es aus!« Theodor tat brav, wie ihm geheißen, in seinen Augen Resignation. »Ich werde mich über Sie bei der Geschäftsleitung beschweren. Das ist Körperverletzung und ein Eingriff in meine Erziehungshoheit, den ich nicht dulden kann«, herrschte sie Josefine an. Sie musterte sie von oben bis unten. »Es ist ohnehin eine Zumutung, die Kinder mit diesen Phantasiegestalten zum sinnlosen Konsum zu manipulieren.« Sie raffte die Taschen auf, griff nach dem Arm des Jungen und zog ihn laut lamentierend mit sich fort. Hinter seiner Mutter her stolpernd drehte er sich zu Josefine um.

Er tat Josefine leid. Wegen eines Schokoladenweihnachtsmanns so ein Aufstand. Aber anscheinend barg der Job der Weihnachtsdarstellerin mehr Stolperfallen, als sie gedacht hatte. Was, wenn diese aufgeregte Mutter sich nun tatsächlich bei ihrem Auftraggeber beschweren ging? Wie verteilte man den Süßkram denn richtig? Immer erst um Erlaubnis bitten?

Beate hätte ihr sicher sagen können, wie es ging, aber von ihr war weit und breit keine Spur zu entdecken. Am besten hielt sie sich im direkten Kundenkontakt zurück, bevor ihr noch mehr Fehler unterliefen und sie den Ruf der Agentur ruinierte.

Vor ihr wallte eine der Engelskolleginnen mit weiten Gewändern und ausgebreiteten Schwingen an den Schaufenstern eines Feinkostladens vorbei. Josefine hätte schwören können, in den Gesichtern der ausgestopften Weihnachtsgänse und Enten ein Grinsen bei ihrem Anblick zu bemerken, als wollten sie sagen: »Warte, warte nur ein Weilchen ...«

Josefine beeilte sich, zu dem Engel aufzuschließen. Wenn schon kein Kundenkontakt, dann doch wenigstens in Sachen Nachforschung weiterkommen.

»Hallo«, sagte sie freundlich zu der freien Mitarbeiterin,

als sie sie eingeholt hatte, »ich bin heute das erste Mal dabei«, und ergänzte nach einem erstaunten Blick aus blonder Höhe: »Josefine.«

Sie hatte beschlossen, niemandem zu sagen, wer sie in Wirklichkeit war. Zu wissen, dass die neue Agenturbesitzerin vor Ort war, würde die Zungen in Sachen Beate sicherlich nicht lösen.

»Hallo, Ruprechtine!«, sagte der Engel laut mit glockenheller Stimme, breitete mit theatralischer Geste Arme und Flügel aus, um die Hände gleich darauf mit gespreizten Fingern überrascht an ihre Wange zu legen. »Was trägst du heute für ein wundervolles Kleid!« Sie beugte sich zu einem vorbeigehenden kleinen Mädchen hinunter, lächelte es an und kicherte. »Sag, glaubst du auch, die lieben Elfen haben dieses wunderschöne Kleid, das Ruprechtine trägt, in der Himmelswerkstatt genäht?« Sie richtete sich wieder auf und warf in einer fließenden Bewegung ihr Haar nach hinten.

Das Mädchen sah Josefine neugierig an. Auch der Engel neigte ihr den Kopf zu. Josefine begriff, dass sie etwas sagen musste.

»Ja.« Sie spürte, wie ihr heiß wurde. Der nächste Fallstrick baumelte vor ihrer Nase. Was sollte sie denn jetzt sagen?

»Ja?« Das Lachen flirrte hell wie Glöckchen, brach ab, und als der Engel wieder sprach, hörte Josefine eine Spur Ungeduld in der Stimme der Himmelsbotin. »Ruprechtine will uns doch sicher erzählen, wie die fleißigen Elfen dieses wunderwunderschöne Kleid extra für sie aus Sternenstaub genäht haben.«

»Ach so. Sternenstaub. Ja. Klar. Ich bin die Ruprechtine. Stimmt.« Die Idee, sich mit dem Engel über Beate zu unterhalten und in ihren Ermittlungen endlich weiterzukommen, verpuffte in einer Glitzerwolke. Sie räusperte sich. »Also die Elfen. Die kehren da den Staub von den Sternen. Mit einem Besen. Und daraus ... also sie nehmen ihn, und dann ...« Das kleine Mädchen starrte sie mit offenem Mund an. Josefine spürte, wie der Schweiß sich auf ihrer Stirn und unter den Armen sammelte. »Dann machen sie das Kleid daraus.« Sie raffte ihren Umhang zusammen. »Ich muss weg. Mein Mann hat mich gerufen. Mein Mann ist der Weihnachtsmann. Also, der Weihnachtsmann hat mich gerufen. Das verstehst du sicher.«

So schnell ihre Absätze und die glatten Sohlen es erlaubten, flüchtete sie vom Ort des Geschehens. Dieser Einsatz war ein Reinfall auf gleich drei Ebenen. Dem kleinen Mädchen hatte sie vermutlich soeben ein Weihnachtstrauma verpasst, als Ermittlerin in Sachen Beate komplett versagt, und zu allem Überfluss würde sich ihr Totalausfall bei den anderen Darstellern sicher schneller herumsprechen, als sie Jingle Bells sagen konnte. Zusammen mit dem Schokoladenmann-Fiasko ein beeindruckender Minussaldo. Und wenn jetzt noch herauskam, dass sie die neue Chefin war, konnte sie ihre Zelte in Titzelsee sofort abbrechen. Am besten ging sie auf direktem Weg in den Pausenraum, der den Darstellern und Darstellerinnen zugewiesen worden war, und verkroch sich dort, bis die ganze Veranstaltung vorbei war. Die schlechteste Lösung wäre das nicht. Bei dieser Gelegenheit konnte sie immerhin versuchen herauszufinden, was außer Schokolade von dem Weihnachtstrupp noch so unters Volk gebracht wurde.

Der Pausenraum war leer. Was sie keinen Moment verwunderte, denn eine Bauruine im Regen strahlte mehr Gemütlichkeit aus als dieser Ort. Die kahlen Betonwände hatten vermutlich auch schon trostlos ausgesehen, als das Ladenlokal noch belegt gewesen war. Jetzt hingen ein paar zerfetzte Plakate halb an der Wand, nur gehalten von Resten schmuddeligen Klebebands. In einer Ecke hatte jemand alte Kartons entsorgt, daneben standen gebrauchte Kaffeebecher und eine halbvolle Colaflasche ohne Verschluss auf dem Boden. Das war auch schon alles, was sich an Getränken im Angebot befand. Erfrischungen für die Weihnachtstruppe oder gar ein Catering war nirgends zu entdecken. Dabei hätte sogar eine Tasse billigster Automatenkaffee das Potenzial gehabt, Josefines Stimmung aufzuhellen. Tische, auf denen man etwas hätte abstellen können, fehlten ebenso wie

Stühle in ausreichender Menge. Von den acht weißen Plastiksesseln verdienten zwei den Namen Sitzgelegenheit definitiv nicht mehr. Mit solchen Rissen in den Beinen gehörten sie auf die Müllkippe und nicht in einen Pausenraum. Aber dass damit nur noch sechs Plätze zur Verfügung standen, mochte auch daran liegen, dass der Auftraggeber, die Iwersinger-Arcaden-GmbH & Co. KG, sicher davon ausging, dass nie alle auf einmal Pause machen würden. Ein Punkt, in dem Josefine ihnen recht gab. Sie suchte sich den vertrauenerweckendsten Sessel aus, setzte sich und legte den Kopf in den Nacken. Was für ein Reinfall.

Die Tür flog auf, und ein kleiner Trupp Elfen und Wichtel betrat den Pausenraum. Josefine schreckte hoch. Sie musste kurz eingenickt sein, denn ihr Nacken schmerzte. Die jungen Leute wischten sich die Mützen und Perücken vom Kopf, zogen sich die wenigen Stühle heran und ließen sich daraufallen.

»Wo sind denn unser Himmelstau und die Himmelsküchlein?«, rief einer der Wichtel und schaute sich demonstrativ um. Die anderen lachten höhnisch.

»Wie lange machst du das jetzt, Lukas? Drei Jahre? Vier? Glaubst du immer noch an den Weihnachtsmann?« Einer der Elfen beugte sich vor und schlug ihm spielerisch mit der Faust gegen den Oberarm. »Hast du jemals erlebt, dass wir irgendwas bekommen haben? Außer dem Hungerlohn natürlich.«

»Ich bin gespannt, ob sie uns heute wieder nicht für die ganze Zeit bezahlen«, warf eine Wichtelin ein. »Beim letzten Mal haben sie behauptet, wir hätten zu lange Pausen gemacht, und uns das vom Lohn abgezogen. Wir bekommen schon nur den Mindestlohn, und dann auch noch das.« Sie streifte die spitzen Schuhe von den Füßen und rieb sich die Zehen. »Wenn ich das Geld nicht so dringend brauchen würde«, sagte sie mehr zu sich selbst als zu den anderen. »Aber das interessiert niemanden. Nimm den Job oder lass es. Gibt genug andere, die es für die Knete machen. Alles Ausbeuter.«

»Student:innen sind Sklaven, wusstest du das nicht, Elena?« Der Elf gähnte und reckte sich. Sein Plastikstuhl knackte be-

drohlich. Er wandte sich an Josefine. »Du bist neu hier«, stellte er fest. »Der Ruprechtinen-Ersatz für unsere Chefin?«
Josefine nickte.
»Ich bin Torben.« Er zwinkerte ihr zu. »Steht dir gut, das Kostüm. Besser als ihr.« Er sah auf die Schuhe und grinste anerkennend. »Was zahlen Sie dir? Doch bestimmt mehr als uns armen Studierenden?«, wollte er wissen.
Josefine zögerte, bevor sie antwortete: »Ich bin noch neu in der Branche. Insofern ...«
Wieder flog die Tür auf, einer der Engel schaute in den Raum.
»Hier seid ihr. Wir suchen euch schon. Gleich geht es los! Kommt gefälligst.« Er ruderte auffordernd mit den Armen. Die Elfen und Wichtel wuchteten sich von den Stühlen, murrten und setzten sich ihre Mützen und Perücken wieder auf.
»The show must go on! Darf ich bitten, Ruprechtine?« Der Elf verbeugte sich tief vor Josefine. »Lasst die Lieder froh erklingen an diesem schönen, heiligen Ort«, sang er laut und reichte Josefine die Hand, um ihr aufzuhelfen.
Dass er das mit dem Singen wörtlich gemeint hatte, begriff Josefine erst, als sie das Keyboard am Rand der Bühne sah, hinter dem einer der Engel Platz genommen und zu spielen begonnen hatte. Panik stieg in ihr auf. Gemeinsames Singen stand auf ihrer persönlichen Beliebtheitsskala unmittelbar hinter professioneller Zahnreinigung: Man wollte es nicht, aber ab und an musste es einfach sein. In der Regel schaffte sie es, beim Singen ebenso stumm den Mund auf- und zuzumachen wie in der Zahnarztpraxis. Wenn es gar nicht anders ging, brummte sie leise mit. Immer bestrebt, ihre Talentlosigkeit nicht allzu offensichtlich werden zu lassen.
Sie stellte sich in die letzte Reihe der Gruppe. Der Keyboarder stimmte die ersten Takte von »Fröhliche Weihnacht überall« an, die Elfen, Wichtel und Engel fielen an der richtigen Stelle ein. Sie sangen gut, mit schönen Stimmen, und Josefines Adrenalinspiegel sank. Vielleicht konnte ihre Playback-Taktik sie tatsächlich retten. Mit jedem Lied schlug Josefines Herz

ruhiger, und bei »Lasst uns froh und munter sein« erwischte sie sich sogar beim leisen Mitsingen, was jedoch augenblicklich ein Ende hatte, als der Chor sich vor ihr teilte und den Blick auf sie freigab. Aller Augen richteten sich auf sie, die beiden Engel links und rechts neben ihr wiesen ihr mit Armen und Flügeln den Weg nach vorn. Josefine blickte sich hektisch um. Was sollte das jetzt werden?

»Dein Auftritt«, zischte der Engel zur Linken, ohne sein Lächeln abzulegen, und wedelte erneut mit seinem Flügel. Der Keyboarder spielte eine Melodie, die Josefine vage bekannt vorkam. Vor der Bühne hatte sich eine stattliche Anzahl Menschen versammelt. Männer, Frauen, Kinder. Josefine schaute in erwartungsvolle Gesichter. Ihr wurde schlecht.

»Du musst singen.« Beate stand unvermittelt neben ihr. »Das ist Ruprechtines Lied.«

Josefines Kehle schnürte sich zusammen. Sie konnte doch unmöglich vor all diesen Leuten ... Ihre Knie wurden weich. Was für eine Blamage. Wenn das hier vorbei war – falls sie es überlebte –, würde sie sofort die Koffer packen und nach Hause fahren. Weg aus Iwersingen, weg aus Titzelsee. Weg von der Agentur, von Beate und von all dem Wahnsinn. Lieber allein zu Hause das fünfte Mal den Speicher entrümpeln als das hier.

Die Musik wiederholte sich. Im Publikum und im Weihnachtstrupp machte sich Unruhe breit.

Ein kleines Mädchen fragte laut: »Mama, warum singt die Frau vom Weihnachtsmann nicht?«

»Es ist nicht schwer. Ein einfaches Lied. Du schaffst das.« Beate nickte ihr aufmunternd zu. Dann fing sie mit klarer Stimme an zu singen: »Morgen, Kinder, wird's was geben.« Sie lächelte Josefine an. Die Musik begann erneut von vorne.

»Morgen, Kinder, wird's was geben, morgen werden wir uns freun ...«, stimmte Josefine heiser in den Gesang ihrer Schwester ein und ließ sie nicht aus den Augen. Beate gab ihrer Stimme Halt. Zeile für Zeile, Ton um Ton fielen ihr Text und Melodie wieder ein. Ihre Stimme wurde kräftiger. Die Heiserkeit verschwand. Beate war direkt neben ihr. Ihre Finger dicht

an ihrer Hand. Josefine hörte nichts außer Beates Stimme. Sie sangen gemeinsam. Von der glänzenden Stube, vom Räderpferdchen, vom Harlekin mit der gelben Violine. Egal, was die Leute dachten. Es war nicht wichtig. »Unsre lieben Eltern sorgen lange, lange schon dafür.«
Sie hatte eine Schwester. Ein Glücksgefühl brannte in ihrer Brust, ballte sich zusammen und explodierte in Herzenswärme.
»Oh gewiss, wer sie nicht ehrt, ist der ganzen Lust nicht wert!« Mit den letzten Worten verbeugte Beate sich mit weit ausgebreiteten Armen vor dem Publikum. Sie legte eine Hand an ihre Brust, verbeugte sich erneut und ging von der Bühne. Josefine sah ihr nach, tauchte wie aus einer Glocke wieder an die Oberfläche der Wirklichkeit. Das Publikum hatte nur sie gesehen und singen gehört.

    Josefine sah in die Gesichter der Menschen vor ihr. Sie konnte froh sein, nicht ausgebuht zu werden. Doch zu ihrem großen Erstaunen erklang lauter Applaus, der Chor schloss sich wieder um sie und stimmte ein neues Lied an. Josefine stolperte in die hintere Reihe. Torben, der Elf, fing sie auf und stellte sie auf die Beine.

    »Das war gut, Ruprechtine. Richtig gut fürs erste Mal. Alle Achtung. Willkommen bei den Leihnachtsmännern.«

13

»Du hast nur noch Geschenkpapier, auf dem ›Happy Birthday‹ steht.« Josefine kramte in der untersten Schublade von Beates Wohnzimmerkommode und förderte mehrere Rollen mit demselben Muster zutage. »Das soll ein Weihnachtspräsent werden.«
»Schreib einfach ›Jesus‹ drunter, dann passt es wieder.« Beate zuckte mit den Schultern. Josefine hielt kurz in der Bewegung inne, verkniff sich aber jegliche Antwort. »Es ist sowieso eine ganz blöde Idee«, fuhr Beate fort.
»Warum?« Josefine rollte den Bogen aus, legte die kleine Schachtel darauf und schnitt exakt die Menge Papier ab, die sie zum Verpacken benötigte.
»Ich weiß nicht. Mein Gefühl sagt es mir.«
»Dein Gefühl? Genauer geht's nicht?« Josefine pikte mit der Schere in Beates Richtung.
»Mein Gefühl, ganz recht. Und nein. Genauer geht es nicht.« Sie beobachtete, wie Josefine sorgfältig die Ecken umschlug, ausrichtete und umklappte, bevor sie das Klebeband sehr gerade aufklebte. »Schleifen müsste ich auch noch irgendwo haben. Sieh mal in der rechten Schublade im Küchenbüfett nach.« Sie starrte auf die Schachtel. »Was willst du überhaupt bei ihm? Warum auf einmal dieser Aktionismus?«
»Weil wir an irgendeiner Stelle einmal systematisch ansetzen müssen, wenn wir herausfinden wollen, wer dir das angetan hat. Es bringt nichts, nur durch die Gegend zu rennen und wild die Menschen zu fragen, ohne einen Plan zu haben.«
»Und den hast du jetzt?«
»Nicht im Detail. Aber im Groben. Und der besagt, dass es Sinn ergibt, anzufangen und sich von da weiter nach vorne zu arbeiten. Deswegen beginne ich jetzt bei deinen Anfängen, bei deinem Vater.«

»Stiefvater.«
»Stiefvater. Meinetwegen auch das. Und wo, sagtest du, ist das Band?«
Beate wies stumm auf den Schrank. Josefine tat, wie ihr geheißen, ging zu dem Weichholzmöbel und öffnete die Schublade. Unzählige Kugelschreiber, Gummibänder, Grußkarten, Eddings, eine Computermaus, ein Maßband, Gartendraht, eine Farbmusterkarte und eine halbe Türklinke quollen daraus hervor. Geschenkband war nicht dabei.
»Uwe hat gemeint, du wärst sehr genervt von ihm gewesen. Gab es etwas Konkretes?«
»Wenn ein allgemein schlechtes Vater-Tochter-Verhältnis konkret genug ist, dann ja. Wobei sich ja im Nachhinein herausgestellt hat, dass er gar nicht mein Vater ist.« Beate trat ans Fenster und schaute hinaus. »Vermutlich gibt es einen Zusammenhang zwischen diesen beiden Punkten, nur dass es mir Zeit meines Lebens nicht klar war.« Sie verschränkte die Hände auf dem Rücken. »Vielleicht will ich auch nicht sehen, was die Leute wirklich von mir denken. Ich kann immer noch nicht glauben, was du mir über die Blumenfrau erzählt hast.«
»Karin Butter war nicht gut auf dich zu sprechen.«
»Was sie mich nie hat ahnen lassen. Oder ich bin einfach zu gutgläubig für diese Welt gewesen.« Beate lachte leise auf.
Josefine schob das fertig verpackte Mitbringsel zur Seite. Es war nur eine Kleinigkeit. Eine Schachtel Pralinen, die sie in Beates Küche gefunden hatte. Es erschien ihr richtig, nicht mit leeren Händen bei Werner Silberzier vorstellig zu werden. Schließlich war es eine Art Familienbesuch, wenn auch im allerweitesten Sinne.
Sie ging zu ihrer Schwester und sah ebenfalls hinaus. Dabei stellte sie sich vor, wie es wäre zu erfahren, dass ihr Vater nicht ihr Vater war. Alle Streitigkeiten, alle Probleme, die sie miteinander gehabt hatten, verlören ihren Bezug und erschienen unter einem ganz neuen Blickwinkel.
»Wusste er schon immer, dass du nicht seine leibliche Tochter bist?«

»Muss ja wohl so sein.« Es schien, als wollte Beate noch etwas ergänzen, aber dann presste sie die Lippen aufeinander.

Dicke Schneeflocken tanzten durch die einsetzende Dämmerung. Im Licht von Beates Wohnzimmer blinkten sie kurz auf, bevor sie zu Boden sanken. Sie schwiegen. Josefine wandte den Kopf zur Seite und betrachtete Beates Profil. Die Form ihrer Nase, den Schwung des Mundes, das kleine Grübchen am Kinn. Sie sieht mir tatsächlich etwas ähnlich, dachte sie. Die Leute haben recht. Bisher hatte sie keinen Blick dafür gehabt.

»Danke für gestern«, sagte sie leise. »Ohne dich hätte ich das mit dem Singen niemals geschafft. Ich hatte so eine Angst, mich zu blamieren.« Spontan umarmte sie ihre Schwester von der Seite. Für den Bruchteil einer Sekunde glaubte sie, Beate zu spüren. Ihre Schultern, ihre Arme, ihre Wärme. Dann glitt sie durch sie hindurch.

Beate zuckte zusammen, starrte Josefine an, wich zurück.

»Bitte entschuldige. Ich wollte dir nicht zu nahetreten. Das war übergriffig.«

»Übergriffig? Quatsch.« Ein Ruck ging durch Beates Körper. Sie wies auf Josefines Hände. »Ich habe dich gefühlt. Ganz kurz. Es war wie ein Kitzeln. Oder Kribbeln. Versuch es noch einmal.« Sie streckte Josefine beide Hände entgegen.

Josefine zögerte, dann griff sie danach. Aber diesmal geschah nichts, sie fasste durch ihre Schwester hindurch, ohne etwas zu spüren. Enttäuscht blickten beide auf ihre Hände.

»Man sollte wohl auch nie zu viel erwarten«, sagte Beate betont munter und drehte sich um. Sie zeigte auf eine Kiste oben auf dem Küchenschrank. »Versuch es da mal mit dem Band.«

Aber auch in der Kiste war es nicht. Erst nachdem Josefine erfolglos sämtliche Schubladen auf- und Kartons aus den Regalen hervorgezogen und geöffnet hatte, fand sie das Band schließlich im Waschbeckenschrank im Badezimmer und vervollständigte die Verpackung.

»Hast du eigentlich auf das Haltbarkeitsdatum geschaut?«,

fragte Beate beiläufig. »Ich kann mich nicht erinnern, wann ich die Pralinen geschenkt bekommen habe.«

Josefine hoffte inständig, dass es sich bei den Pralinen nicht um diese Art von Wandergeschenk handelte, das über Jahre hinweg von einem zum Nächsten weiterverschenkt und niemals geöffnet wurde. Bei ihrem Glück würde diese Endloskette just von Werner Silberzier unterbrochen werden. Sie fragte sich, warum sie nicht einfach eine neue Packung gekauft hatte. Die richtigen Lösungen fielen einem immer zu spät ein. Sie umklammerte die Packung, während sie der Pflegekraft durch einen langen Gang folgte.

Werner Silberzier lebte in einer Seniorenanlage, deren Ausstattung und Atmosphäre deutliche Rückschlüsse auf die Bewohnerinnen und Bewohner zuließen. Hier lebten Menschen, die sich einen gewissen Luxus leisten konnten. Glänzender dunkler Marmorboden, gediegene Ledergarnituren und elegante Ohrensessel, dekorativer Blumenschmuck und dezente Beleuchtung im Empfangsbereich erweckten den Eindruck eines Sternehotels. Nur die Menschen in Rollstühlen und einige umhereilende Pflegekräfte erinnerten daran, dass es sich hier um eine Pflegeeinrichtung handelte.

»Herr Silberzier bewohnt eins unserer Appartements.« Die Pflegekraft wandte sich im Gehen Josefine zu und lächelte freundlich. »Er organisiert Konzertbesuche für unsere Klienten und ist immer viel unterwegs.«

»Braucht er keine Unterstützung?«, wollte Josefine wissen und merkte, wie sie in der Wärme des Hauses schwitzte. Sie zog ihren Wintermantel aus und legte ihn über den Arm.

»Nicht alle unsere Bewohnerinnen und Bewohner sind pflegebedürftig. Ganz im Gegenteil. Viele nutzen die Annehmlichkeiten des Hauses und leben selbstständig in ihren eigenen Wohnungen, bis sie vielleicht eines Tages Hilfe brauchen. Bei einigen passiert das schrittweise, bei anderen nie.«

»Ich dachte immer, man geht erst ins Altenheim, wenn man ein Pflegefall ist.«

»Das ist schon längst nicht mehr so. Viele ziehen lange vorher zu uns in die Seniorenresidenz. Wir haben auch viel zu bieten hier. Restaurant, Weinstube, Café, ein großes Schwimmbad, mehrere Saunen, ein Fitnessstudio. Friseur, Fußpflege und Kosmetik – alles vorhanden. Sogar einen kleinen Supermarkt finden Sie hier bei uns.«
»Fast wie eine kleine Stadt.«
»Richtig. Eine kleine Stadt, auf die Wünsche und Bedürfnisse älterer Menschen zugeschnitten.« Sie bogen um eine Ecke. Josefines Begleiterin blieb vor einer Wohnungstür stehen. »Da wären wir.«
Sie drückte auf die Klingel. Ein heller Gong ertönte im Inneren der Wohnung. Josefine hörte Schritte, dann öffnete sich die Tür.
Man sah Werner Silberzier sein stattliches Alter von neunundachtzig Jahren nicht an. Er war groß gewachsen, hielt sich sehr gerade und machte einen sportlichen Eindruck. Wenn Josefine es nicht besser gewusst hätte, sie hätte ihn auf Ende sechzig, Anfang siebzig geschätzt. Sein Blick fiel zuerst auf die Pflegekraft, dann auf Josefine. Er musterte sie.
»Ja bitte?«
»Guten Tag, Herr Silberzier. Mein Name ist Josefine Jeschiechek, und ich bin –«
»Ich weiß, wer Sie sind«, unterbrach er sie. Seine tiefe Stimme dröhnte durch den Gang. Seine Miene war der Inbegriff von Strenge.
»Hätten Sie wohl einen Moment Zeit für mich? Ich habe Fragen, auf die ich Antworten suche.« Josefine streckte ihm die Hand mit der Pralinenpackung entgegen. Werner Silberzier ignorierte das Präsent, machte aber den Weg in seine Wohnung frei. Josefine bedankte sich mit einem Nicken bei der Pflegekraft und trat ein. Werner Silberzier schloss die Tür und wies ihr den Weg in sein Wohnzimmer. Sie ging ihm voran und blieb in der Mitte des Raumes stehen.
»Mein Beileid zum Tod Ihrer Tochter.«
»Was wollen Sie wissen? Ich habe nicht viel Zeit.« Er ging

zu seinem Esstisch am Fenster, zog einen Stuhl hervor und setzte sich. Er bot ihr weder an, sich zu setzen, noch nahm er ihr den Mantel ab. Josefine ging ebenfalls zu dem Tisch, legte den Mantel über eine Stuhllehne und nahm gegenüber von Werner Silberzier Platz.

»Das ist wieder typisch«, hörte Josefine Beate hinter sich sagen. »Emotional wie ein Backstein.« Sie warf einen kurzen Blick über ihre Schulter. Beate stand mit vor der Brust verschränkten Armen neben einer Anrichte aus geschnitzter Eiche und betrachtete ihren Stiefvater mit gesenktem Kinn.

»Ich erwarte, dass Sie mich anschauen, wenn Sie mit mir reden.«

Josefine fuhr herum. Werner Silberzier blickte sie mit düsterer Miene an, seine dichten grauen Brauen stießen über der Nasenwurzel beinahe aneinander. Trotz ihrer sechsundfünfzig Jahre fühlte sie sich wie ein kleines Mädchen vor dem gestrengen Lehrer. Sie verstand, warum Beates Verhältnis zu ihrem Stiefvater schwierig war. Sie sah sich in der Wohnung um. Ein gut gefülltes Buchregal, ein großer Fernseher, ein einladendes Sofa mit Kissen. Alles penibel ordentlich und sauber. Trotzdem fehlte etwas, das dem Raum eine persönliche Note verlieh, ohne dass sie hätte sagen können, was es war. Eine Anrichte mit einer kleinen Minibar stand direkt hinter dem Essplatz. Sie konzentrierte sich auf die bunten Etiketten der Flaschen, sammelte sich. Josefine setzte sich gerade hin, stellte beide Füße fest auf den Boden und legte ihre Unterarme locker ausgestreckt auf den Tisch. Hier war eine klare Ansprache gefordert. Kein Geplänkel, kein Drumherumreden.

»Warum haben Sie nicht direkt nach Beates Tod jemanden darauf hingewiesen, dass Sie nicht ihr Vater sind?«

»Weil es nicht recht ist.« Werner Silberzier ballte kurz die Fäuste.

»Wie meinen Sie das?«

»Was ist ein Vater?«, dozierte er. »Derjenige, der ein Kind erzieht, es kleidet, ihm ein Dach über dem Kopf gibt, zahlt. Oder sehen Sie das anders?«

»Wie wäre es mit Liebe, Fürsorge, Kümmern, einem Zuhause, in dem man sich willkommen fühlt?«, warf Beate ein. Josefine hatte Mühe, sich nicht wieder nach ihr umzudrehen. »Wenn ich bedenke, was ich alles in Beate investiert habe, obwohl sie nicht mein leibliches Kind war. Das interessiert jetzt niemanden mehr.«
»Geld, Geld – es geht ihm immer nur ums Geld.« Beates Zorn war unüberhörbar.
»Sie wussten immer, dass Sie nicht ihr Vater waren?«
»Nicht ihr biologischer Vater. Ja. Ich habe Christel kurz nach Beates Geburt kennengelernt. Sie war meine große Liebe. Ich wollte sie. Um jeden Preis. Das Kind habe ich in Kauf genommen. Ich habe nie nach Details gefragt.« Er schaute aus dem Fenster, als könnte er so direkt in die Vergangenheit blicken. Seine Züge wurden weich. Er senkte den Kopf und atmete langsam aus. Als er sich wieder Josefine zuwandte, war die Härte zurückgekehrt. »Sie sind die Tochter desjenigen, der als ›Vater unbekannt‹ in Beates Geburtsurkunde steht.«

Josefine nickte. Hier ging es nicht nur um Beate, wurde ihr klar. Hier ging es auch um sie. Um ihren Vater, der vor ihr ein anderes Kind gezeugt hatte.

»Der Erbenermittler sagte etwas von einer zweiten Urkunde, in der die Vaterschaft anerkannt wurde.«

»Das stimmt. Sie befand sich bei den privaten Unterlagen meiner verstorbenen Frau.«

»Haben Sie die nach ihrem Tod nicht gesichtet?«

»Nein.«

»Warum nicht?«

»Aus Respekt. Sie hatte ihre Gründe, die Unterlagen in einer Kiste zu verschließen. Sie wollte nicht, dass jemand sie liest. Genau wie ihre Tagebücher.«

»Beates Mutter hat Tagebuch geführt?«

»Das sagte ich gerade.«

»Was steht da über Beates und meinen Vater?«

»Woher soll ich das wissen? Es kann jedenfalls nicht viel sein.«

»Nicht viel bedeutet nicht nichts.«
»Sein Name steht vermutlich drin, und dass er eine kurze bedeutungslose Affäre war, nicht mehr. Ich war die große Liebe ihres Lebens.«
»Herr Kessler von der Erbenermittlung sagte mir, dass er von der Schwangerschaft nichts wusste.«
»Christel hat sie ihm damals absichtlich verschwiegen. Sie wollte nicht, dass er sich verpflichtet fühlte. Ihr Vater ist also entschuldigt, dass er sie nicht geheiratet und so vor der Schande bewahrt hat.«
»Aber was ist dann mit der Anerkennung der Vaterschaft?«
Josefine brauchte keine Absolution von Werner Silberzier für etwas, das von niemandem versäumt worden war. Ihr Vater hatte nichts von Beates Geburt gewusst. Sich nicht vor der Verantwortung gedrückt, die Werner Silberzier freiwillig an seiner statt übernommen hatte. Womöglich hatte er sogar für Beate einstehen wollen, als er schließlich davon erfuhr.

Werner Silberziers Lippen wurden weiß. Sein ganzer Körper verspannte sich, und Josefine spürte, wie schwer es ihm fiel, darüber zu sprechen.

»Warum haben Sie und Ihre Frau keine weiteren Kinder bekommen?«, wechselte sie das Thema.

»Nach Beate war das nicht mehr möglich. Sie hat Christel eine sehr schwere Geburt bereitet.«

Josefine bemerkte aus den Augenwinkeln, wie Beate sich in Bewegung setzte. Sie schwebte an ihr vorbei und durch die Tischplatte, bis sie direkt neben Werner Silberzier stand. Sie beugte sich vor. Josefine sah Tränen auf ihren Wangen.

»Das hast du mich spüren lassen, jeden einzelnen Tag«, sagte sie leise. »Du hast mich gehasst. Gib es zu.«

»Sie sagen das so, als hätte Beate ihre Mutter mit Absicht bei der Geburt verletzt. Sie wissen, dass das nicht sein kann?«

An Werner Silberziers Unterkiefer traten die Muskeln hervor. »Mag sein«, entgegnete er gepresst. »Bei der Geburt vielleicht nicht. Es gab genügend andere Gelegenheiten.«

»Gelegenheiten?«

»Beate war ein anstrengendes Kind und eine strapaziöse Heranwachsende. Sie war laut und unruhig, sie war unstet, hatte keine Disziplin, keinen Willen, etwas zu Ende zu bringen. Ständig unterbrach sie das Gespräch von Erwachsenen. Christel hatte sehr viel Last mit ihr. Es war eine große Erleichterung, als sie endlich auszog.«

»Du hast mich rausgeschmissen, sag, wie es war.« Beate schrie den Satz beinahe in sein Ohr. Werner Silberzier reagierte nicht. Josefines Hals brannte. Wie gerne hätte sie Beate getröstet. Alles, was er über sie sagte, traf auch auf ihren Sohn Florian zu. Aber bei allen Schwierigkeiten und Problemen hätte sie ihn nie als Last bezeichnet. Sie liebte ihn und tat alles in ihrer Macht Stehende, um ihn zu unterstützen. Sie hoffte, dass Beates Mutter genauso gefühlt hatte wie sie selbst.

Werner Silberzier schob seinen Stuhl zurück, stand auf und trat ans Fenster. Er verschränkte die Hände auf dem Rücken.

»Haben Sie von der späteren Anerkennung der Vaterschaft gewusst?«, wagte Josefine einen erneuten Vorstoß.

»Nein. Meine Frau hat mich nie darüber informiert«, antwortete er leise.

Josefine erkannte, dass er sich von seiner Frau hintergangen fühlte, und dieser Betrug wog schwerer als die Tatsache, dass jemand anders ab diesem Moment offiziell der Vater seiner Stieftochter gewesen war.

»Können Sie sich vorstellen, warum das geschah?«

Wieder versteifte sich Werner Silberzier. Es war offensichtlich, dass ihn das Thema schmerzte, aber Josefine konnte darauf keine Rücksicht nehmen. Es war zu wichtig. Sie gab ihm Gelegenheit, sich zu sammeln, und wartete geduldig, bis er weitersprach.

»Es gab eine kurze Zeit, in der wir mit unserer Ehe eine Krise durchmachten. Beate war als Teenager noch schwieriger, und wir waren uns nicht einig darüber, wie man ihrer Erziehung Herr werden und ihrem Treiben Einhalt gebieten konnte. Ich wollte sie mit Härte und Strenge zu mehr Disziplin führen. Christel war zu weich in dieser Hinsicht. Mehr als einmal standen wir kurz vor einer Trennung, ehe ich Christel wieder zur Vernunft bringen konnte. Die Anerkennung stammt aus dieser Zeit. Ich weiß nicht, wie sie es bewerkstelligt hat, aber vielleicht wollte sie sichergehen, auch nach einer Scheidung für ihre Tochter sorgen zu können.«

Beate umschlang ihren Oberkörper mit beiden Armen. Ihre Miene drückte Trauer und Wehmut, aber auch Willensstärke und Rebellion aus. Josefine erkannte in ihr den Teenager, der sie einmal gewesen sein musste.

»Christel hat immer Kontakt zu Beate gehalten, obwohl ich ihr davon abgeraten habe. Ich weiß, dass sie ihr eine Zeitlang heimlich Geld zugesteckt hat. Mein Geld. Sie dachte, ich merkte es nicht«, sagte er, ohne sich umzudrehen. »Als Christel starb, hat Beate sich nicht gekümmert.«

»Du lügst. Du hast mich nicht zu ihr gelassen.«

»Vor gar nicht allzu langer Zeit stand sie dann auf einmal hier vor meiner Tür und wollte ihren Erbteil ausbezahlt haben.« Er lachte höhnisch und trat vom Fenster zurück. »Können Sie sich das vorstellen? Lebt auf meine Kosten und will dann auch noch Christels Geld?« Sein Ton wurde lauter. »Geld, das eigentlich mir zusteht? Wenn ich bedenke, wie viel Zeit Christel an diese Frau Schneider verschwendet hat, weil sich sonst niemand um die alte Frau gekümmert hat. Helfen wollte sie ihr. Pah! Das war Zeit, die sie mit mir hätte verbringen sollen. Dass die Schneider Christel dann als Alleinerbin eingesetzt hat, war ja wohl nur recht und billig. Ich habe es immer als eine Art Schadensersatz für unsere verlorene Zeit betrachtet.« Er ging ein paar Schritte auf Josefine zu, blieb kurz vor ihr stehen. Trotz seines Alters war er groß und kräftig. »Und jetzt kommen Sie daher und machen mir das streitig, was von Rechts wegen mir zusteht. Es ist mein Geld.« Er atmete heftig.

»Sie haben ihr den Erbteil ausbezahlt?« Josefine wich nicht zurück. Sie würde sich nicht einschüchtern lassen.

»Ich musste. Natürlich habe ich mich erst geweigert. Aber sie hatte einen Anwalt eingeschaltet. Sie haben mich gezwungen, nannten es Rechtsprechung. Pah!« Er machte einen weiteren Schritt auf Josefine zu und sah von oben auf sie herab. Josefine spürte ihr Herz schlagen. »Es ist besser, wenn Sie jetzt gehen, Frau Jeschiechek. Es ist alles gesagt.« Er ging um sie herum zur Wohnungstür und öffnete sie. Mit der Hand an der Klinke blieb er stehen. Josefine nahm ihren Mantel von der Stuhllehne, sah sich ein letztes Mal im Raum um und wusste auf einmal, was sie von Anfang an vermisst hatte: Fotos. Dass Aufnahmen von Beate fehlten, wunderte sie nach dem Gehörten nicht. Aber auch von seiner Frau Christel fand sich kein einziges Bild.

14

»Er war schon immer so. Er bestimmte, was bei uns zu Hause geschah. Er war der Nabel unserer Welt, der Herr im Haus, egal, wie es mir oder meiner Mutter ging.«
»Er sagte, deine Mutter wäre seine große Liebe gewesen.«
»Richtig.« Beate lachte bitter auf. »Das sagt aber mehr über ihn als über meine Mutter aus.«

Josefine verstand nicht, was Beate damit meinte, wollte sie aber nicht unterbrechen. Während der gesamten Rückfahrt hatte ihre Schwester schweigend über dem Beifahrersitz geschwebt und tief in Gedanken versunken aus dem Fenster gestarrt. Josefines Versuche, mit ihr über das Geschehene zu sprechen, hatte sie lediglich mit stummen Abwehrgesten beantwortet. Josefine war froh darüber, dass Beate sich ihr jetzt öffnete. Sie lief vor dem Wohnzimmertisch auf und ab, redete, ohne aufzusehen.

»Seine große Liebe hatte ihm selbstverständlich zur Verfügung zu stehen. Es interessierte ihn im Grunde nicht, ob diese große Liebe auch erwidert wurde. Hauptsache, er war zufrieden.«

»Wurde sie das denn – erwidert?«, wagte Josefine nun doch einen Einwurf. Beate blieb kurz stehen, sog die Unterlippe ein und biss darauf.

»Ich weiß es nicht«, antwortete sie schließlich und nahm ihren Gang wieder auf. »Als Kind dachte ich, meine Mutter tut alles für ihn, manchmal bis zur Selbstaufgabe. Auch wenn es ihr damit nicht gutging. Es machte mich wütend. Jetzt, mit dem Wissen von heute, denke ich, dass es vielmehr eine Verpflichtung war. Eine Schuld, die sie bei ihm abbezahlt hat. Er hat ihr und ihrem Kind, das nicht seines war, ein gesichertes Leben ermöglicht. Was zählt da schon Liebe?« Beate atmete vernehmlich aus. »Was soll's? Mich hat er nie geliebt. Ich war

das lästige Anhängsel. Jetzt weiß ich, dass ich mir das nicht nur eingebildet habe.«
»Wolltest du deswegen deinen Anteil am Erbe ausbezahlt haben?«
»Ja. Nein.« Beate verharrte in der Bewegung. Sie blickte auf und sah Josefine ins Gesicht. »Da war noch etwas anderes.« Sie hob die Hände an den Kopf, legte sie auf Stirn und Augen, kippte den Kopf in den Nacken. »Ich weiß es nicht«, murmelte sie. »Ich weiß es nicht.« Sie ließ die Arme sinken, schüttelte sich wie ein Hund, dessen Fell nass geworden war. »Wenn ich versuche, mich zu entsinnen, ist es wie ein Nebel. Ich erinnere mich nur daran, dass ich ihn angerufen und mit ihm über meinen Anteil gesprochen habe.«
»Nach dem, was ich heute gesehen habe, ist er sicherlich nicht in Begeisterungsstürme ausgebrochen.«
»Sturm ja, Begeisterung nein.« Beate nahm ihre Wanderung durch das Wohnzimmer wieder auf. »Er hat geschimpft und gedroht, gemeint, es sei allein sein Geld, denn schließlich habe er es erarbeitet. Auf die Idee, dass meine Mutter ihm seine Karriere erst ermöglicht hat, indem sie ihm den Rücken freihielt, und dass es deswegen auch ihr Verdienst war, ist er gar nicht gekommen. Er hat mich als Diebin beschimpft.«
»Was hast du geantwortet?«
»Nichts. Ich habe aufgelegt und die Sache von einem Anwalt regeln lassen.«
»Du hast das Geld also tatsächlich bekommen?«
Beate nickte. »Gegen das Gesetz kam er nicht an. Auch wenn ihm das nicht geschmeckt hat.
»Weißt du noch, wie viel es war?«
»Beinahe zweihunderttausend.«
Josefine pfiff leise.
»Wo ist das Geld jetzt?«, wollte sie wissen.
»Auf meinem Konto.«
Josefine stutzte. Herr Kessler hatte nichts von einem größeren Geldvermögen erwähnt. Da war Josefine sich sehr sicher. Die unbestritten gut gefüllten Konten der Agentur, die Agentur

selbst, ein Privatkonto mit etwa fünfzehntausend Euro Guthaben. Von mehr war nicht die Rede gewesen. Dabei waren zweihunderttausend Euro nichts, was man aus Versehen unerwähnt ließ.
»Bist du sicher?«
»Ich bin zwar tot, aber nicht senil.«
»Hast du mehr als ein Konto?«
»Nein.«
Josefine stand auf, ging zu ihrer Tasche und nahm ihr Handy heraus. Als Herr Kessler ihr die Unterlagen gezeigt hatte, hatte sie die wichtigsten Seiten fotografiert. Sie wischte durch ihre Foto-App, bis sie fand, was sie gesucht hatte.
»Hier bitte.« Sie zeigte Beate das Display. »Siehst du da irgendwo zweihunderttausend Euro? Ich nicht.«
Beate beugte sich vor, blinzelte, las, schüttelte ungläubig den Kopf.
»Hat außer dir noch jemand Zugang zu dem Konto?«
»Nein.« Beate ließ sich auf eine Sessellehne sinken. »Keine Vollmacht oder so was. Aber ...«
»Was aber?«
»Ich mache Online-Banking.«
»Ja. Und?«
»Die Zugangsdaten.« Beate stand auf, ging zum Kühlschrank und blieb davor stehen. Sie zeigte auf die mit Magneten übersäte Tür, blickte zwischen Josefine und den Magneten hin und her. »Aber das kann ich mir nicht vorstellen«, murmelte sie. »Cancan würde niemals ... ich kenne sie doch ...«
Josefine trat zu ihr und betrachtete die verschiedenen Zettel, Post-its und Zeitungsausschnitte. Auf einem der Zettel standen eine Kontonummer, ein Passwort und eine weitere Zahlenkombination. Josefine wunderte sich, dass ihr das bisher noch nicht aufgefallen war.
»Es gibt nur eine Möglichkeit, das zu überprüfen.« Josefine sah auf die Uhr, ging zur Wohnungstür und bedeutete Beate, ihr zu folgen.

»Kannst du mich bitte ein paar Minuten allein lassen, Candan? Ich möchte ungestört am Computer Privates erledigen.«
»Kein Problem. Ist es okay, wenn ich dann Feierabend mache? Ich habe so viele Überstunden, und Lennart freut sich, mich auch mal wieder etwas länger zu sehen. Ich glaube, er hat für mich gekocht.« Candan Aydin schob ihren Schreibtischstuhl zurück und streckte sich. »Für heute Abend sind schon alle versorgt und die jeweiligen Kostüme abgeholt. Es dürfte also ruhig bleiben.« Sie stand auf, ging in die Requisitenkammer und kam in ihrem Mantel wieder heraus. »Falls neue Anfragen kommen – wir haben bis nach Weihnachten definitiv keine freien Leute mehr, um zusätzliche Termine zu bedienen. Zumal wir jetzt auch noch Lukas abfedern müssen.«
»Was ist mit ihm? Ist er krank?«
Candan Aydin griff nach ihrem Rucksack und warf ihn sich mit Schwung über die Schulter. »Nein. Das heißt, ich habe keine Ahnung. Er meldet sich nicht, und ich erreiche ihn auch nicht. Eigentlich hätte er gestern einen kleinen Auftritt im Kindergarten gehabt, aber er hat nicht einmal das Kostüm abgeholt.«
»Vielleicht war sein Akku leer?«
»Eher nicht. Die Studis sind doch mit ihren Handys verwachsen. Probleme, weil der Akku leer war, hatte bei uns immer nur Beate. Nein. Mit Lukas stimmt irgendwas nicht. Ich hoffe, es ist nichts Schlimmes.«
»War der Kunde sehr verärgert?«, wollte Josefine wissen, Gruppe enttäuscht dreinschauender Kinder und eine wütende Kindergartenleitung vor Augen.
»Finn ist kurzfristig eingesprungen. War also kein Problem. Aber wenn Lukas sich nicht bald meldet, bekommen wir eines.« Sie zog die Riemen des Rucksacks fester, ruckelte ihn unter der Kapuze zurecht und strich ihren Mantel glatt. »Ab morgen beginne ich, mir Sorgen zu machen. Lukas ist einer unserer zuverlässigsten Studis. Es passt nicht zu ihm, so sang- und klanglos von der Bildfläche zu verschwinden.« Sie nickte Josefine freundlich zu. »Bis morgen«, rief sie im Hinausgehen und winkte zum Abschied.

»Dieser Adventskranz hier ist so trocken, morgen werde ich ein Stück davon rauchen.« Beate versuchte, den Weihnachtsschmuck auf der Ecke von Candan Aydins Schreibtisch zu berühren, was aber nur zur Folge hatte, dass ihre Hand im Tannengrün versank. »Aber es ist in der Tat sehr ungewöhnlich.« Sie schaute Candan nachdenklich hinterher.

»Was genau? Dass sie die Deko vernachlässigt, so früh Feierabend macht, dass sie geht, ohne auf mein Einverständnis gewartet zu haben, oder dass dieser Lukas abgetaucht ist?« Josefine erinnerte sich an die Unzufriedenheit der jungen Leute, was ihre Bezahlung durch die Agentur anging. Sie fand es nicht verwunderlich, wenn sich jemand unter diesen Umständen einen neuen Job suchte. Der junge Mann würde sich bestimmt in den nächsten Tagen melden. So oder so.

»Nein. Cancan arbeitet immer sehr selbstständig. Ich meine die Sache mit Lukas. Er ist so ein Netter. Und hat nie einen leeren Akku.« Sie grinste. »Er hat mir mal ausgeholfen, als meiner mal wieder leer war. Ich nehme beim Kunden die Briefings einfach auf. Dann vergesse ich nichts und kann nachher alles genau nachhalten. Natürlich nur mit dem Einverständnis der Kunden.« Sie schwebte in Richtung Ausgang.

»Was hast du vor?«

»Ihn suchen. Ich mache mir Sorgen«, entgegnete Beate.

»Aber du weißt hoffentlich noch, warum wir hier runtergekommen sind?«

Beate stutzte, neigte den Kopf zur Seite. Josefine konnte förmlich sehen, wie es in ihr arbeitete. Ihre Schwester hatte wirklich ein Problem mit dem Gedächtnis. Aber vielleicht war das normal für einen Geist. Wer konnte das schon so genau sagen?

»Das Geld«, erinnerte Josefine sie. »Wir wollten nachsehen, was mit dem Geld passiert ist.« Sie hielt den Notizzettel mit den Zugangsdaten hoch und setzte sich an den Rechner.

Mit wenigen Mausklicks loggte sie sich in Beates privates Bankkonto ein. Der Kontostand zeigte ungefähr die Summe an, die sie nach Kesslers Informationen erwartet hatte. Die Änderungen erklärten sich durch automatische Abbuchungen der

Stadtwerke und einer Versicherung. Von zweihunderttausend Euro war der Kontostand allerdings weit entfernt.

»Kannst du dich erinnern, wann du das Geld bekommen hast?«

»Im Herbst. Ende September, Anfang Oktober müsste das gewesen sein.«

Josefine scrollte nach unten. Außer regelmäßigen Abbuchungen und einer monatlichen Zubuchung durch die Agentur gab es, wie zu erwarten, seit Beates Tod bis auf eine Ausnahme keine Bewegung auf dem Konto. Die Ausnahme waren achttausend Euro aus einer Sterbegeldversicherung. Niemand hatte sich an dem Konto bedient, wie Josefine erleichtert feststellte. Sie scrollte weiter zurück. Die Positionen zeugten von Beates eher lockerem Umgang mit Geld. Viele große und kleine Abbuchungen ließen ihr monatliches Budget immer sehr schnell schmelzen und das Konto ins Minus rutschen. Beate sah über Josefines Schulter und las mit. Sie räusperte sich.

»Ich habe mir das nie so genau angesehen. Wie oft ich in den Miesen stand, war mir gar nicht klar.«

Josefine schaute zu ihr hoch. Sie verkniff sich eine Bemerkung von wegen immer den Überblick über die eigenen Finanzen behalten und Planungssicherheit für die Zukunft. Wenn es jemanden gab, für den Planungssicherheit nicht wichtig war, dann war das ihre Schwester. Sie wandte sich wieder den Auszügen zu.

»Da ist es.« Josefine zeigte auf den Bildschirm, hielt inne und ließ sich dann gegen die Lehne des Schreibtischstuhls sinken. »Hier ist die Zubuchung und dort eine Barauszahlung. Du hast dir das ganze Geld wenig später bar auszahlen lassen.«

»Sieht so aus.« Beate beugte sich näher zum Bildschirm und kniff die Augen zusammen, um besser sehen zu können. Josefine wartete auf eine Erklärung, eine Bemerkung, aber es kam nichts weiter.

»Am 5. Oktober bist du auf die Bank gegangen, hast zweihunderttausend Euro abgehoben und kannst dich nicht daran erinnern? Vermutlich machst du das nicht täglich, und so etwas Besonderes vergisst man in der Regel nicht.«

»Ermordet zu werden ist auch etwas Besonderes, und daran kann ich mich bedauerlicherweise ebenfalls nicht erinnern.« Beate richtete sich wieder auf.

»Wir werden die Barabhebung überprüfen.« Josefine sah auf die Uhrzeit in der unteren Ecke des Bildschirms. »Aber nicht heute. Die Bank ist schon«, sie wurde vom »Ho! Ho! Ho!« der Türklingel unterbrochen, »zu.«

Sie musterte André Lenzen, der mit hochgeschlagenem Kragen die Agentur betrat. Heute trug er keinen Rock, dafür war der Mantelkragen aus, wie sie inständig hoffte, Kunstpelz. Der Bestatter schüttelte sich Schnee aus den Haaren, wickelte seinen dicken dunkelblauen Schal ab und zog den Mantel aus. Darunter kamen ein altrosafarbener Pullunder, eine graue Nadelstreifenhose und ein dunkler Stehkragenrolli mit Paisley-Muster zum Vorschein, der ihm die Anmutung eines Priesters verlieh.

»Sind Sie auf der Suche nach einem Weihnachtsengel?«, rutschte es Josefine heraus, und sie fand sich im gleichen Moment selbst hochnotpeinlich. Was hatte dieser Mann nur an sich, was sie so nervös machte?

»Sie reichen mir da vollkommen. Auch ohne Flügel.« Er hängte den Mantel an einen einsamen Nagel neben der Tür. Die Art und Weise, wie er auf sie zukam, konnte sie nur als schlendern bezeichnen. Neben ihrem Schreibtisch blieb er stehen. In ihrer sitzenden Position fiel ihr die ausgesprochen stilvolle goldene Gürtelschnalle auf. Rasch erhob sie sich und reichte ihm die Hand. Der Schreibtischstuhl rollte ungebremst nach hinten und stieß mit einem leisen Krachen gegen die Wand.

»Dass er mich nervös macht, hat mit seinem Beruf zu tun. Aber bei dir? Oder hoffst du im Gegensatz zu mir, dass er dich in die Horizontale legt?« Beate grinste breit und gestikulierte aufgeregt mit ausgestreckten Fingern neben ihrem Gesicht.

Josefine warf ihr einen strengen Blick zu.

»Schon gut, schon gut.« Beate ging um André Lenzen herum, betrachtete ihn von oben bis unten und blieb dann neben ihm stehen. »Der ist nicht wegen mir hier. Jedenfalls nicht hauptsächlich. Ich spüre so etwas. Und deswegen ...«, sie klatschte so laut in die Hände, dass Josefine zusammenzuckte, »... lass ich euch beide jetzt einfach allein und schau mal, was der liebe Lukas so treibt.« Sie machte eine kleine Verbeugung. »Bitte tu nichts Unüberlegtes, was meine Bestattung angeht. Ansonsten täte dir ein wenig Spontanität sehr gut, Schwesterlein.« Sprach's und löste sich vor Josefines Augen in kleine Wölkchen in Herzform auf.

Das war neu, und Josefine hätte es deutlich besser gefunden, wenn sie nicht ausgerechnet jetzt damit angefangen hätte.

»Sie möchten sicher wissen, ob wir eine Entscheidung wegen der Bestattungsart gefällt haben«, startete sie einen neuen Versuch, eine Unterhaltung mit ihrem Besuch zu beginnen.

»Ehrlich gesagt nein. Aber haben Sie sich denn entschieden?«

»Ebenfalls ehrlich gesagt nein. Es ist schwieriger, als ich dachte. Es gibt sehr viel zu bedenken.« Josefine schaute auf die Stelle, an der Beate eben noch gestanden hatte. »Und wir ... ich habe da noch nicht zu Ende gedacht. Sie werden sich also noch ein, zwei Tage gedulden müssen.«

»Kein Problem.« Er schob seine Hände in die Hosentaschen. »Hätten Sie vielleicht Lust, mit mir in der Zwischenzeit etwas essen zu gehen?«

»Etwas essen gehen?«

»Ja. Das bedeutet, wir beide gehen in ein Restaurant, lassen uns vom Kellner oder von der Kellnerin beraten, entscheiden uns jewils für ein Gericht und genießen dazu vielleicht noch ein Glas Wein.« Er grinste. »Der Vorteil ist, dass man nicht selbst kochen muss. Der Nachteil – man muss sich in recht kurzer Zeit entscheiden. Schaffen Sie das?«

Eine Stunde später saßen sie in einem der besten Restaurants in Titzelsee mit Aussicht auf den gleichnamigen See. Josefines von Mutter-mit-drei-Kindern-Erfahrung geprägte Vorschläge wie Pizzeria, Grieche oder Sushi-Kette waren allesamt mit der Begründung, für schlechtes Essen sei das Leben zu kurz, von

André Lenzen abgelehnt worden. Es gebe noch ein paar andere Dinge, die ähnlich existenziell und entsprechend ernst zu nehmen wären, aber man müsse ja irgendwo anfangen.

Was zu einem kurzen Aufenthalt in Beates Wohnung geführt hatte, wo Josefine den Kleiderschrank ihrer Schwester nach angemessenen Kleidungsstücken durchforstete, während André Lenzen auf der Couch saß und auf sie wartete. In der etwas zu kurzen Jeans und dem auf jeden Fall zu weiten Pulli, die sie heute Morgen aus dem Schrank gezogen hatte, hätte sie unmöglich in ein schickes Restaurant gehen können. Und schon gar nicht mit dem bestgekleideten Mann, der ihr je begegnet war. Das war der richtige Moment gewesen, um Beates Rat zu mehr Spontanität umzusetzen. Unter anderem auch deswegen, weil ihr in Ermangelung ihrer eigenen Kleidungsstücke nichts anderes übrig blieb. Am Ende trug sie nun ein weit schwingendes, aber oben eng anliegendes silbergraues Trägerkleid, zu dem sie eine langärmelige weiße Bluse und schwarz-weiß gemusterte Strumpfhosen gewählt hatte. Ein breiter weißer Gürtel und ein beherzter Griff in Beates Modeschmuckschatulle hatten das Outfit abgerundet. Zu ihrem großen Erstaunen gefiel sie sich beim Blick in den Spiegel, und dieses Gefühl nahm ihr etwas von der Nervosität, die André Lenzen in ihr auslöste.

Je länger sie sich unterhielten, zunächst über das Essen – hervorragend –, den Ausblick – traumhaft –, dann über persönlichere Dinge wie Kinder – sie ja, er nein –, Scheidung – er ja, sie bald – und die Einstellung zum Leben, umso mehr entspannte Josefine sich. Sie saß hier mit einem sehr sympathischen Mann, genoss ein sehr gutes Essen und konnte für eine kurze Weile alle Probleme und Aufgaben hintanstellen.

Zum Abschluss empfahl ihnen die Kellnerin noch einen Titzel-Gin, den sie stilecht im eisgekühlten Glas und mit Gurke servierte. Er schmeckte Josefine ausgesprochen gut, und sie nahm sich fest vor, unbedingt bei Uwe Madel eine Flasche für den Hausgebrauch zu erstehen.

15

»Er hat Grübchen.« Josefine rührte versonnen in der Teetasse, die dampfend vor ihr stand.

»Wie passend.« Beate hockte im Schneidersitz auf der Sofalehne, hatte die Ellenbogen auf die Knie und das Kinn auf die zusammengelegten Hände gestützt. Probleme mit der Gelenkigkeit schienen ebenso wenig ein Thema für sie zu sein wie die Frage nach dem Gleichgewicht. »Habt ihr über meine Beerdigung gesprochen?«

Josefine antwortete nicht.

»Hallo? Geist an Mensch: Hörst du mich?«

»Was?« Josefine schrak aus ihren Gedanken. Es war ein sehr schöner Abend gewesen. Ein sehr, sehr schöner Abend. André Lenzen hatte sie nach Hause gebracht und sich nach kurzem Zögern mit einem Wangenkuss formvollendet von ihr verabschiedet. Ihr war völlig klar, dass dieses Zögern darauf zurückzuführen war, dass er sich gefragt hatte, ob er ihr überhaupt einen Kuss geben wollte. Deswegen hatte sie es ihm auch einfach gemacht und sich rasch verabschiedet, jedoch nicht, ohne sich noch einmal mit einem Handschlag für den netten Abend zu bedanken. Noch während sie seine Hand wieder losließ, war sie sich wie ihre eigene Großmutter vorgekommen – oder besser gesagt wie seine Großmutter. Nein. Alles, woran sie gerade dachte, schlug sie sich am besten direkt wieder aus dem Kopf.

»Ob ihr über meine Beerdigung gesprochen habt?«

»Eher weniger.«

»Weniger oder gar nicht?«

»Er hat mich gefragt, ob wir, also ich, mich entschieden habe, ich habe Nein gesagt und dass ich noch ein, zwei Tage bräuchte, und er meinte, es hätte noch Zeit.«

»Gut.«

»Ja. Das ist gut.« Josefine versank wieder in ihren Gedanken.
»Ich möchte gerne Kränze haben«, sagte Beate.
»Mhm.« Erweckte sie einen falschen Eindruck, wenn sie ihm bei ihrer nächsten Begegnung einen erneuten Restaurantbesuch vorschlug? Der Gedanke, nicht selbst kochen zu müssen, behagte ihr sehr.
»Viele Kränze. Große Kränze. Riesige Kränze.«
»Schön.« Sie könnte ihn andererseits auch einmal hierher einladen und selbst kochen. Aber das wäre unter Umständen doch zu aufdringlich.
»Dann kannst du auf meiner Beerdigung einen Kranz nach hinten schmeißen, um zu sehen, wer der Nächste ist.«
»Ja. Ist gut. Mach ich.« Josefine betrachtete ihre Handrücken. War das da etwa ein Altersfleck? Wie viel jünger als sie war er in exakten Zahlen?
»Himmel noch mal!« Beate sprang auf. »Josefine Jeschiechek. Jetzt reiß dich mal am Riemen. Das ist ja nicht mitanzusehen.«
Josefine zuckte zusammen. »Bitte entschuldige. Was hast du gerade gesagt? Ich war in Gedanken.«
»Ach. Das ist mir gar nicht aufgefallen.« Beate verdrehte die Augen. »Beste Schwester, ich glaube, es hat dich wirklich erwischt.« Sie breitete theatralisch die Arme aus und umschlang sich im nächsten Moment selbst. »Frau Jeschiechek ist verliebt.«
»Unsinn. Für so etwas bin ich viel zu alt. Und zu vernünftig«, schob sie schnell nach. »Außerdem passt das gerade zeitlich überhaupt nicht in die Planung.«
»Du hast eine Planung?«
»Selbstverständlich habe ich eine ...« Josefine brach mitten im Satz ab. Es stimmte nicht. Sie hatte keinen Plan. Auf jeden Fall keinen ausgeklügelten. Eher so etwas wie eine grobe Vorstellung davon, wie es weitergehen könnte mit der Agentur, den Nachforschungen in Bezug auf Beates Tod und ihr Leben. Sie horchte in sich hinein. Nein. In der Tat. Nichts. Keine innere Stimme, die ihr wie bisher immer sagte, was als Nächstes,

Übernächstes und danach zu geschehen hatte. Das kannte sie von sich gar nicht.

»Siehst du? Das meinte ich.« Beate warf ihr diese Art von Blick zu, den sie selbst bei ihren Kindern anwandte – in Situationen, in denen sie von vornherein gewusst hatte, wie etwas ausgehen würde, aus pädagogischen Gründen aber abgewartet hatte, bis das jeweilige Kind selbst zu dieser Erkenntnis gelangt war.

»Kannst du jetzt auch noch Gedanken lesen?«

»Nein, das kann ich nicht.«

»Woher weißt du das?«

Beate hob die Schultern an und blickte unschuldig im Raum umher.

»Du hast es ausprobiert. An mir.«

»Ja. Nein. Ich habe es versucht. Aber es funktioniert nicht. Muss es auch nicht. Deine Miene spricht Bände.«

»Trotzdem ist es Unsinn.«

Beate hob schweigend eine Augenbraue.

»Okay, er ist ganz ansprechend«, räumte Josefine ein.

»Attraktiv«, korrigierte Beate.

»Er ist freundlich und hat Humor.«

»Geistreich, scharfsinnig und charmant, wolltest du eigentlich sagen.«

Josefine spürte, wie ihr Herz schneller schlug. Zeit, das Thema zu wechseln, bevor sie Beate und vor allem sich selbst eingestehen musste, dass ihre Schwester recht hatte.

»Wusstest du eigentlich von den Drogengeschäften deiner Mitarbeiter?« Sie knallte Beate die Frage wie einen Knüppel vor die Brust.

»Was soll das denn jetzt bitte heißen?« Das eben noch verschmitzte Lächeln verblasste auf Beates Gesicht und machte einem Ausdruck absoluten Unverständnisses Platz.

»Das soll heißen, dass einige deiner Wichtel, Zwerge und Engel sich ihren Himmelslohn nicht ausschließlich mit Weihrauch, Myrrhe und Goldstaubflitter verdienen.«

»Und das weißt du woher?«

»Von Uwe Madel. Er hat sie gesehen.«
Beate presste die Lippen aufeinander.
»Und aus eigener Beobachtung. Als wir in dem Einkaufszentrum waren, habe ich gesehen, wie einer unserer Darsteller zwei Jugendlichen etwas zugesteckt hat.«
»Wir verteilen die Schokolade auch an große Kinder.«
»Aber wir lassen sie nicht dafür bezahlen. Und Schokolade war das ganz sicher nicht, was da den Besitzer gewechselt hat.«
»Das kann ich mir nicht vorstellen.« Beate wirkte mit einem Mal sehr unglücklich. »Ich kenne meine Jungs und Mädels. Sie sind wie meine Kinder.«
»Damit hast du vermutlich sogar recht. Allerdings scheinst du dir nicht darüber im Klaren zu sein, dass Kinder sich ab einem gewissen Alter in der Hauptsache mit Dingen beschäftigen, von denen du als Mutter entweder nichts wissen sollst oder nichts wissen willst.«
»Mag sein.« Beate spreizte die Hände und betrachtete eingehend ihre Fingernägel. »Hast du handfeste Beweise dafür, dass es wirklich Drogen waren, die da von einem zum anderen wanderten?«
»Reicht dir der handfeste Verstand zweier erwachsener Menschen nicht?«
»Nein. In diesem Fall nicht. Wir sind wie eine Familie, von mir aus auch mit Schattenseiten. Aber ich mag meine Mädels und Jungs, und sie mögen mich.«
»Apropos, was ist mit Lukas? Hast du ihn gefunden?«
»Nein. Ich hoffte, als Geist könnte ich Leute aufspüren. Als eine Art astraler Detektor. Aber man muss realistisch bleiben.«
Josefine neigte den Kopf nach rechts, richtete ihn wieder auf und ließ ihn nach links sinken. Ihr Nacken knackte vernehmlich. Sie spürte, wie sich ihre Muskeln lockerten. Sie setzte sich gerade hin, senkte die Schultern. Das hatte ihr schon immer geholfen, sich vor unbequemen Wahrheiten zu wappnen. Egal, ob sie ihr präsentiert wurden oder ob sie jemandem unterbreiten musste, wie jetzt in diesem Fall.
»Beate«, begann sie, verstummte aber direkt wieder. War

es wirklich notwendig, ihre Schwester auf den Boden der Tatsachen zu holen? Es hieß doch, man dürfe nichts Schlechtes über die Toten sagen. Vielleicht galt das auch für das, was man *zu* ihnen sagte. »Beate«, startete sie einen neuen Versuch. Vielleicht gelang es ihr auf schonende Art und Weise. »Als ich mit der Truppe als Ruprechtine aufgetreten bin, wussten sie nicht, dass ich deine Schwester bin. Im Pausenraum klang es nicht so, als ob sie sonderlich glücklich mit den Jobs wären.«

»Aber sie hatten bei unseren Aufträgen immer eine Menge Spaß.«

»Wenn du dabei warst.«

»Du glaubst also, sie hatten nur Spaß, wenn ich dabei war? Das glaube ich nicht. So lustig bin ich nun auch nicht.«

»Beate – würdest du in Gegenwart deiner Chefin über die Arbeit schimpfen?«

»Ja, klar.«

Josefine lachte leise auf. Beate traute sie das zu.

»Aber deine Studis nicht. Sie sind auf das Geld angewiesen und würden nicht riskieren wollen, ihren Job zu verlieren.«

Beate stand auf, bewegte sich durch den Raum. Josefine sah, wie es in ihr arbeitete.

»Worüber haben sie sich beschwert?«, fragte sie schließlich.

»Den Lohn. Und die Arbeitszeit.« Josefine versuchte, sich an die genauen Worte zu erinnern. »Dass ihnen Pausen abgezogen würden, um den Lohn zu drücken. Und dass sie nur den Mindestlohn erhalten.«

»Um die Löhne kümmert sich Cancan.«

»Weißt du denn überhaupt, welchen Stundenlohn ihr zahlt?«

Beate wirkte verunsichert. »Wir haben zu Beginn mal eine Summe festgelegt, von der ich dachte, sie wäre okay.«

»Seitdem habt ihr nichts mehr geändert?«

Beate sank in sich zusammen.

»Bringt man jemanden wegen zu wenig Lohn um?«, fragte sie leise.

»Ich weiß es nicht. Ich bin weder Polizistin noch Psychologin. Denkbar ist alles.« Josefine stand auf, ging zu Beate und

stellte sich vor sie. »Es ist nie schön, Wahrheiten zu erkennen, denen man bisher erfolgreich ausgewichen ist. Fühl dich fest umarmt von mir.«
»Du willst mich doch nur trösten. Meinst du, wir bekommen jemals heraus, was wirklich passiert ist?«
»Ich bin sogar ziemlich sicher. Immerhin hast du vorhin eine sehr gute Beobachtungsgabe bewiesen.«
»Welche denn?«
»Ich bin vielleicht wirklich verliebt. Aber wenn wir schon beim Thema Wahrheiten, denen man ausweicht, sind ...« Josefine grinste und hob gleichzeitig beide Hände in einer resignierten Geste. »Er ist definitiv zu jung für mich.«

Der Mitarbeiter hinter dem Schalter der Sparer- und Einlagenbank Titzelsee wirkte ebenso gediegen wie die Räumlichkeiten, das Begrüßungslächeln ebenso verbindlich wie die Werbeplakate der Bank mit fröhlichen Menschen vor Villen, Booten oder Palmen. Sein graublauer Anzug mit cremefarbenem Hemd und passender Krawatte harmonierte hervorragend mit den Farben der Wände und der Blumendekoration.

Das Lächeln hielt sich noch eine Zeitlang, während er Josefine zuhörte, verblasste aber zusehends, je klarer ihr Anliegen wurde. Josefine glaubte ihm zwar nicht, als er beteuerte, es täte ihm leid, aber als kurz darauf auch seine angeforderte Vorgesetzte und der Vorgesetzte der Vorgesetzten bestätigten, dass sie nicht berechtigt waren, ihr so eine Auskunft ohne die Vorlage des Erbscheins zu geben, musste sie sich geschlagen geben.

Hier kam sie jetzt erst mal nicht weiter. Herr Kessler hatte ihr versichert, dass sie, nachdem sie das Erbe angetreten hatte, den Erbschein bekommen würde, aber das dauerte ein paar Wochen, und so lange musste sie sich gedulden. Immerhin hatte man ihr erklärt, dass eine solche Summe in der Regel in Zweihundert-Euro-Scheinen ausbezahlt würde, und um die zu transportieren, bräuchte man eine kleine Tasche oder ein kleines Köfferchen.

»Was machen wir nun?«, fragte sie Beate, als sie wieder draußen auf dem Marktplatz standen. Zur Vorsicht drückte sie mit einer Hand den imaginären Kopfhörer unter ihrer Mütze ans Ohr. »Hat das eben deiner Erinnerung vielleicht auf die Sprünge geholfen?«

»Kein bisschen. Ich –«

»Entschuldigen Sie bitte.« Jemand tippte Josefine auf die Schulter. Sie drehte sich um. Eine Frau in einem hellen Mantel stand vor ihr. Mit einer raschen Bewegung zog sie den weißgrauen Tuchschal nach unten, mit dem sie ihr Gesicht vor der Kälte geschützt hatte. Ein freundliches Lächeln unter strahlenden Augen wurde sichtbar. »Entschuldigen Sie bitte«, wiederholte sie. »Ich möchte Sie nicht stören, aber ich war eben auch in der Bank und habe mitbekommen, worum es ging. Vielleicht kann ich Ihnen helfen?«

Josefine musterte die Frau erstaunt. Die missverstand den Blick allem Anschein nach und beeilte sich zu ergänzen: »Mein Name ist Claudia Arens. Ich bin Lehrerin an der Gesamtschule hier im Ort und kannte Frau Silberzier. Wir haben ab und an mit den Leihnachtsmännern zusammengearbeitet.« Sie schob den Kragen ihres Mantels enger zusammen. »Mein herzliches Beileid.«

»Danke schön. Ich bin Josefine Jeschiechek. Beates Schwester und Erbin.« Josefine streckte ihr die Hand entgegen, die Lehrerin ergriff und schüttelte sie. »Was meinten Sie damit, als Sie sagten, Sie könnten mir vielleicht helfen?«

»Ich war an dem Tag ebenfalls in der Bank und habe mitbekommen, was passiert ist.«

»Tatsächlich? Ist denn etwas Besonderes geschehen?«

»Wie man es nimmt. Eigentlich nicht. Aber ich habe schon bemerkt, dass es kein normaler Bankbesuch war. Frau Silberzier war sehr aufgeregt. Sie ging mit einer Dame von der Bank in einen der hinteren Räume, und als sie wieder rauskam, drückte sie ihre Tasche fest an ihre Brust.«

»Vermutlich war sie nervös. Es handelte sich um einen größeren Geldbetrag. Da ist man schon mal zitterig.«

»Nein. Sie wirkte eher erregt. Als ob sie sich auf etwas sehr freuen würde, aber trotzdem unsicher war.« Claudia Arens lachte. »So ähnlich wie meine Schülerinnen und Schüler, wenn sie eine Klassenarbeit wiederbekommen. Sie wollen die Note unbedingt wissen, haben aber auch Angst davor, dass es in die Hose gegangen ist.«

»Wissen Sie noch, was das für eine Tasche war?«

»Ich habe es nicht genau sehen können, aber wenn ich mich nicht täusche, war es einer von den Stoffbeuteln, die die Bank als Werbung verteilt.«

»Konnten Sie sehen, wo meine Schwester mit dem Geld hingegangen ist?«

»Nicht direkt. Sie hat jemanden vor der Tür getroffen.« Claudia Arens schaute nachdenklich auf den Eingang der Bank. »Eine Frau. Zumindest sah die Gestalt wie eine Frau aus.«

»Konnten Sie das Gesicht erkennen?«

»Leider nein.« Sie hob bedauernd die Arme. »Es war noch kälter als heute, obwohl ja erst Oktober war. Ich weiß es noch so genau, weil ich an dem Tag morgens zum ersten Mal meine Windschutzscheibe freikratzen musste. Ich wäre beinahe zu spät zum Unterricht gekommen.« Sie rieb sich mit beiden Händen über die Oberarme und hüpfte ein wenig auf der Stelle, um sich warm zu halten. »Die Frau oder besser der Mensch, von dem ich denke, es war eine Frau, hatte einen dicken Schal umgebunden und trug eine Strickmütze tief ins Gesicht gezogen. Am späten Nachmittag ist es um die Jahreszeit zwar noch nicht dunkel, aber es dämmerte. Und zwischen uns lagen mehr als zehn Meter.«

»Sie kannten die Frau also nicht?«

»Nein.«

»Frag sie, ob sie gesehen hat, wohin ich gegangen bin. Und ob die Frau mitgekommen ist.« Beate trug nur ein T-Shirt und eine indische Pluderhose. Josefine fror beim reinen Hinsehen.

»Hat die Frau meine Schwester begleitet? Konnten Sie das sehen?«

»Sie sind zusammen weitergegangen.« Claudia Arens sah

sich um, bis sie den Eingang zur kleinen Seitenstraße entdeckt hatte, in der die Agentur lag. »Dorthin.« Frau Silberzier hatte die andere Frau untergehakt und mit ihr gesprochen. Sie war immer noch so aufgeregt.«

Josefine warf ihrer Schwester über die Schulter der Lehrerin hinweg einen fragenden Blick zu. Beate schüttelte hilflos den Kopf.

»Danke schön, Frau Arens«, sagte sie und lächelte ihr Gegenüber freundlich an. »Es war sehr nett von Ihnen, mir davon zu erzählen.«

»Ich hoffe, ich konnte Ihnen helfen.«

Josefine nickte und streckte ihr erneut die Hand entgegen. »Ich habe die Agentur erst einmal übernommen. Falls Sie uns für die Schule engagieren wollen – wir haben zwar vorerst keine freien Termine mehr, aber ich würde dann versuchen, es für Sie möglich zu machen.«

Erfreut erwiderte die Lehrerin den Händedruck. Dann zog sie sich den Schal wieder höher und wandte sich ab. Josefine schaute ihr hinterher.

»Warten Sie bitte – eine Frage habe ich noch. Konnten Sie vielleicht sehen, welche Farben der Schal und die Mütze hatten?«

»Hatte ich das nicht gesagt? Ein strahlender Blauton. Königsblau. Richtig fröhlich an so einem grauen Tag.«

Josefine hörte, wie Beate hinter ihr einen erschrockenen Laut ausstieß, und hatte Mühe, nicht darauf zu reagieren. Erst als sie sich erneut von Claudia Arens verabschiedet hatte und diese ein gutes Stück weitergegangen war, wandte sie sich langsam zu ihrer Schwester um.

»Ist dir jetzt doch wieder etwas eingefallen?«

Beate blinzelte nachdenklich, während sie immer noch Claudia Arens hinterherschaute. »Nein«, sagte sie schließlich. »Aber ich weiß, wer einen Schal und eine Mütze in so einem Königsblau besitzt.«

Die letzten beiden Worte verhallten in der kalten Winterluft wie ein leises Echo. Beate war verschwunden.

16

»Suchst du etwas Bestimmtes? Kann ich dir helfen?« Candan Aydin ließ die Hände neben die Tastatur sinken und schaute von ihrer Arbeit auf. Sie schlug sich auf den Mund. »Entschuldigung. Das Du ist mir so rausgerutscht. Wir duzen uns hier ja alle, und du ... Sie ...« Candan Aydin verstummte.

»Kein Problem.« Josefine stand neben dem Eingang zur Requisitenkammer und wühlte sich durch die Sammelkiste, in der sich einzelne Kostümteile befanden, die verloren, später wiedergefunden und den jeweiligen Kostümen noch nicht wieder zugeordnet worden waren. Sie ging zu Candan, reichte ihr die Hand. »Josefine.«

Die Jüngere hatte recht. Auch ihr hatte das Du schon öfter auf den Lippen gelegen. Es machte alles einfacher. Auch wenn sie sich sicher sein konnte, dass ihr das förmliche Sie noch das ein oder andere Mal herausrutschen würde.

»Candan«, erwiderte Candan und lächelte.

Josefine wandte sich wieder den Kostümteilen zu. Der Menge nach zu urteilen, hatte sich schon länger niemand mehr dieser Aufgabe gewidmet. Auf dem Boden lagen bereits eine dünne Clownshose, ein Ohr, das entweder zu einem Esels- oder einem Hasenkostüm gehören musste, und eine Art Fischschwanz, den Josefine fragend hochhielt.

»Meerjungfrau«, erklärte Candan Aydin nach einem kurzen Blick darauf. »Brauchen wir eher nur im Sommer zu den Kindergeburtstagen.« Sie nickte in Richtung der Kiste. »Wenn du schon einmal dabei bist, alles rauszuholen, können wir es auch direkt sortieren und wegräumen.« Sie schob ihren Schreibtischstuhl nach hinten, stand auf und kam zu ihr. Mit Kennerblick beugte sie sich über die Kiste, hob ein Stück nach dem anderen heraus. Sie hielt es hoch, begutachtete es. »Was kaputt ist, werfen wir am besten direkt weg. Beate tat sich damit immer sehr schwer.«

Josefine nickte und holte einen Müllsack aus dem Putzregal in der Kammer. Sie öffnete ihn mit Schwung. »Hast du irgendwo eine blaue Mütze oder einen blauen Schal gesehen?«, fragte sie beiläufig und beobachtete Candan Aydin aus den Augenwinkeln. Sie wollte ihre Reaktion sehen. »So ein schönes Königsblau«, ergänzte sie.

Candan Aydin wühlte weiter in den Kleiderbergen, ohne aufzuschauen. »Hier drin nicht.« Sie griff nach einem gelben Etwas und zog es heraus. Das Telefon klingelte. »Hast du sie verloren?« Sie ging zum Schreibtisch, legte den Gegenstand achtlos neben ihrem Arbeitsplatz ab und nahm das Telefonat entgegen. »Ho! Ho! Ho, die Leihnachtsmänner. Was können wir Ihnen bescheren?«, fragte sie fröhlich und lauschte. Aus dem Hörer drang eine aufgeregte Stimme. Candan wurde blass, griff nach der Tastatur und tippte hektisch. »Es tut mir sehr leid. Ich weiß nicht, was schiefgelaufen ist. Wir haben den Auftrag nicht vergessen, und eigentlich müsste die Kollegin bereits bei Ihnen sein.«

Josefine horchte auf. Gab es Probleme? Sie versuchte zu verstehen, was der Anrufer sagte, aber es klang nur wie aufgeregtes Gequake.

Candan Aydin griff nach ihrem Handy. »Bitte warten Sie. Ich versuche, die Kollegin zu erreichen.« Sie tippte auf dem Handydisplay herum und stellte den Lautsprecher an. Nach einem Freizeichen sprang eine Mailbox an und verkündete, dass Emily gerade kein Gespräch annehmen könne, sich aber gerne später zurückmelden werde. »Da muss etwas passiert sein. Sie ist sonst so zuverlässig.« Wieder lauschte sie in den Hörer, nickte. »Ich verstehe. Ja. Ja. Selbstverständlich.« Sie warf Josefine einen Blick zu. »Wir finden eine sehr schnelle Lösung, Herr Drobler. In zwanzig Minuten ist jemand bei Ihnen.« Sie legte auf, drehte sich zu Josefine um, musterte sie von oben bis unten und rannte in die Requisitenkammer.

Mit einem der Kostüme kam sie zurück.

»Hier. Das passt dir sicher. Zieh es an.« Sie drückte es Josefine in die Hand, beugte sich über ihren Schreibtisch, be-

arbeitete die Tastatur. Der Drucker sprang an. Candan Aydin nahm das Papier aus dem Auswurf und hielt es Josefine hin. »Das ist die Adresse. Ich rufe ein Taxi. Du musst dich beeilen. Drobler ist ein wichtiger Kunde.«
Josefine sah fassungslos auf das Engelskostüm in ihren Händen.
Wieder hastete Candan Aydin in die Kammer. Diesmal kam sie mit einem Flügelpaar zurück.
»Ich kann doch nicht ...«
»Ob du es kannst, ist nicht die Frage. Du musst da jetzt hin. Die Weihnachtsfeier läuft bereits, und der Chef möchte die Geschenke an die Mitarbeiter verteilen. Dazu hat er einen Rauschgoldengel bestellt, wir haben ihm zugesagt, also müssen wir ihm jetzt einen Rauschgoldengel liefern.« Candan Aydin legte die Flügel auf den Boden, breitete sie aus und sah Josefine auffordernd an.
Josefine riss sich zusammen. Candan hatte recht. Eine Zusage war eine Zusage. Es durfte nicht das Problem des Kunden sein, wenn eine Mitarbeiterin ausfiel. Sie legte das Kostüm auf den Schreibtisch und zog sich ihren Pullover über den Kopf. Darunter trug sie ein weißes Top über ihrem BH. Es würde nicht zu sehen sein, sie aber zumindest vor dem Erfrieren bewahren. Wobei das vermutlich ihr kleinstes Problem sein würde. Mit einer Hand fischte sie nach dem Kostüm, zog es zu sich heran. Dabei fiel der Gegenstand, den Candan kurz vorher dort abgelegt hatte, zu Boden. Eine gelbe Stofftasche mit dem Logo der Sparer- und Einlagenbank Titzelsee. Josefine griff mit der freien Hand danach, öffnete sie. Die Tasche war leer.
»Ah, gut. Die können wir brauchen.« Candan zupfte ihr die Tasche aus der Hand, stopfte Josefines Pullover und das Blatt mit der Anschrift hinein. »Und jetzt beeil dich!«

»Verdammt noch mal, hilf mir!«
Nach Gotthilf Droblers irritiertem Blick zu schließen, war Josefines Hilfeschrei kein stummer gewesen. Und es war nicht der erste Blick, den er ihr zuwarf. Dabei offenbarte Gotthilf

Drobler, seines Zeichens Geschäftsführer und Inhaber der Drobler Zerspanungswerke GmbH & Co. KG, einen großen Variantenreichtum seines Blickrepertoires. Begrüßt hatte er sie mit einem Das-wurde-aber-auch-langsam-Zeit-Blick, gefolgt von einem Ich-dachte-Rauschgoldengel-hören-mit-fünfundzwanzig-auf-zu-altern-Blick. Nachdem Josefine ihm mit einen Sei-froh-dass-überhaupt-jemand-hier-erschienen-ist-und-guck-dich-doch-mal-selbst-an-Blick geantwortet hatte, waren die Fronten geklärt gewesen, und es konnte losgehen.

Jetzt stand sie geflügelt und gespornt auf der Bühne und reichte Gotthilf Drobler lächelnd die Geschenke an, die er an seine Mitarbeiterinnen und Mitarbeiter verteilte. Es gab drei verschiedene Kategorien, doch selbstverständlich bestanden alle aus Metall. Die Auszubildenden erhielten einen Schlüsselanhänger mit der Gravur »Beste Firma der Welt«. Josefine stellte sich vor, wie sie an den Werkbänken gestanden, gefeilt und geschliffen hatten, womöglich in dem Wissen, dass sie selbst die Früchte ihrer Arbeit würden ernten müssen. Wie jemand, der sich sein eigenes Grab schaufelte. Wobei die Schlüsselanhänger noch das kleinste Übel waren. Alle Mitarbeiter und Mitarbeiterinnen bekamen eine Wanduhr, die aus einem Metallring und einem darauf befestigten dreistäbigen Kreuz aus einem andersfarbigen Metall bestand. Der Schriftzug »Drobler« stellte den kleinen, der Schriftzug »Zerspanungswerke« den großen Zeiger dar. Die diebischste Freude hatten die Azubis aber sicher bei der Herstellung der Präsente für die Führungsetage gehabt. Eine Schraubenmännchen-Skulptur mit dem schönen Titel »Arbeitspause«, zu der Gotthilf Drobler lediglich anmerkte: »Damit Sie wissen, wie das aussieht – bei uns gibt es das ja nicht.« Sie stellte eine Person dar, die mit hochgelegten Füßen am Schreibtisch saß und auf eine Bilanzkurve auf dem Computerbildschirm starrte. Kopf, Schultern, Hände, Po und Füße bestanden aus unterschiedlich großen Muttern, Hals, Arme, Bauch und Beine aus Schraubgewinden. Auf dem gebogenen Blech als Schreibtisch standen ein bis ins

Detail ausgestalteter Computer samt Tastatur. Die Bilanzkurve zeigte selbstverständlich nach oben.

Die Geschenkeanreicherei war eine leicht zu bewältigende Aufgabe, stünde nicht auch noch die Ankündigung im Raum, sie, also der Rauschgoldengel, würde zum Abschluss noch einige weihnachtliche Worte an die Belegschaft richten. Dabei hätte Gotthilf Drobler ohne großen Aufwand selbst einen stattlichen Weihnachtsmann abgegeben. Sein Bauchumfang stand dem von Bernhard Rösner in nichts nach, seine Stimme war, wenn möglich, noch eine Stufe tiefer und sonorer. Falls Bernhard Rösner einmal ausfallen würde – hier stand der perfekte Ersatz. Aber vielleicht war eben das der Grund, warum Gotthilf Drobler einen Rauschgoldengel bestellt hatte. »Du Weihnachtsmann« war in manchen Gegenden durchaus nicht immer nett gemeint. Und einen Chef zu respektieren, der aussah, als könnte man auf seinem Knie reiten und ihm um den Bart streichen, während man ihm erzählte, was man sich zu Weihnachten wünschte, war auf sehr vielen Ebenen schwer bis unmöglich.

Je kleiner der Berg der Präsente wurde, umso höher stieg Josefines Blutdruck. Was um alles in der Welt sollte sie nur sagen? Sie spürte, wie der Schweiß sich unter den Rändern der Perücke sammelte. Die vorletzte »Arbeitspause« wechselte den Besitzer. Emily hatte sicherlich ein Skript für diese Rede in der Tasche. Aber Emily war immer noch nicht aufgetaucht, weder mit noch ohne Skript.

Das letzte Paket hielt Josefine ein wenig fester, und es kam zu einem kurzen Gerangel zwischen ihr und Gotthilf Drobler, bevor sie es nach seinem Jetzt-mach-schon-ich-will-hier-fertig-werden-Blick losließ und er es weitergeben konnte.

»Du kommst doch klar?« Beate schlenderte langsam vom Rand der Bühne auf Josefine zu. Sie trug wieder ihr Tannenbaumkostüm, diesmal allerdings zusätzlich mit einer Lichterkette um die Hüften.

»Wie Sie alle wissen, bin ich eher ein Mann der Tat und nicht der langen Worte, deswegen wird uns nun unser ent-

zückender Weihnachtsengel hier etwas verkünden«, dröhnte Gotthilf Drobler in den Saal und schob Josefine nach vorne. Auf den Gesichtern der Zuhörer spiegelte sich eine Mischung aus Ungeduld, Langeweile und Schadenfreude. Panisch sah sie sich nach Beate um.
»Du bist ein Engel«, erinnerte diese sie. »Also denk wie ein Engel.«
»Halleluja zusammen.« Na klasse.
»Oder bring sie zum Lachen«, schlug Beate vor.
»Liebe Mitarbeiter und Mitarbeiterinnen der Drobler Zerspanungswerke«, sagte Josefine. Das Mikro knackte und quietschte, die Gesichter im Publikum verzogen sich.
»Genau. Schmerz ist auch gut. Schmerz schweißt ein Team zusammen. Das könntest du sagen. Eigentlich wollte ich aber was mit dir besprechen.«
»Jetzt?«, entfuhr es Josefine. »Äh, jetzt freue ich mich, so viele von Ihnen heute hier zu sehen.« Sie machte eine kurze Pause. Auch wenn der Witz flach war, musste sie sicherstellen, dass ihn jeder mitbekam. Außerdem verschaffte ihr das Zeit, sich zu konzentrieren. »Und das, obwohl Sie wussten, dass es auch in diesem Jahr wieder eine Rede geben würde.«
Das Publikum lachte pflichtbewusst.
»Ja. Jetzt. Bevor ich es mir wieder anders überlege.« Beate stellte sich vor Josefine, schaute ihr ins Gesicht. Josefine drückte den Rücken durch. Beate war beinahe einen Kopf kleiner als sie. Wenn sie sich auf die Zehenspitzen stellte, konnte sie über ihren Scheitel hinweg immer noch das Publikum sehen.
»Wenn ich es mir recht überlege, ist Weihnachten doch eigentlich wie ein Tag im Büro. Man selbst hat den Stress, und der dicke Mann im Anzug bekommt die ganze Anerkennung.«
Gotthilf Drobler stieß einen undefinierbaren Laut aus, der aber im Gelächter unterging.
»Nicht schlecht, der Gag. Nicht schlecht. Du machst dich. Ich habe mich heute entschieden, welche Art der Bestattung ich möchte.«
»Welche … Also, einige von Ihnen haben vermutlich viele

Überstunden geschoben und waren selten zu Hause. Wenn Sie jetzt an Weihnachten ins Zimmer kommen, fragen Ihre Kinder: Mama, ist das der Weihnachtsmann?« Wieder wurde gelacht. Immerhin.

»Mit einer angemessenen, würdigen Feier«, sagte Beate. »Deswegen haben Sie sich diese würdige Feier angemessen verdient.« Böse funkelte sie Beate an. Wie um alles in der Welt sollte sie so ihre Rede ordentlich zu Ende bringen? »Aber natürlich gelten einige Regeln, die Sie bitte unbedingt beachten sollten«, sagte sie streng in ihre Richtung und fuhr fort: »Die Besenkammer, der Kopierraum und der Erste-Hilfe-Raum sind heute Abend verschlossen. Es tut mir leid, einige von Ihnen damit enttäuschen zu müssen, aber für unsere Nachwuchssorgen haben wir bereits eine andere Lösung gefunden.«

Autsch. Wieso fiel ihr nur so ein platter Altherren-Witz ein? Egal. Hauptsache, es befriedigte die Leute. Den Lachern nach zu urteilen, traf sie exakt den Humor der Anwesenden.

»Das Büfett dort hinten ist zum Essen da und nun eröffnet. Aber denken Sie daran: Neun von zehn Enten empfehlen Steak zu Weihnachten.« Damit war ihr Kalauervorrat fast erschöpft. Einen oder zwei hatte sie aber noch. Schnell sprach sie weiter, bevor Beate sie wieder aus dem Konzept bringen konnte. »Seien Sie also nicht schüchtern und greifen Sie zu. Ich gehe davon aus, dass Sie alle das letzte Memo gelesen haben, in dem Sie aufgefordert wurden, Ihre Homeoffice-Jogginghosen mitzubringen?« Aus den Augenwinkeln sah sie, wie Gotthilf Drobler sich ihr näherte. »Diese Feier wird sicher bis spät in die Nacht dauern. Meine Rede zu unser aller Glück nicht. Deswegen wünsche ich Ihnen nun einen guten Appetit, einen schönen Abend und frohe Weihnachten.« Josefine lächelte, breitete Arme und Flügel aus und winkte.

Ihre Zuhörerinnen und Zuhörer klatschten länger, als sie es erwartet hatte. Höfliche Leute, diese Belegschaft der Drobler Zerspanungswerke GmbH. Dann begann das große Stühlerücken, und die Menschen strömten zum Büfett. Erleichtert ließ Josefine die Arme sinken. Geschafft. Jetzt konnte sie sich ausführlich ihrer Schwester widmen. Wenn auch nur, um ihr zu erklären, dass sie nicht einfach aus dem Nichts auftauchen und sie so bei ihrer Arbeit stören durfte.

Gotthilf Drobler schnaufte auf sie zu, sein Kopf war hochrot angelaufen. Die Rede hatte also nicht nur ihren Blutdruck in himmlische Sphären ansteigen lassen. Sie wappnete sich gegen die in ihren Augen unweigerliche Beschwerde.

»Das habe ich ja noch nicht erlebt, Frau Jeschiechek.« Gotthilf Drobler baute sich vor ihr auf. Kleine Spucketropfen regneten auf Josefine herab. Alles klar. Sie hatte es verbockt. Auf Nimmerwiedersehen, Stammkunde Drobler Zerspanungswerke GmbH & Co. KG. Candan würde ihr den Kopf abreißen. Aber was hatte sie auch erwartet? Sie war einfach keine Entertainerin. Josefine ließ ihre Flügel hängen. Zwei Hände umfassten links und rechts ihre Arme. Sie wurde geschüttelt. Ihre Krone rutsche samt Perücke nach vorn. Das ging nun aber doch zu weit. Bevor sie etwas sagen konnte, hatte Herr Drobler ihre Oberarme allerdings losgelassen und stattdessen ihre Hände ergriffen, die er nun mit ebensolcher Energie drückte. »Wunderbar! Das war ganz großartig, meine liebe Frau Jeschiechek. Ganz großartig. Ich muss es zugeben, auch wenn ich zuerst nicht so begeistert war, als das Fräulein Emily nicht erschien.« Er strahlte, schaute auf seine Belegschaft und dann wieder Josefine an. »Wir Alten wissen doch immer noch am besten, wie es geht.« Er lachte. »Meine Leute haben sich prächtig amüsiert und ich auch.«

Eine Mitarbeiterin eilte mit einem Blumenstrauß und einer Papiertragetasche heran und gab sie ihrem Chef. Gotthilf Drobler reichte beides mit großer Geste an Josefine weiter. »Für Sie, werte Frau Jeschiechek, für Sie.« Er öffnete die Papiertasche und gewährte Josefine einen kurzen Blick hinein. Er musste wirklich begeistert sein. Sie bekam gleich alle drei Präsente: den Schlüsselanhänger, die Uhr und das Drobler'sche Schraubenmännchen. Es würde sich auf Candans Schreibtisch sicherlich großartig machen.

»Ich habe zwei Fragen an dich«, sagte Josefine. Hoffentlich bemerkte der Taxifahrer nicht den dunklen Bildschirm des Handys.

»Nicht mehr?« Beate machte es sich neben ihr auf dem Rücksitz bequem, indem sie die Beine ausstreckte – durch die Rückenlehne des Vordersitzes hindurch. »Immerhin bin ich ein Geist, und wir könnten uns über die großen Fragen der Menschheit unterhalten. Dinge, die du immer schon wissen wolltest. Wir könnten uns zum Beispiel über …«

»Kannst du auch mal ernst sein?« Josefine spürte, wie die Anspannung der letzten Stunden von ihr abfiel und darunter nur der Ärger übrig blieb. »Wie egoistisch kann man sein? Du weißt doch, wie schwer es mir fällt, mich auf so einen Auftritt einzulassen, und du hast nichts Besseres zu tun, als mich auch noch zusätzlich zu verunsichern. Recht vielen Dank dafür.«

»Jetzt entspann dich mal. Ist doch alles gut gegangen.« Beate tat so, als klopfte sie ihr auf die Schulter. »Mehr noch. Du warst gut. Drobler hat sich ja zu wahren Begeisterungsstürmen hinreißen lassen. Und«, sie deutete auf die Papiertasche, die neben Josefine auf dem Sitz stand, »du hast die ›Arbeitspause‹ verliehen bekommen. Ich kann mich nicht daran erinnern, dass so ein epochales Ereignis in der Geschichte der Zusammenarbeit zwischen den Leihnachtsmännern und der Drobler GmbH jemals zuvor stattgefunden hätte.« Sie beugte sich über die Tasche und schaute hinein. »Was wirst du damit machen?«

»Sie dir an den Kopf werfen.«

»Du weißt aber schon, dass das so oder so keinen Zweck hat?«

»Wem gehören die blaue Mütze und der blaue Schal?« Josefine hatte beschlossen, Beates Geplänkel zu ignorieren.

»Wie kommst du jetzt darauf?«

»Ich habe zwei Fragen an dich. Das ist eine davon.«

»Und die andere?«

»Willst du mir nicht zuerst diese beantworten?«

»Kommt drauf an.«

»Worauf?«

»Auf die Frage.«

Josefine zog sich die Engelsperücke vom Kopf und strich sich durch die Haare. Sie waren schweißnass.

»Was wird das hier? Ein lustiger Machtkampf unter Schwestern? Zickenkrieg? Oder macht es dir einfach Freude, mich fertigzumachen?« Sie nestelte an den Knöpfen ihres Mantels. Die Hitze im Wagen nahm ihr die Luft. »Kannst du mir nicht einfach sagen, wem diese verdammte Mütze und der Schal gehören?«

»Warum willst du das unbedingt wissen?«

»Weil du dich mit jemandem getroffen hast, unmittelbar, nachdem du eine sehr große Menge Geld von der Bank abgeholt hast. Und verzeih mir bitte den Gedanken – aber unter Umständen hat der- oder diejenige etwas mit deinem …« Josefine bemerkte den Blick des Taxifahrers im Rückspiegel. »Mit deiner speziellen Situation zu tun.«

»Ich wette, ich weiß, was deine zweite Frage ist.«

»Lenk nicht ab.«

»Ich lenke nicht ab. Ich setze Prioritäten.«

»Wem gehören Mütze und Schal?«

»Waldbestattung.«

»War es eine Frau oder ein Mann?«

»Wobei das nicht das richtige Wort ist.«

»Eine Freundin?«

»Naturbestattung.«

»Ein Bekannter?«

»In der Nähe des Bootsstegs am See gibt es eine kleine Bucht.«

»Warst du mit der Person verabredet?«

»Da bin ich im Sommer so gerne baden gegangen.«

»Oder habt ihr euch zufällig getroffen?«

»Kennst du das? Es gibt Stellen, an denen man sofort und ohne großen Zinnober entspannen kann.«

»Wusste die Person, dass du das Geld bei dir hattest?«

»Es funktioniert sogar, wenn du gar nicht da bist. Du schließt einfach deine Augen, stellst dir vor, du wärst an diesem Ort, schaust dich um und bist sofort tiefenentspannt.«

»Wo seid ihr danach hingegangen?«
»Diese Stellen zeigst du nur Menschen, die dir wirklich viel bedeuten.«
»Was hast du mit dem Geld gemacht? Verdammt, Beate! Kannst du dich einmal wie eine Erwachsene verhalten?«
»Ich habe auch so einen Menschen. Jemand Besonderen, der mir so viel bedeutet, dass ich ihm meine geheimen Orte offenbare ...«
»Beate, wem gehören die königsblaue Mütze und der Schal?«
»Bärbel Rosenbusch.«

17

»Macht zwölf achtzig.« Der Taxifahrer hielt vor der Tür der Agentur, drückte einige Knöpfe auf dem Taxameter und drehte sich zu Josefine um. »Brauchen Sie eine Quittung?«
Josefine bejahte. Sie zahlte, raffte Röcke, Flügel und Perücke zusammen und stieg aus. Die kalte Luft biss in ihre Haut und schnitt in ihre Lungen. Trotzdem blieb sie auch noch stehen, als das Taxi sich wieder in Bewegung setzte. Sie schloss die Augen. Atmete.
»Genau so. Das hilft. Einatmen, ausatmen. Langsam.«
Josefine öffnete die Augen und wandte sich ihrer Schwester zu. Den Kopf in den Nacken gelegt, hielt Beate die Augen geschlossen. Ihr Brustkorb hob und senkte sich.
»Du kannst nicht mehr atmen. Du bist tot.«
»Aber ich kann es mir vorstellen.« In Beates entspanntes Gesicht schlich sich ein Lächeln. Die Augen hielt sie weiter geschlossen.
»Bärbel Rosenbusch?«
»Bärbel Rosenbusch.«
»Sie ist dieser besondere Mensch, dem du deinen geheimen Ort offenbart hast?«
»Sie ist diejenige, der der königsblaue Schal und die Mütze gehören.«
»Sie ist diejenige, mit der du dich getroffen hast, nachdem du das Geld von der Bank abgeholt hast?«
Beate nickte, ohne ihre Körperhaltung zu verändern.
»Wusste sie, was du in der Bank gemacht hast?«
»Ich weiß es nicht.« Beate wechselte wieder in ihre normale Haltung, öffnete die Augen und sah Josefine an. »Aber ich gehe davon aus.«
»Du gehst davon aus?«
»Ja.«

Josefine wartete darauf, dass Beate weitersprach. Aber nichts geschah.

»Warum gehst du davon aus?«, fragte sie schließlich.

»Weil ich alles mit ihr beredet habe.« Beates Züge wurden weich.

»Ihr wart gute Freudinnen?« Josefine versuchte sich an ihre erste Begegnung mit Bärbel Rosenbusch zu erinnern. Sie hatte aus ihrer Trauer um Beate keinen Hehl gemacht. Josefine meinte, sich an etwas wie Wehmut zu erinnern. Ein noch nicht verheilter Schmerz.

»Mehr als das.« Beate strich mit ihrer Rechten über ihren linken Oberarm, ließ die Hand dort ruhen und drückte kurz zu, als erinnerte sie das an eine Berührung. »Sie war meine Seelenverwandte, meine Vertraute.«

»Also allerbeste Freundinnen.«

»Nein.« Beate schüttelte den Kopf. »Du verstehst nicht.«

»Was verstehe ich nicht?«

»Sie war meine Kameradin, meine Gefährtin. Meine Geliebte.«

Josefine öffnete den Mund, schloss ihn wieder, öffnete ihn erneut, ohne etwas zu sagen.

»Was? Schockt dich das?« Beate schmunzelte.

Josefine starrte Beate an. Sie rang mit sich, merkte, wie es in ihr brodelte. Aus der Kälte in ihren Lungen wurde Schmerz.

»Wie kannst du nur?« Sie spie Beate die Worte entgegen.

»Was? Eine Frau lieben?« Beate breitete die Arme aus. »Willkommen im einundzwanzigsten Jahrhundert, meine Liebe.«

Wie eine Welle schwappten Josefines Erinnerungen und Emotionen über sie hinweg. Sie ballte ihre Hände zu Fäusten.

»Es ist mir völlig egal, ob du eine Frau oder einen Mann oder was auch immer liebst«, presste sie mühsam hervor. »Aber es ist nicht egal, wie rücksichtslos du bist. Wie egoistisch, wie selbstsüchtig.«

»Bitte?«

»Wie es aussieht, bist du es, die nichts versteht.« Aus Josefines Schmerz wurde Zorn. Wut. Auf Beate. Auf das, was sie gerade gesagt hatte. »Bärbel Rosenbusch ist verheiratet. Sie hat eine Frau, zu der sie gehört. Du bist eine Ehebrecherin. Du hast doch keine Ahnung, was du damit anrichtest, wenn du dich so in eine Beziehung drängst und ein ganzes Leben zerstörst. Gemeinsame Zeit, Pläne für die Zukunft.« Sie spürte, wie Tränen über ihre Wangen liefen. »Hauptsache, du hast deinen Spaß. Hauptsache, du bist mit dir selbst im Reinen. Hauptsache, du kannst dein Leben noch einmal neu starten.«

Beate schwieg.

»Hast du jemals darüber nachgedacht, was dein Verhalten für Folgen hat? Wie es Bärbels Frau gehen wird, wenn sie es erfährt? Du hast kein Recht, dich so in das Leben anderer einzumischen.« Josefine verstummte. Sie wünschte sich, den riesigen Stein, der ihre Lunge zusammendrückte, fortschieben zu können. Ihr Brustkorb fühlte sich an, als wäre das Taxi darübergefahren.

»Darf ich dir erklären –«

»Ich glaube nicht, dass es da viel zu erklären gibt. Die Sache ist eindeutig genug.«

»Wenn es dich nicht interessiert, was ich dazu zu sagen habe, dann hast du dir deine Meinung ja bereits gebildet«, sagte Beate tonlos. Sie wandte sich ab in Richtung Straße und begann langsam an Substanz zu verlieren. »Nur eines noch, ich erinnere mich jetzt wieder daran: Ich habe ein Testament gemacht. Ich weiß zwar nicht, wo es ist und zu wessen Gunsten, aber eines ist ganz sicher: Du kommst zum Glück nicht darin vor.«

»Das ist so typisch. Sobald es schwierig wird, löst du dich in Luft auf!« Josefine schleuderte das Engelsgewand auf den Fußboden und schrie die Wand in der Requisitenkammer an. Es tat so gut, laut und ungehemmt alles rauszulassen. Sie war allein in der Agentur. Candan Aydin hatte nur einen Hinweis auf dem Schreibtisch hinterlassen, dass sie früher hatte gehen müssen, aber es sei alles in der Spur und sie in Notfällen telefonisch erreichbar. Josefine sank auf einen herumstehenden Hocker und stützte die Stirn auf die Fäuste. In ihr bebte noch immer ein Zittern. Eine Mischung aus Wut und Zorn, Hilflosigkeit und Verzweiflung. Beates Geständnis, ein Verhältnis mit Bärbel Rosenbusch gehabt zu haben, hatte ihre inneren Mauern einstürzen lassen. Dabei waren die Vorwürfe, die sie ihrer Schwester entgegengeschleudert hatte, gar nicht an sie gerichtet gewesen. Das wurde ihr jetzt klar. Sie wusste nichts über die Hintergründe dieser Beziehung. Wusste nichts über Bärbels Verhältnis zu ihrer Frau. Wie hieß sie noch gleich? Anja? Nein. Svenja. Bärbels Ehefrau hieß Svenja. Vielleicht waren die beiden längst getrennt? Oder hatten eine Vereinbarung, wie mit solchen Dingen umzugehen war? Nein. Sie konnte nicht über Beates Beziehung zu Bärbel urteilen, ohne die Hintergründe zu kennen. Und selbst dann hätte sie nicht das Recht dazu.

Josefine horchte in sich hinein. Was sie fand, war die Wahrheit. Oder besser gesagt, ein kleines Stück davon. Sie nahm es und betrachtete es von allen Seiten. Es war gerade so groß, dass sie es halten und aushalten konnte. Es tat weh, dieses Stück Wahrheit in all seinen Details zu betrachten. Denn es offenbarte den tatsächlichen Grund ihres Gefühlsausbruchs. Es war nicht ihre Schwester gewesen, der sie all das vorgeworfen hatte, sondern Christian. Ihm hatte alles gegolten. Ihre Vorwürfe, ihr Zorn, ihre Wut. Und ihr Schmerz. Er war es gewesen, der sie nach all den Jahren für eine andere Frau verlassen hatte. Der ihr gemeinsames Leben, ihre Vergangenheit und ihre Zukunft einfach so weggeworfen hatte. Er trug die Schuld daran, dass ihr Leben nicht mehr so war, wie es all die Jahre gewesen war.

Aber, und das war ein anderes kleines Stück der Wahrheit, die sie jetzt in den Händen hielt, das womöglich noch mehr schmerzte als das erste: Was geschehen war, lag nicht allein in seiner Verantwortung. Um an diesen Punkt zu kommen, brauchte es zwei. An der Oberfläche hatten sie als Paar phantastisch funktioniert. Die Kinder, das Haus, seine Karriere. Aber unter dem Radar hatte sich der emotionale Abstand von Jahr zu Jahr vergrößert, bis schließlich Platz für jemand anderes entstanden war. Platz, den Christian nicht lange unausgefüllt gelassen hatte, weil er diese Lücke, diese Leere nicht ertrug. Eines Tages war er einfach die Treppe hinuntergegangen, durch die Tür und den Garten und verschwunden.

Für Josefine war es gewesen, als wäre er plötzlich gestorben. Wie bei einem Autounfall. Aber Christian hatte ebenfalls unter der Trennung gelitten, lange vor ihr. Es hatte dazu geführt, dass er sich entschied, sein altes Leben hinter sich zu lassen und ein neues zu beginnen. Er hatte sich verabschiedet, nur deutlich früher als sie selbst. Erst sein Weggang machte die Leere, die sie bis dahin nicht hatte wahrhaben wollen, obwohl sie auch in ihr existierte, auch für sie unübersehbar.

Josefine rieb sich die Augen, stand auf. Obwohl der Schmerz über das Ende ihrer Ehe tief saß und Beates Geständnis ihn wieder an die Oberfläche gespült hatte, spürte sie eine Veränderung. Wenn sie die Wahrheit sah, konnte sie sich ihr stellen. War nicht nur dem ausgesetzt, was ihr durch andere widerfuhr. Sie war kein Opfer der Umstände. Sie musste nicht nur reagieren. Sie bestimmte, was mit ihrem Leben passierte. Die Trennung von Christian war ein Ereignis in ihrem Leben, mit dem sie umgehen musste, mit dem sie umgehen konnte. Es war Zeit, nach vorne zu schauen.

Ihr Handy klingelte. Das Display zeigte eine ihr unbekannte Festnetznummer an.

»Hallo«, meldete sie sich.

»Frau Jeschiechek? Josefine Jeschiechek?«

»Mit wem spreche ich bitte?« Die Stimme kam ihr vage bekannt vor.

»Eichner hier. Kriminalpolizei.«

»Gibt es etwas Neues?«

»Ich wollte Ihnen mitteilen, dass wir die Akte schließen werden.«

»Haben Sie den Mörder gefasst?«

»Laut den abschließenden Untersuchungen war der Tod Ihrer Schwester ein Unfall. Es war sehr kalt in jener Nacht. Der Boden war vereist. Sie ist ausgerutscht, gestürzt ...«

Er sprach noch weiter. Es fielen Wörter wie Rechtsmedizin, DNA-Spuren und Beweislage, aber Josefine konnte sich nicht auf die Details konzentrieren. Eichner versprach, in den nächsten Tagen noch einmal bei ihr vorzusprechen, bevor er das Gespräch beendete.

Ein Unfall. Beates Tod war ein unglücklicher Unfall gewesen.
»Hast du es gehört, Beate? Sie sagen, es war ein schrecklicher Unfall. Wo bist du?« Josefine hielt ihr Handy weiter in der Hand. »Nur ein schrecklicher Unfall.« Sie ließ das Telefon sinken. »Dann ist ja alles in Ordnung.« Sie sah sich im Raum um. Keine Beate.
Sie war allein.

»Wenn Sie schon geschlossen haben, kann ich auch wieder gehen. Ich möchte Ihnen nicht den Feierabend verderben.« Josefine schlug die Kapuze ihres Mantels zurück. Trotz des immer dichter werdenden Schneefalls und der hereinbrechenden Dunkelheit war sie zu Fuß gegangen. Die eisige Luft hatte ihr geholfen, sich wieder in den Griff zu bekommen.

»Kein Problem. Ich bin hier und freue mich über Ihren Besuch.« André Lenzen lächelte und hielt ihr die Tür auf. Josefine stampfte den Schnee von ihren Schuhen, schüttelte ihre Kleidung aus und trat ein. Die Wärme im Inneren des Hauses prickelte auf ihren Wangen. Sie zog den Mantel aus. »Ist das ein privater Besuch?«, fragte er, nahm den Mantel entgegen und hängte ihn an der Garderobe auf. »Oder ein geschäftlicher?«

Josefine zögerte. Als sie die Agentur in Richtung Bestattungsinstitut verlassen hatte, tat sie das mit dem festen Vorhaben, endlich Beates Beerdigung festzulegen. Die Sache kurz und knapp zu erledigen und wieder zur Agentur zurückzugehen. Ihre Schwester war laut der Polizei durch einen Unfall gestorben. Damit war alles geklärt. Kein Mord, keine Mördersuche. So einfach war das. Oder auch nicht. Hätte sie nicht erleichtert sein müssen? Ein Unfall war etwas anderes als ein Mord; auch wenn das an der Endgültigkeit von Beates Tod nichts änderte, bedeutete es für sie doch einen großen Unterschied. Sie konnte sich ab sofort darauf konzentrieren, wie es mit der Agentur und dem Erbe weitergehen sollte. Am besten erstellte sie eine Liste. Listen waren immer gut. Mit Listen konnte man sammeln, kategorisieren, abarbeiten. Listen waren sachlich und schützten vor emotionaler Irrationalität. Listen hatten ihr in schwierigen Situationen bisher immer hervorragend geholfen.

Und in einer schwierigen Situation befand sie sich gerade, das war ihr auf dem Weg hierher mit jedem Schritt klarer geworden. Vielleicht war es paranoid, ihrem seelischen Stress zuzuschreiben oder einfach nur verrückt. Aber nach allem, was sie bisher erfahren hatte, konnte sie nicht an die Unfallversion der Polizei glauben. Da gab es zu viele Stolpersteine. Sie musste dringend mit jemandem reden.

Nun stand ihr André Lenzen gegenüber. Ein Mensch mit einer selbstverständlichen Offenheit, die zu sagen schien, setz dich zu mir und erzähl einfach alles.

»Beides«, antwortete sie auf seine Frage.

»Okay.« André Lenzen kam zu ihr zurück. »Was zuerst?«

»Das Geschäftliche. Die Beerdigung.« Josefine ging zu dem großen Schreibtisch in der Ecke des Raumes und rückte sich einen der beiden Besucherstühle zurecht. Sie setzte sich.

André Lenzen tat es ihr nach. Doch statt auf der anderen Seite des Schreibtisches Platz zu nehmen, drehte er den zweiten Besucherstuhl so, dass er sich mit den Armen auf der Rückenlehne abstützen und sie ansehen konnte.

»Beate möchte ...« Josefine unterbrach sich, fing dann neu an: »Ich kann mir vorstellen, dass Beate eine Bestattung in der Natur gut gefallen hätte.« Sie wartete auf eine Reaktion ihres Gegenübers. André Lenzen nickte und schwieg. »Ich weiß gar nicht, ob das überhaupt erlaubt ist, das müssen Sie mir sagen, wenn es nicht geht. Dann denke ich mir etwas anderes aus«, redete sie hastig weiter und wartete erneut auf eine Antwort.

»Wenn ich nicht weiß, was gemacht werden soll, kann ich auch nicht sagen, ob es erlaubt ist.«

»Keine offizielle Waldbestattung. In der Nähe des Bootsstegs am See gibt es eine kleine Bucht. Da soll die Asche verstreut werden.«

»Das ist nicht erlaubt.«

»Dachte ich mir schon. Dann eben etwas anderes. Vielleicht doch eine Waldbestattung in einem Friedwald«, beeilte sie sich zu sagen.

»Dass es nicht erlaubt ist, heißt nicht, dass wir es nicht trotzdem machen können.«

»Oder eine Seebestattung.«

»Wir bekommen das hin mit der Bucht am Titzelsee.« André Lenzen griff an der Stuhllehne vorbei nach Josefines Händen, hielt sie fest in seinen. Mit dem Daumen strich er über ihren Handrücken. Sie starrte darauf.

»Ich möchte aber nicht, dass du Ärger bekommst.« Sie spürte die Gelassenheit, die von ihm ausging. Sie tat ihr gut.

Er lachte leise auf. »Das deutsche Bestattungsgesetz ist sehr eng gefasst. Zum Glück sind die umliegenden Nachbarländer nicht so streng. Gegen eine Bestattung im Ausland hat niemand etwas. Wir können den Leichnam deiner Schwester in die Niederlande bringen und dort kremieren lassen. Die Asche kannst du selbst abholen.«

»Und dann damit machen, was ich möchte?«

»Selbstverständlich unterliegst du wieder dem deutschen Gesetz, sobald du die Landesgrenze überschreitest. Hier gilt die Bestattungspflicht auf Friedhöfen.«

»Wer kontrolliert das?« Josefine löste ihren Blick von ihren Händen und schaute ihn an.

André Lenzen hob die Schultern, ohne Josefine loszulassen. »Ich nicht. Meine Arbeit ist erledigt, wenn ich den Leichnam in die Niederlande gebracht habe.«

»Ich glaube, das würde ihr gefallen.« Josefine musste beim Gedanken daran, wie Beate auf den Vorschlag, das Gesetz einfach zu umgehen, reagieren würde, schmunzeln. »Doch. Ich bin sicher. Das passt zu ihr.«

»Gut. Dann veranlasse ich morgen früh alles Notwendige. Ich habe einen guten Kontakt dort. Es wird nicht lange dau-

ern.« Er ließ ihre Hände los, stützte sich kurz auf der Stuhllehne ab und stand dann auf. »Komm«, sagte er.
»Wohin?«
»Hattest du nicht gesagt, es sei geschäftlich und privat?« Josefine nickte.
»Ich habe Essen im Ofen. Das reicht auch für zwei.« Er wandte sich ab und ging auf eine Tür im hinteren Bereich des Raumes zu. Josefine stand auf, nahm ihren Mantel und folgte ihm.

Seine Wohnung befand sich in einer alten Werkstatt, die früher einmal zu der Tankstelle gehört hatte, in der nun das Bestattungsinstitut untergebracht war. André Lenzen hielt ihr die Tür auf und ließ ihr den Vortritt. Überrascht blieb sie an der Schwelle stehen. Ein gewölbtes Metalldach überspannte den gesamten Raum in luftiger Höhe. In der Mitte zog sich eine drei Meter hohe Mauer von links nach rechts, die nur in der Mitte einen Durchgang in den hinteren Teil frei ließ. Rechts neben dem Eingang dominierte ein frei stehender Holzkamin in Blockform den Raum. Dahinter standen zwei braune Ledersofas vis-à-vis, an der Wand ein schlichtes, aber übervolles Buchregal. Links befand sich eine dunkle hüfthohe Küchenzeile mit frei stehender Kochinsel. Auf dem Esstisch davor stand ein Gedeck. Ein aromatischer Duft entströmte dem Backofen. André Lenzen ging zu der Küchenzeile, nahm einen zweiten Teller und Besteck aus den Schränken und deckte einen zweiten Platz für Josefine ein.

»Wein?«
»Wasser bitte. Den Wein später.« Josefine sah sich weiter um. Zwischen diesem Loft und dem Haus, das sie mit Christian bewohnt hatte, lagen Welten. Von Beates Wohnung ganz zu schweigen. Wäre in dieser Sekunde der Fotograf eines Wohnungshochglanzmagazins hinter der grauen Mittelwand aufgetaucht, sie hätte sich nicht gewundert. Zu ihrer Erleichterung sah man dennoch, dass hier jemand lebte. Eine achtlos liegen gelassene Decke auf dem Sofa, eine gelesene Zeitung neben einer schmutzigen Kaffeetasse auf dem Esstisch und die lose

Laufschuhsammlung direkt neben der Eingangstür machten ihren Gastgeber deutlich menschlicher.

André Lenzen stellte eine Karaffe mit Wasser und eine Flasche Wein in die Mitte des Tisches, ging zum Ofen und kehrte mit einer großen Auflaufform zurück. Es roch verführerisch nach Kräutern und Gewürzen. Josefines Magen knurrte.

»Die Polizei hat mich heute angerufen. Es war kein Mord, sagen sie. Es war ein Unfall.«

»Aber das glaubst du nicht.« Er goss sich ein Glas Wein ein und hob die Flasche fragend in Josefines Richtung. Die schüttelte den Kopf. Sie wollte einen klaren Kopf behalten.

»Ich weiß nicht, was ich glauben soll. Die Polizei wird wissen, was sie tut.«

»Du willst es nicht glauben?«, schlug André Lenzen vor.

Josefine griff nach der Gabel, drehte sie nachdenklich zwischen ihren Fingern und legte sie wieder neben den Teller. Sollte sie ihn ins Vertrauen ziehen? Was hatte sie zu verlieren?

»Vielleicht bin ich komplett verrückt, aber aus meiner Sicht gibt es einiges, was mich diese Erklärung nicht glauben lässt.« Sie trank einen Schluck Wasser. Dann berichtete sie ihm alles, was sie bisher erfahren hatte: Beates Streit mit dem Stiefvater über das Erbe, das verschwundene Geld, das Verhältnis zwischen ihrer Schwester und Bärbel Rosenbusch, die Drogendeals und die Unzufriedenheit der Angestellten, der Ärger mit einigen Geschäftsnachbarn und ihre Vermutung, dass es doch ein Testament geben könnte. Nur von Beates Geist erzählte sie nichts. Auch zwischen verrückt und verrückt gab es Unterschiede. André Lenzen hörte schweigend zu, während sie aßen.

»Eine Menge möglicher Motive für einen Mord«, sagte er schließlich, nachdem sie geendet hatte. »Hast du mit der Polizei darüber gesprochen?«

»Nein. Aber der Kommissar hat gesagt, er melde sich noch einmal bei mir. Wenn er das nicht tut, rufe ich ihn an.«

»Gut. Aber heute nicht mehr. Das hat Zeit bis morgen.« Er schob den Teller von sich weg und stand auf. Sein Stuhl kratzte über den Fußboden. Josefine schrak zusammen. Er hatte recht. Sie hatte schon viel zu viel seiner Zeit in Anspruch genommen.

»Danke, dass du mir zugehört hast«, sagte sie, ging zur Garderobe und nahm ihren Mantel vom Haken. »Es ist auch wirklich schon spät. Ich gehe jetzt besser nach Hause.« Als sie sich umdrehte, stand André Lenzen dicht vor ihr.

»Wenn du möchtest, bleib«, sagte er, beugte sich vor und küsste sie.

18

Draußen empfing sie tiefe Dunkelheit. Auch aus den umliegenden Fenstern fiel kein Licht auf die Straße. Im Schimmer einer entfernten Straßenlaterne reflektierten die Schneeflocken, es schneite immer noch. Um sie herum war alles still. Kein Auto fuhr, und wenn doch, schluckte der Schnee jeden Laut. Josefine zog leise die Tür ins Schloss. Es wurde Zeit, nach Hause zu gehen. Mit einer Hand fasste sie ihren Mantelkragen enger und machte sich auf den Heimweg. Der Schnee knirschte unter ihren Füßen.

André schlief noch fest. Fremde Geräusche hatten sie geweckt. Etwas hatte dumpf gegen das Metalldach geschlagen. Ein Ast vielleicht. Andrés Arm hatte über ihrer Taille legen, sein Bein über ihrem. Er war nicht aufgewacht, als sie sich behutsam aus seiner Berührung befreit hatte und aufgestanden war. Fünf Uhr. Sie hatte ihre Kleider zusammengesucht, sich im vorderen Teil der Wohnung leise angezogen. War zurück zum Schlafzimmer gegangen, hatte ihn vom Türrahmen aus betrachtet. Lächelnd in der Erinnerung an das, was geschehen war. An die Zärtlichkeit. Die Leidenschaft. Das Lachen. Die Selbstverständlichkeit, mit der sie einander berührt hatten. Ohne einen Gedanken an Beates Tod, ohne Gedanken an die Jahre, die zwischen ihnen lagen, und irgendwann ohne jegliche Gedanken. Freude. Leben. Es hatte sich richtig angefühlt. Als müsste es so und nicht anders sein. Sie und er. Er und sie. Es machte sie leicht. Froh. Dort, wo vor wenigen Stunden noch kalter Zorn an ihr gerissen hatte, breiteten sich Wellen von Glück aus. Josefine wollte dieses Gefühl noch eine Weile mit sich führen, es bewahren. Bevor mit dem Tageslicht die Realität wieder ihren Platz beanspruchen und ihre Bedenken sie auf den kalten Boden der Tatsachen zurückholen würden.

Josefine querte den Marktplatz und hinterließ die erste Spur

in der unberührten Schneedecke. Summend bog sie in die Gasse zur Agentur ein und zog klappernd ihren Schlüsselbund aus der Manteltasche.
»Wurde auch langsam Zeit«, sagte eine Männerstimme in der Dunkelheit. Ein Wagen parkte dicht an der Hauswand. Er musste schon lange dort stehen, denn auch in der Gasse war der Schnee unberührt.
Josefine blieb stehen. Ein Schatten löste sich aus dem Dunkel des Hauseingangs. Die Erinnerung an die letzten Stunden verblasste schlagartig mit dem nächsten Wort.
»Christian.«
»Wo kommst du her um diese Uhrzeit?«
»Meinst du nicht, das wäre mein Text?« Sie blieb vor ihm stehen und musterte ihn. Viel konnte sie in der Dunkelheit nicht erkennen. Er sah schlecht aus. Grau. »Komm erst mal rein, bevor du dir eine Lungenentzündung einhandelst.« Ohne ein weiteres Wort schloss sie die Haustür auf und bedeutete Christian, ihr in Beates Wohnung zu folgen. Sie schaltete das Licht ein, streifte die Stiefel ab und schälte sich aus dem Mantel. Sie ging weiter ins Wohnzimmer. Auch hier machte sie es so hell wie möglich. Hinter ihr hörte sie, wie Christian ebenfalls seinen Mantel und seine Schuhe auszog und ihr folgte. Sie wandte sich ihm zu, verschränkte die Arme. »Was willst du hier?«
»Wir müssen reden.« Er wirkte durchgefroren. Wie lange hatte er da unten auf sie gewartet? Stunden? Die ganze Nacht? Sie ging in die Küche, setzte Wasser auf. Öffnete den Schrank, nahm zwei Tassen und Teebeutel heraus. Pfefferminze mit zwei Zuckerwürfeln für Christian, im Ganzen hineingegeben, nicht umrühren, damit sie sich nicht komplett auflösten und er sie am Schluss mit dem Löffel herauskratzen konnte. Jahrelange Gewohnheiten, in Fleisch und Blut übergegangen.
»In Ordnung. Am besten erzählst du mir, warum du hier ohne Ankündigung auftauchst, wir klären, was zu klären ist, und dann verschwindest du wieder.« Sie stellte die Tasse auf den Küchentisch. Christian nickte zum Dank und setzte sich. Josefine blieb stehen, lehnte sich an die Spüle, hielt ihre Tasse

mit beiden Händen umfasst. Sie blies den Dampf von der Oberfläche.

»Ich bin die halbe Nacht gefahren, dachte, du bist hier.«

»Jetzt bin ich hier.« Josefine kämpfte den Impuls nieder, ihm zu erklären, wo sie gewesen war und warum. Sie war ihm nichts schuldig. Keine Rechtfertigung, keine Bitte um Verständnis. Kurz durchfuhr sie der Gedanke, einem der Kinder könnte etwas passiert sein und Christian säße nur hier, um ihr die Schreckensnachricht selbst zu überbringen. Ihr Herz stolperte, und einen Moment lang vergaß sie zu atmen. Aber der Gedanke verließ sie so schnell, wie er gekommen war. Wenn dem so wäre, hätte er nicht bis hier oben geschwiegen. Christian mochte vieles sein, aber kein liebloser Vater. So etwas hätte er nicht vor ihr verbergen können. Dazu kannte sie ihn zu gut.

Christian rührte in seinem Tee, hob den Löffel heraus und leckte ihn ab, bevor er ihn neben die Tasse legte.

»Es ist wegen dem Haus.«

»Ist etwas passiert? Hat es gebrannt? Ist jemand eingebrochen?« Sie stellte ihre Tasse ab.

»Nein, nein. Alles in Ordnung.« Er griff wieder nach dem Löffel. »Wir werden das Haus verkaufen. Ich habe bereits alles in die Wege geleitet.«

»Wer ist wir?«

»Wir beide. Du und ich.«

»Ich kann mich nicht daran erinnern, dass wir beide, du und ich, darüber gesprochen und etwas in der Richtung entschieden hätten.«

»Das war mir klar.« Er verdrehte die Augen. »Du willst dich mal wieder querstellen. In dem Fall muss ich dich allerdings daran erinnern, dass dieses Haus mit dem Geld bezahlt wurde, das ich verdient habe. Ich habe nun andere Pläne, und dafür brauche ich das Geld.« Er sah sich in der Küche um, verzog das Gesicht zu einem abschätzigen Grinsen und ergänzte: »Du kannst mich natürlich auch auszahlen. Du hast schließlich geerbt.« Er trank einen Schluck und beobachtete sie über den Rand der Tasse hinweg. Josefine versteifte sich. Ihre

Finger krallten sich um den Rand der Arbeitsfläche. Er hatte also Pläne. Vermutlich mit seiner Neuen, deren Ansprüche er erfüllen musste. Und dafür sollte sie nun ihr Zuhause aufgeben?
»Richtig. Du kennst mich sehr gut. Ich werde mich querstellen. Vor allem dann, wenn du einfach so über meinen Kopf hinweg Dinge entscheidest, die mein Leben betreffen.« Sie stieß sich von der Küchenzeile ab. »Dieses Haus ist mit dem Geld bezahlt worden, das du verdient hast. Das mag sein. Aber dieses Geld hättest du nicht verdienen können, wenn ich dir nicht den Rücken freigehalten und die Haushälterin für dich gespielt hätte. Du wolltest Kinder und Karriere ohne Einschränkung. Beides hast du bekommen, weil ich es dir ermöglicht habe. Dieses Haus gehört also auch mir.«
»Was willst du denn so ganz allein in dem großen Haus?«, warf Christian ein. »Mit dir selbst verstecken spielen? Sei doch nicht so irrational.«
»Das ist interessant. Sobald ich dir widerspreche, bin ich irrational.«
»Du wirst doch nicht behaupten wollen, es sei vernünftig, im Alter allein in einem großen Haus zu leben.«
»Wer sagt denn, dass ich das will?«
»Na also, geht doch.« Er fasste in die Innentasche seines Jacketts, zog eine Klarsichthülle mit Unterlagen hervor und legte sie auf den Tisch. Als Nächstes folgte ein Kugelschreiber, den er auf die Papiere warf, bevor er sich wieder zurücklehnte. »Hier. Unterschreib.«
Josefine starrte ihn fassungslos an. Sie hatte Mühe, sich davon abzuhalten, ihn anzuschreien und mit ihrer Tasse zu bewerfen. Sie holte tief Luft, hielt für einige Sekunden den Atem an. Wie sehr hätte sie sich jetzt Beate zur moralischen Unterstützung herbeigewünscht. Aber Beate war nicht da. Hatte sich buchstäblich in Luft aufgelöst.
»Ich möchte, dass du dieses Haus sofort verlässt, Christian.«
»Ja, ja. Unterschreib, und ich bin weg.« Christian stand auf, griff nach dem Stift und hielt ihn ihr entgegen.
»Ich werde das nicht unterschreiben. Selbst wenn ich zu dem

Entschluss kommen sollte, das Haus nicht länger zu halten, wird dieser Entschluss nicht zwischen Tür und Angel fallen. Und schon gar nicht, weil du mich dazu drängst.« Sie nahm die Unterlagen, rollte sie zusammen und reichte sie ihm. Er rührte sich nicht.

»Ich habe mit den Kindern gesprochen. Sie sind einverstanden.«

»Du hast was?« Josefine schnappte nach Luft. Es war eine Sache, wenn Christian sie vor vollendete Tatsachen zu stellen versuchte, aber eine ganz andere, wenn er hinter ihrem Rücken die Kinder auf seine Seite zog und die nicht mit ihr darüber sprachen. Es verletzte sie auf einer Ebene, die mehr schmerzte als alles andere.

»Ich habe mit ihnen geredet und sie gefragt, ob sie damit einverstanden sind, dass wir das Haus verkaufen«, erklärte er langsam und bedächtig, als sei sie zu dumm, um ihn bereits beim ersten Mal verstanden zu haben.

»Raus. Sofort.« Josefine ging zur Wohnungstür, riss sie auf und wies ins Treppenhaus. Christian stand reglos neben dem Küchentisch.

»In dieser Sache ist das letzte Wort noch nicht gesprochen. Ich dachte, es ginge im Guten. Nun wird mein Anwalt sich bei dir melden.«

Schweigend starrte sie ihn an, bis er seinen Mantel nahm, die Wohnung und das Haus verließ. Erst als sie den Automotor starten und ihn wegfahren hörte, wich die Anspannung aus ihr. Leise schloss sie die Wohnungstür und ging zurück in die Küche. Wie ein Roboter nahm sie seine Teetasse, trug sie zur Spüle, ließ kaltes Wasser hineinlaufen, bis auch die letzten Zuckerreste verschwunden waren. Erst danach stellte sie sie in die Spülmaschine. Ihr eigener Tee war kalt geworden. Sie goss ihn mit Schwung in die Spüle, stellte die Tasse ins Becken. Mit beiden Händen stützte sie sich auf den Rand des Spülbeckens und sah zu, wie die letzten Teeschlieren in den Ausguss liefen.

Bei allen drei Kindern lief die Mailbox. Josefine legte jeweils auf, bevor die Aufzeichnung startete. Alles, was sie hätte sagen können, wäre unweigerlich ins Vorwurfsvolle abgeglitten. Sie wollte persönlich mit ihnen reden. Am besten von Angesicht zu Angesicht per Videochat. Frustriert warf sie ihr Handy auf das Sofa. Sie ließ sich rücklings hineinfallen, lehnte sich nach hinten und bedeckte ihre Augen mit dem Unterarm.

Christian wollte das Haus verkaufen. Er brauchte das Geld, für was auch immer. Seine Neue stellte Ansprüche. Was verlangte sie? Eine Kreuzfahrt? Ein neues Auto? Ein eigenes Haus, in dem sie mit Christian Erinnerungen aufbauen konnte? Wieder spürte sie das Brennen der Eifersucht, den Schmerz des Verlustes, den heftigen Wunsch, der neuen Frau in Christians Leben wehzutun, ihr ebenfalls Schmerzen zuzufügen, um die eigenen besser ertragen zu können. Hatte sich so auch Svenja gefühlt? Rachephantasien entwickelt? Wollte sie Beate ebenfalls wehtun? War aus der Phantasie Wirklichkeit geworden? Josefines Arm glitt von ihrem Gesicht, ihre Hand fiel schlapp auf das Sofa, als gehörte sie nicht zu ihr. Sie hatte das Gefühl, nie wieder aus diesem Sofa aufstehen zu können. Als wäre diese kleine Anstrengung ein unüberwindbares Hindernis. Wäre Svenja Beates Mörderin – Josefine könnte sie verstehen. Könnte nachvollziehen, wieso und was in ihr abgelaufen sein musste. Täterschaft und Opfersein waren zu verschwommen, um eine Grenze zu ziehen, an der sich Schuld zuordnen ließe. Sie schloss die Augen, presste die Fäuste an die Schläfen. Diese Gedanken waren nicht richtig. Jemanden zu töten, durfte nie eine Option sein. Niemals.

»Niemals«, sprach sie ihre Gedanken im Rhythmus ihres schnell schlagenden Herzens aus. »Niemals«, flüsterte sie, um sich selbst daran zu erinnern. Das Karussell ihrer Gedanken und Gefühle verlor an Fahrt, drehte sich langsamer. Sie öffnete die Augen und starrte an die Zimmerdecke. Sie musste wieder einen klaren Kopf bekommen. Dermaßen emotional kannte sie sich gar nicht. Und es tat ihr auch nicht gut. Systematik würde helfen.

Christian wollte das Haus verkaufen. Mal angenommen, es käme wirklich dazu. Was würde das für sie bedeuten? Sie verlöre den Ort, den sie lange Zeit ihr Zuhause genannt hatte. Folglich brauchte sie ein neues Zuhause. Ein neues Leben. Am besten an einem neuen Ort. Sie sah sich um. Warum nicht hier? Titzelsee war genauso gut wie jeder andere Ort für einen Neustart. Sie richtete sich auf. »Gut, Josefine«, sagte sie zu sich selbst. »Dann solltest du jetzt schnellstmöglich klären, was es mit dem Testament auf sich hat.« Sie lauschte dem Klang ihrer Stimme nach. »Ich denke, das Testament klärt nicht nur meine Zukunft, sondern auch deine Vergangenheit, Beate«, rief sie laut, als stünde ihre Schwester im Bad und putzte sich die Zähne. Aber Beate blieb verschwunden.

Nach einer halben Stunde gründlichen Suchens in Schränken und Schubladen hatte Josefine zwar etliche Stellen entdeckt, die dringend einer Entrümpelung bedurften, aber kein Testament. Einige dieser etlichen Stellen erforderten eine intensivere Beschäftigung mit dem Gerümpel, um nichts zu übersehen. Josefine zog die unterste Schublade aus der Kommode im Wohnzimmer, trug sie zum Küchentisch und stürzte den kompletten Inhalt darauf. Ein Wust aus Papieren, Stiften, Küchenutensilien und Werkzeugen türmte sich vor ihr auf. Vereinzelt segelten Quittungen zu Boden. Ein Gummiball rollte an den Rand, lief ein Stück an der Kante entlang, bevor er sich für die Tiefe entschied. Mit einem lauten »Popp« titschte er auf den Boden auf, sprang in einem unkalkulierbaren Winkel zur Seite und verschwand unter den Sitzmöbeln. Er würde sich frühestens beim nächsten Staubsaugerdurchgang wieder bemerkbar machen oder aber für immer verschollen bleiben. Josefine zog den Mülleimer neben den Tisch und öffnete ihn. Dann nahm sie eine große Mülltüte, die sie an der Rückenlehne eines der Küchenstühle befestigte, und eine Papiertüte, die sie auf die Sitzfläche eines weiteren Stuhls stellte. Wenn schon sortieren, dann bitte auch richtig.

Obwohl sich Tonne, Tüte und Müllsack nach zwanzig Minuten bereits ordentlich gefüllt hatten, war der Berg auf dem Tisch noch nicht nennenswert abgebaut, als es an der Wohnungstür klingelte.

Christian? War er zur Einsicht gelangt, oder wollte er einen weiteren Versuch starten? Josefine ging zum Fenster, spähte hinaus. Kein Auto stand in der Gasse, aber das musste nichts heißen. Sie zögerte. Sollte sie ihm überhaupt öffnen? Aber zum einen würde er, wenn es Christian war, keine Ruhe geben, bis sie ihn einließ, und zum anderen bestand durchaus die Möglichkeit, dass es jemand anderes war. Candan Aydin. Oder André? Josefine ging zur Tür, drückte den Öffner und spähte in den Hausflur. Aber es war weder Candan Aydin noch André, der da die Treppe hinaufstapfte.

»Hallo, Herr Eichner.« Josefine empfand eine vage Enttäuschung, dass es nicht André war. Sie drängte das Bild von ihm auf der Treppe, bewaffnet mit einer Brötchentüte und seinem ganz persönlichen Lächeln, zur Seite und konzentrierte sich auf ihren Besucher.

»Guten Tag, Frau Jeschiechek. Ich hatte Ihnen zugesagt, noch einmal vorbeizukommen und mit Ihnen zu sprechen. Ich hoffe, Sie haben einen Moment Zeit?«

Josefine nickte, trat zurück in den Wohnungsflur und hielt ihm die Tür auf.

»Störe ich Sie beim Aufräumen?«, fragte er mit Blick auf den Küchentisch. »Soll ich ein anderes Mal wiederkommen?«

»Nein.« Josefine wies zum Sofa. »Wir können uns dort unterhalten. Ich möchte gerne mit Ihnen über einige Punkte im Mordfall meiner Schwester sprechen.«

»Der keiner ist, Frau Jeschiechek. Das hatte ich Ihnen am Telefon bereits gesagt. Deswegen bin ich hier. Um Ihnen zu erläutern, warum wir zu diesem Schluss gekommen sind.«

»Sind Sie sicher? Es gibt jede Menge Motive, Leute, die in Frage kommen.«

»Ja, ich bin sicher. Und was die Motive potenzieller Täter angeht: Die Menschen haben immer und zu allen Zeiten eine Menge Motive, einander umzubringen. Hass. Liebe. Eifersucht.

Gier. Neid. Rache. Zum Glück nehmen die allermeisten letztendlich doch davon Abstand, ihre Gedanken in Taten umzusetzen.«
»Sie haben aber doch Ermittlungen angestellt.«
»Das haben wir.«
»Was ist dabei herausgekommen?«
»Frau Jeschiechek, sind Sie mit der Polizeiarbeit vertraut?« Josefine zuckte mit den Schultern.
»Und damit meine ich nicht das, was man in Fernsehkrimis und in Büchern vorgesetzt bekommt. Das ist in der Regel sehr weit entfernt von dem, was wir tatsächlich tun. Allein der Papierkram. Davon würden Sie weder lesen noch es im Film sehen wollen.« Er hielt kurz inne. »Aber ich schweife ab. Bitte entschuldigen Sie. Was ich damit sagen wollte, ist: Es tut mir leid, dass das so lange gedauert hat, aber wir haben jahreszeitbedingt in den Laboren und in der Rechtsmedizin einen sehr hohen Krankenstand, und alles geht deutlich langsamer als gewohnt. Aber jetzt liegen die Autopsieergebnisse abschließend vor: Die tödliche Kopfverletzung Ihrer Schwester ist durch einen Sturz entstanden. Die Rechtsmedizinerin sagt, so wie es sich darstellt, ist Frau Silberzier vor der Agentur ausgerutscht, nach hinten gestürzt und hat sich am Vorsprung des Fensterrahmens die Verletzung zugezogen.«

Josefine verschränkte ihre Hände ineinander, blickte zur Seite. Sie wusste, welche Kante des Rahmens der Kommissar meinte.

»War sie sofort tot?«

Eichner atmete vernehmlich, ehe er fortfuhr: »Nein. Sie hat noch eine Weile gelebt. Sie hat lange dort gelegen.«

»Hätte sie …« Josefine schluckte. »Hätte man sie retten können, wenn man sie früher gefunden hätte?«

»Die Rechtmedizinerin sprach von einer fünfzigprozentigen Chance.«

»Also war es Schicksal.«

»Wenn Sie es so ausdrücken wollen.«

»Was ist, wenn ich Beweise dafür finde, dass es doch Mord sein könnte?«

»So seltsam es klingt, Frau Jeschiechek, aber im Laufe der Jahre habe ich erfahren, dass es für die Angehörigen einfacher ist zu glauben, jemand wäre ermordet worden, als zu akzeptieren, dass die Person bei einem Unfall ums Leben gekommen ist. Dann hat man jemanden, dem man die Schuld geben kann. Die Verantwortung. Fühlt sich der Willkür des Todes nicht so ausgesetzt.« Eichner erhob sich und reichte Josefine die Hand.
»Es tut mir leid, dass ich es Ihnen nicht leichter machen kann. Wenn Sie Unterstützung durch unsere Psychologen brauchen, melden Sie sich bitte.«

17

Der restliche Inhalt der Schublade sortierte sich wesentlich schneller, nachdem Josefine beschlossen hatte, nicht mehr jeden Kugelschreiber und Filzstift auf seine Funktionsfähigkeit zu überprüfen und auch nichts anderes, was nicht im Entferntesten nach wichtiger Unterlage aussah, zu behalten. Zum Schluss blieben ein paar Krümel, die sie mit einer Handbewegung vom Tisch wischte. Staubsaugen musste sie auch noch. Irgendwann. Nicht jetzt. Jetzt hieß es, weiter nach dem Testament zu suchen.

Josefine öffnete sämtliche Küchenschränke – wieso verlief an der Rückwand des Tellerschranks eine Spur eingetrockneter Tomatensoße? –, untersuchte Beates alten Sekretär auf mögliche Geheimfächer – wieso fand sie überall wichtige Papiere, aber in dem Sekretär nur leere Schokoladenhüllen? – und tastete Kleider- und Schuhschrank von innen – wieso hatte sie sich keine Gummihandschuhe angezogen? –, außen, unten und oben ab. Hier stellte sich nicht die Frage, wann zum letzten Mal, sondern ob überhaupt jemals seit Errichtung des Möbelstücks Staub gewischt worden war. Die Rückwände der Schränke gaben auch größerem Druck nicht nach, waren also vermutlich nie gelöst worden, um etwas zu verstecken. Insofern beschloss Josefine, auf das Abrücken der Möbel von den Wänden zu verzichten.

»Wo hast du es hingepackt?«, fragte sie laut in die staubige Stille hinein. Und ergänzte, als keine Antwort kam: »Wenn ich du wäre, wo würde ich etwas verbergen?«

Josefine legte die Hände auf ihren Rücken und massierte ihr Kreuzbein. Ganz spurlos war die letzte Nacht doch nicht an ihr vorübergegangen. Das war definitiv Muskelkater. Sie konzentrierte sich. Das Testament. Wo konnte es nur sein? Vom Prinzip her hatte sie alles systematisch abgesucht, was als Versteck in Frage kam. Hatte sie etwas übersehen? Oder war genau das ihr Fehler? Systematik gehörte nicht zu Beates Stärken. Ganz im Gegenteil. Sie war die Königin des Chaos. Würde sie für so ein wichtiges Papier überhaupt ein Versteck wählen? Oder hätte sie zu viel Angst, ein zu gutes Versteck auszuwählen und sich der Gefahr auszusetzen, es später nicht mehr wiederzufinden? In der kurzen Zeit, in der sie ihre Schwester kennengelernt hatte, war es ihr eher so vorgekommen, als ob Beate ihren Impulsen oft spontan nachgab, einfach weil es ihr in diesem Moment angebracht erschien. Aber auf der anderen Seite hatte sie auch beobachtet, dass Beate sich mehrfach einer Sache versichern musste. Was, wenn sie das Testament gar nicht versteckt hatte, sondern offen herumliegen ließ? Weil sie es sich immer wieder durchlesen wollte? Weil sie sicher sein musste, alles richtig gemacht zu haben? Weil sie überlegte, noch etwas zu ändern? Schnelle, endgültige Entscheidungen waren ebenfalls nicht Beates Sache. Wo also hätte sie das Testament lesen und dann wieder achtlos zur Seite legen können? Auf dem Sofa?

Josefine turnte über die Couch, schob ihre Finger tief in die seitlichen Ritzen, fand aber außer dem üblichen Dreck, etwas Kleingeld und einer alten Kinoeintrittskarte nichts. Die Sessel erwiesen sich nicht als ergiebiger, ebenso wenig der Zeitungsständer neben der Toilette im Bad. Blieb noch das Bett. Bisher hatte sie in Beates Wohnung auf der Couch geschlafen, das Bett nicht angerührt.

Entschlossen betrat sie das Schlafzimmer, hob das Plumeau hoch, schüttelte es und zog den Bezug ab. Das Kopfkissen ereilte das gleiche Prozedere. Über die Matratze war ein Laken gespannt, das sich an einer der Kopfseiten bereits etwas von der Matratzenecke gelöst hatte. Beherzt und auf eine Staubwolke gefasst, raffte Josefine den Stoff zusammen. Die Matratze hob sich an einer Ecke und plumpste zurück in den Bettkasten. Ein Stück Papier wurde darunter sichtbar.

Josefines Handy klingelte. Sie brauchte einige Sekunden, um es zu orten, und eilte dann zum Küchentisch. Dort lag es mit dem Display nach unten und brummte vor sich hin.

»Hallo?« Wieder, so fiel ihr auf, hoffte sie, dass es André sei, und wieder war sie enttäuscht, als er es nicht war.
»Wo bist du?«, wollte Candan wissen.
»Oben. In der Wohnung.«
»Denkst du daran, dass wir in zehn Minuten die Mitarbeiterbesprechung haben? Bernhard ist schon hier.«
»Gleich.« Josefine sah auf die Uhr links oben auf dem Display. »Ich muss noch etwas Wichtiges erledigen.« Sie beendete das Gespräch, steckte das Handy in die Hosentasche und lief zurück ins Schlafzimmer. Die Mitarbeiterrunde hatte sie völlig vergessen.

Das Stück Papier unter der Matratze erwies sich als ein handgeschriebenes Blatt DIN-A4-Papier. Josefine versuchte, die Worte zu entziffern. Da standen Stichpunkte wie Connection, Auftragsbücher und Netzwerk. Sicher war nur eines: Das war nicht das Testament. Josefine hob die Matratze ein weiteres Mal an. Sie war schwer. Darunter befanden sich ein offener Lattenrost und Schubladen, die sie bisher von außen nicht als solche erkannt hatte. In den beiden, die zur Tür hinwiesen, stapelten sich Decken und weiteres Bettzeug. Die anderen beiden, die Richtung Fenster zeigten, waren leer. Vermutlich weil Beate sie wegen des kleinen Abstands zur Wand nicht richtig öffnen konnte. Auf dem Boden der Schublade am Kopfteil des Bettes lagen verstreut weitere Blätter mit handgeschriebenen Notizen und ein Kugelschreiber. Josefine bezweifelte, dass Beate die Blätter mit Absicht dorthin gelegt hatte. Eher hatte es den Anschein, als seien sie einfach durch den Spalt zwischen Matratze und Lattenrost gerutscht und dann dort vergessen worden. Oder Beate hatte keine Gelegenheit mehr gehabt, sie wieder hervorzuholen.

Josefine ging um das Bett herum zur Fensterseite. Sie zog die Schublade so weit auf, wie es ging, sank auf die Knie und quetschte ihren Arm durch den Spalt. Mit dem anderen Arm hob sie zumindest ansatzweise die Matratze an, um etwas sehen zu können. Mit den Fingerspitzen erreichte sie eines der Blätter und zog es zu sich. Eine Reihe Vornamen mit dahintergeschriebenen Datumsangaben standen darauf. Sie kamen ihr vage bekannt vor. Lukas und Emily waren darunter. Alles Darstellerinnen und Darsteller der Agentur? Josefine rollte das Blatt mit den Namen eng zu einer Verlängerung zusammen, wischte damit über den Boden der Schublade und angelte so ein Papier nach dem anderen heraus. Sie überflog die Notizen. Handynummern, Uhrzeiten. Was war das? Ein Dienstplan? Erst als sie das letzte Stück Papier durchlas, wurde ihr klar, dass das kein Dienstplan sein konnte. Hier hatte Beate exakt zusammengefasst, welchen Verdacht sie hegte: War ihre Agentur der Dreh- und Angelpunkt eines schwunghaften Drogenhandels?

Die Szene in der Einkaufsmall fiel Josefine wieder ein. Uwe Madels Hinweise. Aber Drogenhandel gab es immer und überall. Josefine verabscheute selbst kleine Dealer, weil sie ein Geschäft aus dem Elend anderer machten. Aber sie hatte sie für Einzeltäter gehalten. Einzeltäter, denen sie sich widmen konnte, wenn die wichtigste Sache, die Aufklärung von Beates Tod, erledigt wäre. Für sie hatte dieses Problem nicht an erster Stelle gestanden. Für ihre Schwester allem Anschein nach schon. Ein gezeichneter Blitz und das Wort »GEFAHR«, in großen Buchstaben und dick umkringelt, zeigten, wie ernst es Beate damit gewesen war.

Wieder brummte das Handy. Mist. Sie musste zur Besprechung. Schnell schob sie alle Blätter zu einem ordentlichen Stapel zusammen, faltete sie einmal in der Mitte und packte sie in ihre Tasche. Wenn sie die Notizen mit mehr Ruhe lesen konnte, standen die Chancen besser, zu verstehen, was Beate damit gemeint hatte. Noch besser wäre natürlich, sie selbst zu fragen.

Ihr Handy brummte erneut.

»Sarah.« Sie nahm das Gespräch ihrer ältesten Tochter an. »Wie schön, dich zu hören. Ich habe eigentlich gerade gar keine Zeit. Geht es dir gut?«

»Hallo, Mama. Ja, alles klar, aber …« Josefine hörte, wie ihre Tochter am anderen Ende der Leitung Luft holte, bevor sie weitersprach. »Papa war bei dir.«

»Ja.« Sie merkte, wie sie sich innerlich wappnete. Sarah rief also nicht an, weil sie mit ihrer Mutter sprechen wollte. Es ging um Christian. »Hat er mit dir wegen des Hauses gesprochen? Wollte er, dass du mich anrufst?« Sie wurde wütend. »Ich habe ihm sehr deutlich gesagt, was ich von seiner Idee halte, und wir sind nicht einer Meinung.«

»Mama ...« Sarah versuchte, sie zu unterbrechen, aber Josefine ließ sie nicht zu Wort kommen.

»Mal abgesehen davon finde ich es nicht in Ordnung, dass er jetzt dich vorschickt. Das ist eine Sache zwischen ihm und mir.«

»Mama, ich möchte dir gerne ...«

Wieder ignorierte Josefine den Einwurf ihrer Tochter.

»Euch für seine Zwecke zu instrumentalisieren. Das ist wieder typisch Christian.«

»Papa hat mich nicht gebeten, bei dir anzurufen. Er weiß noch nicht einmal, dass ich das mache. Außerdem bin ich erwachsen und kein kleines Mädchen mehr, das nach Papas Pfeife tanzt.«

»Weshalb rufst du dann an? Es ging doch um deinen Vater.«

»Ja.«

Josefine ging zum Küchentisch zurück, legte ihre Tasche ab und setzte sich.

»Ich höre.«

»Hat er dir gesagt, was bei ihm los ist?«

»Er hat mir mitgeteilt, dass er beschlossen hat, dass wir das Haus verkaufen, weil er das Geld für seine Pläne braucht.« Josefine gab ihrer Tasche einen Stoß. »Vermutlich will er mit seiner Neuen irgendeine schicke Reise machen. Was weiß ich.«

»Ilona oder seine Neue, wie du sie nennst, hat mit ihm Schluss gemacht.«

»Dann war sie klüger als ich.«

»Mama, Papa ist krank.«

»Das tut mir sehr leid für ihn. Aber mir ging es auch nicht besonders gut, als er mit mir Schluss gemacht hat. Und wir wa-

ren gut dreißig Jahre zusammen und nicht nur knapp ein Jahr.«
Sie beugte sich vor, angelte nach dem Griff ihrer Tasche und stand auf. »Ich muss jetzt zu einer Besprechung. Wir können gerne ein anderes Mal weitertelefonieren. Dein Vater wird es überleben.«
»Das ist nicht sicher, Mama. Es sieht gar nicht gut aus.«
Die Gesichtsausdrücke der Wartenden hätten unterschiedlicher nicht sein können. Von verständnisvoll – Candan Aydin – über verärgert – Bernhard Rösner – bis tiefenentspannt – Bärbel Rosenbusch – war alles vertreten.
»Bitte entschuldigt.« Josefine hängte ihren Mantel auf den Haken, ging zum Tisch und klemmte den Trageriemen ihrer Tasche an die Stuhllehne. Sie setzte sich, versuchte, das Gedankenkarussell in ihrem Kopf zum Stillstand zu bringen. Christian stand im wahrsten Sinne mit dem Rücken zur Wand. Er war krank, die Therapie langwierig und ein Erfolg nicht garantiert. Er würde Hilfe brauchen. Menschen, die ihn unterstützten, die ihn pflegten. Dafür brauchte er das Geld aus dem Hausverkauf.
Josefine hatte nichts mehr gesagt. Hatte nur zugehört, was ihre Tochter zu berichten hatte. Hatte Sarah getröstet und ihr Zuversicht vermittelt, die sie als Tochter für ihren Vater brauchte. Dann hatte sie das Telefonat beendet und war nach unten gegangen.
»Kommissar Eichner hat mich heute Morgen besucht«, sagte sie, bevor ihr jemand aus der Runde zuvorkommen konnte, und verdrängte den Gedanken an Christian.
»Gibt es neue Erkenntnisse?« Bernhard Rösner beugte sich vor. »Haben sie den Mörder gefunden?«
»Nein.« Josefine sackte ein wenig in sich zusammen. »Kommissar Eichner kam, um mir mitzuteilen, dass sie die Akte schließen.«
Alle drei starrten sie an.
»Laut den Berichten der Rechtsmedizin war Beates Tod ein Unfall. Sie muss ausgerutscht und mit dem Kopf auf den

Vorsprung am Fenster gefallen sein.« Josefine deutete mit einer schwachen Handbewegung in Richtung der Stelle neben dem Eingang, die der Kommissar ihr beschrieben hatte. Dabei beobachtete sie die Reaktionen der anderen. Verhielten sie sich auffällig?

»Ein Unfall?« Candan Aydins Augen füllten sich mit Tränen. Sie kämpfte mit sich, presste die Faust an den Mund. Bärbel Rosenbusch streckte eine Hand aus und strich ihr mit reglosem Gesicht sanft über die Schulter. Auch sie wirkte betroffen, schwieg aber.

»Die Erkenntnis haben sie ja reichlich früh«, knurrte Bernhard Rösner. Er sah zu der Stelle, schüttelte den Kopf und schnaufte geräuschvoll. »Hat der Kommissar gesagt, wie es genau passiert ist?«

»Sie ist ausgerutscht, vermutet die Rechtsmedizinerin.« Mehr wollte Josefine nicht sagen. Nichts davon, dass Beate nicht sofort tot gewesen war, dass man ihr vielleicht noch hätte helfen können. Es würde die Trauer um ihre Schwester nicht mindern und sie nicht wieder lebendig machen.

Bärbel Rosenbusch stand auf. Sie ging zu dem kleinen Regal, auf dem die Kaffeemaschine und ein Wasserkocher standen, und begann, für alle ungefragt einen Tee vorzubereiten. Das Brodeln des kochenden Wassers war das einzige Geräusch im Raum. Mit den gefüllten Tassen kam sie an den Tisch zurück, stellte eine vor jedem Platz ab und setzte sich wieder. Ein wehmütiges Lächeln huschte über ihr Gesicht.

»Irgendwie passt es zu Beate. Ausgerutscht.« Sie lachte liebevoll auf. »Mit den Gedanken immer schon beim nächsten Moment, nie im Jetzt. Der Kopf schneller als die Füße. Wer weiß, was es in diesem Augenblick gewesen ist. Hoffentlich etwas Schönes.«

Wieder schwiegen alle, bis Bernhard Rösner sich aufrichtete und beide Hände auf den Tisch legte.

»Beate würde sicher nicht wollen, dass wir untätig rumsitzen. Wer rastet, der sollte nicht mit Steinen werfen. Also, was machen wir jetzt?« Er schob die Teetasse mit einem Ausdruck der Entschlossenheit von sich weg.»Wir haben eine Menge Arbeit.«

»Bärbel, hast du noch einen Moment Zeit für mich?« Josefine bewegte die Schultern, um die Verspannung zu lösen, die sie in der letzten halben Stunde immer deutlicher gespürt hatte. Die Konzentration auf die Arbeit hatte ihnen allen gutgetan. Josefines Gedanken glitten trotzdem ab. Sie ging das Gespräch mit Christian immer wieder durch, suchte nach Anzeichen. Aber er hatte sich nichts anmerken lassen. Er wollte ihr nichts davon sagen. Josefine konzentrierte sich wieder auf das Jetzt. Sie hatte versucht, in den Äußerungen und Gesten der anderen etwas zu entdecken, das sie auf eine Spur führen oder einen Verdacht erhärten würde. Doch da war nichts. Hier saßen Menschen, die um eine Freundin trauerten, aber nicht in dieser Trauer erstarrten, sondern ihre Wege weitergingen. Mit dem Blick zurück, aber auch und vor allem nach vorne.

Bärbel Rosenbusch, die bereits dabei war, ihre Sachen zusammenzusuchen, hielt in der Bewegung inne und sah Josefine erstaunt an. »Klar«, sagte sie und legte ihre Tasche wieder zurück auf den Tisch.

»Vielleicht im Café? Es ist etwas Privates.« Josefine wartete die Antwort nicht ab, sondern nahm ihren Mantel vom Haken und zog ihn an. Bärbel Rosenbusch nickte und folgte ihr.

Erst als sie sich im Café gegenübersaßen und der Kellner die Bestellung aufgenommen hatte, nahmen sie das Gespräch wieder auf.

»Worüber wolltest du denn mit mir reden?« Bärbel Rosenbusch drückte Zitrone aus einer kleinen silbernen Presse in ihren Tee.

»Du und Beate«, setzte Josefine an und verstummte. Sie spürte, wie sie wieder wütend wurde, atmete tief ein und versuchte, dieses Gefühl auszublenden. Bärbel mit Vorwürfen zu überschütten, würde zu keinem Ergebnis führen.

»Ja – ich und Beate?«, wiederholte Bärbel Rosenbusch und ließ den Satz wie eine Frage klingen.

»Ihr wart befreundet.«
»So kann man es auch ausdrücken.«
»Auch?«
»Man könnte ebenso sagen, wir waren ein Liebespaar.« Bärbel Rosenbusch hob die Tasse an die Lippen, trank einen kleinen Schluck und stellte den Tee wieder ab. »Hast du ein Problem damit?«
»Nein. Und ja.«
»Zuerst das Nein, bitte.«
»Nein, ich habe kein Problem damit, dass ihr beide ein Paar wart, in dem Sinne, dass zwei Frauen sich lieben.«
»Und das Ja?«
»Egal, wer sich in welcher Konstellation liebt, wenn Betrug im Spiel ist, habe ich ein Problem damit.«
»Was nennst du Betrug?«
»Du bist verheiratet.« Josefine blickte zur Seite. Draußen hatte wieder Schneefall eingesetzt. Warum hatte Christian ihr nichts gesagt?
»Das stimmt.«
»Hatte Svenja nichts dagegen, dass du und Beate ein Verhältnis miteinander hattet?«
»Sie wusste es nicht«, erwiderte Bärbel ruhig.
»Also habt ihr sie betrogen.« Zwei harte Herzschläge.
»Nein. Das haben wir nicht.«
Josefine schwieg abwartend. Bärbel lächelte wieder dieses wehmütige Lächeln. Oder war es mitleidig? Weil sie, Josefine nichts verstand?
»Erklär es mir«, bat sie schließlich. Ihre Kehle kratzte, als habe sie heißen Sand eingeatmet.
»Svenja und ich haben eine Vereinbarung. Wir sind verheiratet. Wir lieben uns, und wir haben uns dafür entschieden, gemeinsam alt zu werden. Aber das bedeutet für keine von uns beiden, nur noch als *wir* zu denken. Wir haben entschieden, offen zu bleiben für neue Impulse. Jede geht einen eigenen Weg, und wenn wir Glück haben, schaffen wir es, diesen Weg nebeneinander zu gehen.«

»Du hast also aus einem Impuls heraus ein Verhältnis mit Beate begonnen?«

»Nicht aus einem Impuls heraus, sondern das Zusammensein mit Beate war für mich ein Impuls.«

»War Beate sich dessen auch bewusst? Dass sie nicht mehr als ein Impuls für dich war?«

Bärbel Rosenbusch schüttelte lächelnd den Kopf. »Du kanntest deine Schwester nicht. Weißt nicht, wie sie war, wer sie war, wie sie das Leben sah. Ihr seid euch nie begegnet.«

Josefine hätte gerne etwas erwidert. Dass sie Beate kannte, mit ihr redete, mit ihr stritt. Aber sie sagte nichts. Zum einen, weil sie über die ganz spezielle Art ihres Verhältnisses zu Beate nicht sprechen konnte, ohne bei Bärbel Rosenbusch im besten Fall Gelächter hervorzurufen. Viel wahrscheinlicher aber war es, dass Bärbel ihren, Josefines, Verstand in Frage stellen würde, und das könnte sie ihr noch nicht einmal übel nehmen. Aber darüber hinaus konnte sie auch nichts erwidern, denn Bärbel Rosenbusch hatte mit dem, was sie sagte, recht. Josefine kannte Beate nicht. Sie wusste nichts über ihre Wünsche, ihre Träume, ihre Pläne, die sie gehabt hatte, bevor sie gestorben war.

»Erzähl mir von ihr.« Josefine umfasste ihre Tasse mit beiden Händen. »Bitte.«

Bärbel Rosenbusch lehnte sich in ihrem Stuhl zurück. Sie drehte den Kopf zum Fenster. Aber sie sah nicht nach draußen, auch wenn ihre Augen auf die Straße gerichtet waren. Ihr Blick wandte sich nach innen, als wäre sie auf der Suche nach Erinnerungen und nach Worten, die diesen Erinnerungen gerecht wurden.

»Beate war ein wunderbarer Mensch. Zugewandt, empathisch. Liebevoll. Wenn ich mit ihr zusammen war, dann gab es nichts anderes. Sie war klug. Witzig. Schillernd. Es hat lange gedauert, bis sie mir auch ihre anderen Seiten gezeigt hat.«

»Was waren das für Seiten?«

»Die Schatten. Ihre Selbstzweifel. Ihre Anstrengung, mit dem Leben zurechtzukommen.« Bärbel Rosenbusch suchte wieder den direkten Blickkontakt zu Josefine. »Sie war das, was man eine Chaosprinzessin nennen konnte. Ihre Wohnung kennst du ja. Es gab Zeiten, da wirkte sie wie abwesend. Träumte, vergaß alles. Für einfache Dinge brauchte sie oft Stunden, weil sie es richtig machen wollte. Dabei verlor sie sich in völlig unwichtigen Details. Und dann gab es Tage, an denen hatte man das Gefühl, alles würde gleichzeitig auf sie einstürmen, als würden Geräusche, Gespräche, ihr Alltag über sie hereinbrechen und sie überfluten. Das waren dann die Tage, an denen sie sich zurückzog. Niemanden sehen, mit niemandem sprechen wollte. Wenn ich es dann versuchte, reagierte sie extrem dünnhäutig.«

»Aber du warst trotzdem mit ihr zusammen.«

»Nicht trotzdem, sondern deswegen. Ich habe gesehen, wie sehr sie sich angestrengt hat zu funktionieren, und sie dafür bewundert und respektiert. So zu sein, wie die Welt es von ihr erwartet hat. Und sie wusste um ihre Schwächen. Sie hat oft gedacht, sie sei schuld, wenn etwas nicht funktioniert hat, egal wo.«

»Klingt, als wärst du ihre Therapeutin gewesen.«

»Nein. Ganz im Gegenteil. Wenn du in diesen Kategorien denken möchtest, war es umgekehrt. Sie war meine Therapeutin.«

Josefine verstand nicht.

»Es wird dich vielleicht überraschen, aber ich war nicht mein ganzes Leben lang eine Märchenerzählerin. Oder vielleicht doch. Wie man es nimmt. Ich war Vertriebsleiterin in einer großen Firma. Spitzenmanagerin mit allem, was dazugehört. Vertriebsstrategien entwickeln, Verkaufsziele setzen, ein großes Team leiten, hohes Einkommen. Und das alles immer mit dem Gefühl, als Frau viel besser sein zu müssen als die anderen, um diese Position auch zu verdienen. Das lief jahrelang gut und irgendwann nicht mehr. Burn-out, wie er im Buche stand.« Bärbel Rosenbusch trank einen Schluck, bevor sie weitersprach.

»Nach dem Zusammenbruch habe ich alles umgekrempelt, und am Ende dieser Wandlung standen meine Ehe mit Svenja und ein Leben in Titzelsee als Märchenerzählerin.«

»Welche Rolle hat Beate dabei gespielt?«
»Ich bin eine Perfektionistin. Alles, was ich mache, will ich gründlich machen, meine Ansprüche an mich selbst erfüllen. Auch mein neues Leben. Downsizing auf professionellstem Niveau. Beate hat mich durch ihre Art immer wieder daran erinnert, mich selbst zu hinterfragen. Nicht wieder auf die alten Schienen zu geraten, nur halt auf anderen Strecken. Sie hat mir all die Kleinigkeiten gezeigt, die Nebensächlichkeiten, die Leben erst zu Leben werden lassen.«
»Aber du wolltest Svenja nicht für Beate verlassen?«
»Nein. Ich wollte das nicht und Beate wollte es auch nicht. Für uns war es richtig so, wie es war.«
»Bist du sicher, dass Svenja nichts von euch wusste? Ihr habt zusammengearbeitet, das erklärt natürlich viele Treffen. Aber irgendwann macht man doch einen Fehler.«
Bärbel Rosenbusch betrachtete Josefine nachdenklich. Unvermittelt änderte sich ihr Gesichtsausdruck von abwägend zu überrascht.
»Du glaubst nicht an die Unfallversion, habe ich recht?«, fragte sie Josefine.
»Ich weiß nicht, was ich glauben soll. Die Fakten liegen doch auf dem Tisch. Die Rechtsmedizin sagt Unfall. Aber ...«
»Aber du hast dir Gedanken gemacht, wer Beate hätte umbringen können.« Sie setzte sich aufrechter hin. »Deswegen auch dieses Gespräch. Ich verstehe. Der Gedanke eines Mordes aus Eifersucht ist nicht abwegig.«
Josefine konnte nicht erkennen, ob Bärbel Rosenbusch verärgert war über den Verdacht, der nun unausgesprochen im Raum stand. Aber sie blieb ruhig, als sie weitersprach.
»An dem Abend, als Beate starb, waren Svenja und ich bei einer Lesung im Buchladen.« Sie senkte den Kopf. »Eigentlich war die zweite Karte für Beate vorgesehen. Svenja ist nur mitgekommen, weil Beate abgesagt hatte. Später habe ich mir Vorwürfe gemacht. Vielleicht wäre alles anders gekommen, wenn ich an dem Abend mit ihr statt mit Svenja zusammen gewesen wäre.«

»Beate hat eure Verabredung abgesagt? Hat sie erwähnt, weswegen?«
»Nein. Sie hat sich nur kurz gemeldet und gemeint, es wäre ihr etwas Wichtiges dazwischengekommen.«
»Josefine – wie schön, dich zu sehen. Ich bin gleich bei dir.« Uwe Madel winkte ihr kurz zu und widmete sich dann wieder seiner Kundin.
Josefine schlenderte an den Büchertischen vorbei, nahm das ein oder andere Exemplar in die Hand, las Klappentexte. Es gab einen ganzen Tisch mit Weihnachtskrimis. In einem davon ermittelte eine Konditorin, und es gab einen Anhang mit Rezepten für Weihnachtskekse. Das klang interessant. Dieses Buch mit dem Titel »Makrönchen, Mord & Mandelduft« stand definitiv auf ihrer Liste – falls sie jemals wieder Zeit zum Lesen oder Backen finden würde.
»Was führt dich zu mir?«, hörte sie Uwe Madel hinter sich fragen. Sie schrak zusammen und legte das Buch zurück auf den Stapel.
»Ihr veranstaltet doch auch Lesungen, richtig?«
»Ja, natürlich. Was wäre eine Buchhandlung ohne Lesungen?«
»Kannst du dich erinnern, wer jeweils an den Abenden da war?«
Uwe Madel überlegte kurz und schüttelte dann den Kopf. »Wir haben einige Kundinnen und Kunden, die kommen zu vielen Veranstaltungen. Da kann ich dir aus dem Kopf nicht sagen, wer wann genau da war.«
Josefine zog die Nase kraus. »Das ist schade. Ich hatte gehofft, du könntest mir helfen.«
»Aber warte mal. Wenn derjenige sich angemeldet hat, dann weiß ich es. Wir führen eine Liste.« Er ging zur Verkaufstheke, nahm einen schmalen Ordner aus einem unteren Regal und legte ihn auf die Arbeitsfläche. »Um welche Lesung geht es denn?«
Josefine nannte ihm das Datum.

»Das ist der Abend, an dem Beate gestorben ist.« Er blätterte in dem Ordner, schlug die Seite auf und hielt inne. »Allerdings habe ich jetzt ein Problem. Datenschutz.« Er zuckte bedauernd mit den Schultern und sah dann über Josefines Schultern hinweg zu einer Kundin. »Frau Meyer, ich komme sofort zu Ihnen.« Er legte Josefine eine Hand auf die Schulter. »Ich bin gleich wieder bei dir«, sagte er und eilte davon. Josefine blickte ihm hinterher, dann wieder auf den Ordner, der zwar kopfüber, aber immer noch aufgeschlagen vor ihr lag. Eine Reihe Namen stand ausgedruckt untereinander, hinter den meisten befand sich ein blaues Häkchen, einige wenige waren durchgestrichen, drei Namen mit dem gleichen blauen Kugelschreiber handschriftlich ergänzt. Josefine kniff die Augen zusammen, bemühte sich, die Namen zu entziffern. Fast am Ende der Auflistung fand sie, was sie suchte. »Bärbel Rosenbusch + 1« stand dort, mit zwei blauen Häkchen dahinter.

Josefine ging zu dem Regal, vor dem Uwe Madel in das Gespräch mit der Kundin vertieft war, und wartete.

»Wie kontrolliert ihr, ob alle da sind, die sich angemeldet haben?«, wollte sie wissen, nachdem die Kundin sich verabschiedet hatte.

»Wir haken ab. Bei größeren Veranstaltungen verlieren wir sonst schnell den Überblick.«

Bärbel Rosenbusch hatte also nicht gelogen. Sie war hier gewesen.

»Kannst du dich erinnern, ob Bärbel Rosenbusch jemals mit jemand anderem als mit ihrer Frau oder Beate zu deinen Veranstaltungen gekommen ist?«

»Nicht, dass ich wüsste.« Uwe Madel überlegte. »Nein. Ziemlich sicher nicht.«

»Ich danke dir. Das hilft mir sehr.« Sie ging einige Schritte in Richtung Ladentür, hielt aber inne, als ihr noch etwas einfiel. »Bevor ich es vergesse. Dieser Titzel-Gin. Ich möchte gerne eine oder zwei Flaschen mitnehmen.« Sie kramte nach ihrem Portemonnaie.

»Das tut mir leid, aber der ist weg. Das ist jedes Jahr das

Gleiche. Morgens geliefert, abends ausverkauft. In allen Geschäften. Die Leute sind völlig verrückt danach. Er ist aber auch wirklich gut.«

»Das heißt, ich kann ihn nur an diesem einen Tag bekommen?«

»Mit viel Glück. Die Auflage ist begrenzt. Jeder Laden hat nur ein kleines Kontingent.«

»An welchem Tag wurde er in diesem Jahr verkauft?«

Uwe Madel wies auf das Plakat an der Wand. Das Datum darauf war der 29. Oktober.

20

Der Titzelsee spiegelte den grauen Himmel. Eisschichten am Ufer machten es unmöglich, die Grenze zwischen Land und Wasser zu erkennen. Josefine trat auf den Steg hinaus, hielt die Urne mit beiden Händen umklammert. Sie war allein. Niemand außer André wusste davon. Die letzten vier Tage waren eine einzige Abfolge von Arbeit gewesen. Ihre Füße schmerzten von den hohen Schuhen, ihr Hals kratzte vom Singen, und ihr Kopf schwirrte von den vielen Dingen, die es zu koordinieren galt. Erschöpfung am Abend, traumlose Nächte, und wenn am Morgen ihr Handywecker schrillte, ließen ihr die anstehenden Aufgaben keine Zeit zum Nachdenken. Sie spürte jede einzelne der 502.104 Stunden, die sie bisher auf Erden verbracht hatte, in jeder Zelle ihres Körpers.

Je mehr die Arbeit die Umstände von Beates Tod aus dem Fokus gedrängt hatte, umso verlockender war es für sie geworden, die Version des Unfalltodes zu akzeptieren. Sie musste sich doch nichts vormachen. Sie war keine begnadete Meisterdetektivin, die in einem ungelösten Mordfall gegen alle Widerstände hartnäckig blieb. Sie war eine siebenundfünfzigjährige Mutter, Hausfrau und Teilzeitjobberin, die froh über die Abwechslung in ihrem Leben war. Was hatte es für einen Sinn, irgendwelchen Spuren hinterherzujagen, die keine waren? Antworten auf offene Fragen zu suchen, die sie nur deswegen nicht fand, weil es Beates und nicht ihr Leben war, und für die es sicherlich einleuchtende, einfache und logische Erklärungen gab. Sie hatte sich da in etwas hineingesteigert, und jetzt war der Moment, alles loszulassen. Nicht nur Beate.

Josefine ging langsam bis zum Ende des Stegs. Unter ihren Füßen wogte das Wasser schwarz und weich. Ein sanftes Bett. Sie öffnete die Urne. André hatte alles für diesen Moment vorbereitet. Beates Asche in einen Samtbeutel gefüllt. Josefine hob

den Beutel heraus und stellte das Gefäß neben sich auf den Boden.
»Bist du hier?« Ihre Stimme durchschnitt die Stille. »Beate?« Josefine schaute über ihre Schulter hinweg nach hinten, drehte sich langsam einmal um sich selbst. Der Steg blieb leer, am Ufer und auf der Winterwiese dahinter stakten hochbeinige Vögel.

Beate war seit ihrem Streit nicht wiedergekommen, und so langsam, wie sie sich von der Idee, einen Mörder zu finden, den es laut Polizei nicht gab, verabschiedete, wuchs in ihr die Erkenntnis, dass auch ihre Begegnungen mit ihrer Schwester nicht real gewesen sein konnten. Dass alles ihren eigenen Wünschen, Gedanken und Bedürfnissen entsprungen war. Seltsamerweise machte es ihr keine Angst mehr. Sie befürchtete nicht länger, verrückt zu sein, auch wenn sie Geister sah. Es war einfach eine Art, mit einer solchen Situation umzugehen.

»Ich hätte dich gerne kennengelernt, Beate«, sagte Josefine. »Dich. Als Mensch zu Lebzeiten, um herauszufinden, was wir uns zu erzählen gehabt hätten. Ich weiß nicht, ob wir uns gut verstanden hätten. Vieles von dem, was ich jetzt sehe, lässt mich denken, wir wären uns nicht sehr ähnlich gewesen. Keine Ahnung, ob wir genervt voneinander gewesen wären oder uns ergänzt hätten. Ob wir uns gemocht hätten oder einander gleichgültig geblieben wären.« Sie ließ die weiche Kordel, mit der der Beutel verschlossen war, durch ihre klammen Finger gleiten. »Es macht mich traurig, zu wissen, dass ich es niemals mehr herausfinden werde.« Sie lachte leise. »Ich kann nur hoffen, dass dir dieser Platz hier wirklich gefällt. Immerhin wirst du jetzt eine ziemlich lange Zeit hier verbringen.« Sie drückte den Beutel an sich. Er war schwer wie ein Neugeborenes. Anfang und Ende. »Ich habe heute Nacht lange wach gelegen und nachgedacht. Über dich. Aber auch über mich. Nein. Das stimmt nicht. Nicht auch über mich. Über mich. Mein Leben. Was war, was ist und was in Zukunft sein wird. Diese Sache hier. Das Erbe, die Agentur, die Arbeit. Im Grunde stand Herr Kessler zum genau richtigen Zeitpunkt vor meiner Tür. Ich brauchte eine Veränderung. Eine Aufgabe. Etwas, das mich

aus meinem Trott herausgeholt hat. Wäre er nicht gewesen, ich hätte vermutlich ewig so weitergemacht, wäre immer unzufriedener geworden, ohne zu wissen warum. Mein Leben wäre mir einfach passiert. Das ist jetzt anders. Ich entscheide nun, was geschieht.«
Sie löste die Kordel, öffnete den Beutel.
Loslassen. Erinnerungen. Träume. Falsche Hoffnungen.
»Und ich habe Folgendes entschieden: Ich werde wieder zurückgehen, Beate. Titzelsee verlassen. Es ist besser so. Vernünftiger. Christian ist krank. Er wird meine Hilfe brauchen. Ich kann ihn damit unmöglich allein lassen. Und wenn ich mich um ihn kümmere, müssen wir das Haus nicht verkaufen und können es für die Kinder bewahren.« Sie holte tief Luft. Die Kälte schnürte ihr den Atem ab. »Es bringt wieder klare Strukturen in mein Leben. Die brauche ich, Beate. Ich habe das Gefühl, gerade mit sehr vielen Bällen gleichzeitig zu jonglieren, und ich weiß, es sind mehr, als ich in der Luft halten kann. Das Erbe, die Agentur, die offenen Fragen, der Hausverkauf, Christians Krankheit, André ...« Sie biss sich auf die Lippen. »Diese Sache mit ihm hat keine Zukunft. Das muss ich mir nur richtig klarmachen und realistisch sein. Besser, ich beende es jetzt sofort.« Sie verstummte. Ihre Hände zitterten.
»Natürlich werde ich dich nicht im Stich lassen. Ich bleibe, bis hier alles geregelt und zu einem Abschluss gekommen ist. Für den Tag nach Weihnachten habe ich eine Trauerfeier für dich geplant. Wenn der ganze Stress vorbei ist und alle wieder etwas durchatmen können. Wir werden in Ruhe und in einem schönen Rahmen von dir Abschied nehmen können. Danach kläre ich, wie es im Detail weitergeht. Ich will die Agentur nicht schließen. Zu viele Menschen sind davon abhängig, und ich möchte ihnen nicht die Lebensgrundlage entziehen. Meine Idee ist, Candan die Geschäftsführung zu überlassen. Sie wird es großartig machen. Und wer weiß, vielleicht übernimmt sie die Agentur eines Tages komplett. Wir werden sehen. Deine Wohnung werden wir auflösen. Ich hoffe, es ist in deinem Sinne, wenn ich alles Brauchbare spende und den Rest entsorge. Ich

werde mir ein oder zwei Stücke mitnehmen. Als Erinnerung an eine Schwester, die ich nie kennengelernt habe.«

Josefine schaute in den offenen Beutel. Ein leichter Windstoß wirbelte die grauweiße Asche darin hoch. Es sah aus, als tanzte sie. Loslassen. Jetzt war der richtige Moment.

»Mach es gut, Schwester.« Sie hob den Beutel und ließ die Asche in den Wind rieseln. Ein Teil schwebte, verteilte sich wie Nebel, wirbelte hoch in die Luft. Ein anderer Teil fiel auf das Wasser und versank in der Tiefe. Josefine blieb reglos mit dem Beutel in der Hand stehen. Wartete, bis alles wieder war wie vorher. Das Wasser dunkel und still, nur von leichten Wellen überzogen. Der Himmel kalt und klar.

Beate war fort.

Josefine wandte sich ab und ging langsam über den Steg und die Wiese zurück zum Wagen. Alles hätte gut sein können. Hätte gut sein müssen. Aber das war es nicht. Tief in ihr saßen Zweifel, die sich trotz aller Vernunft nicht mit dem Wind verstreuen ließen. An den offenen Fragen, ihren Beobachtungen, an der Richtigkeit ihrer Entscheidung. Und wegen André. Vor allem wegen André.

Josefine parkte den Wagen in der Nähe der Agentur und stieg aus. Die klamme Kälte des Sees hing noch in ihrer Kleidung. Das Wetter war umgeschlagen, der Wind immer kräftiger geworden. Er trieb kleine Schneeflocken vor sich her, die sich wie winzige Speerspitzen in ihre Haut bohrten. Sie fror, mit der Rechten raffte sie den Mantelkragen zusammen und hielt mit der Linken ihre Kapuze fest. Wie schön wären jetzt eine warme Decke, ein dampfender Tee und ein weiches, gemütliches Sofa, um den äußeren und inneren Frost aufzutauen, dachte sie.

Sie eilte durch die Straße, hielt sich dicht an den Häuserwänden. Vor dem Haus blieb sie stehen. Es war Sonntag, die Agentur geschlossen. Im Kalender hatten drei Aufträge gestanden. Kleine Auftritte, zu denen die Darstellerinnen und Darsteller direkt von zu Hause aus fahren konnten. Josefine schaute hoch zu den Fenstern der Wohnung. Sie hatte alle Lampen gelöscht, bevor sie sich auf den Weg zum See gemacht hatte. Die Scheiben waren schwarz. Sie kramte in ihrer Tasche nach dem Schlüssel, steckte ihn ins Schloss und hielt inne. Sie wollte jetzt nicht in diese Wohnung hinauf. Es war nicht ihr Zuhause, sondern das ihrer Schwester. Wieder fühlte sie sich wie bei ihrem ersten Eintreffen hier. Eine Fremde, die in fremdes Territorium eindrang, es in Beschlag nahm, ohne auch nur eine Ahnung von dem Menschen zu haben, der hier gelebt hatte. Dem Menschen, dessen Asche sie eben in den Titzelsee gestreut hatte.

Sie zog den Schlüssel wieder aus dem Schloss, stopfte ihn in den Mantel und drehte sich um. Ohne zu wissen, mit welchem Ziel, ging sie los, quer über den Markt, in eine der Seitenstraßen, rechts, links, wieder rechts, dem Lichtschein der Fenster auf den Straßen nach. Atmen und gehen. Im Rhythmus. Einfach immer weiter. Bis ihr warm wurde und ihre Gedanken aufhörten zu kreisen. Sie wusste nicht, wo genau sie sich befand, ob sie im Kreis gelaufen war oder sich bereits sehr weit vom Zentrum entfernt hatte, als sie von Schlagermusik aus ihren Gedanken gerissen wurde. Sie schaute hoch. Die Musik drang dumpf durch die verschlossenen Türen eines Wirtshauses. Hinter den hell erleuchteten Fenstern erkannte sie die Umrisse etlicher Menschen in schneller Bewegung. Es dauerte einige Sekunden, bis sie begriff, dass diese Menschen tanzten. Spontan stieg sie die vier Stufen zum Eingang hoch, öffnete die Tür und trat ein.

Hinter einem schweren grünen Lodenvorhang empfing sie eine Wand aus Wärme und Gelächter. Eine Mischung aus Kuchenduft, Kaffeearoma und Alkoholausdünstung lag in der Luft. Josefine blieb stehen. Wo war sie hier hineingeraten? Direkt rechts von ihr stand eine Reihe von Tischen mit jeweils acht Plätzen, die mit etwas Abstand voneinander entlang der gesamten Fensterfront aufgereiht waren. Auf der linken Seite das gleiche Bild. Am Ende des Raumes, der eine beachtliche Größe aufwies, die sie von außen gar nicht vermutet hatte, nahm eine breite Theke beinahe die gesamte Rückwand ein. Auf den letzten beiden freien Metern hatte sich ein Alleinunterhalter, flankiert von zwei riesigen Boxen auf Ständern, hinter seinen Aufbauten verschanzt. Zwei Roll-ups erklärten, dass es sich um DJ Theos Tanztee handelte. Die Boxen erfüllten ihren Zweck mehr als redlich. Auf der Straße hatte die Musik dumpf geklungen. Hier drinnen brachte sie die Trommelfelle und in Anbetracht des Durchschnittsalters die Hörgeräte sämtlicher Besucherinnen und Besucher zum Beben. Was diesen aber allem Anschein nach nicht nur nichts ausmachte, sondern auch noch Spaß bereitete. Auf der freien Fläche inmitten des Bermudadreiecks aus Tischen, Theke und Tanztee-Theo drehten sich Paare zur Musik. Silberhaarige Herren und Damen schoben sich gegenseitig mit deutlichem Elan durch den Saal. Vorwärts, rückwärts, um- und miteinander. Manchmal kollidierten sie wie Schiffe auf hoher See, kamen kurz aus dem Takt, fingen sich schneller wieder, als sie sich entschuldigten.

Josefine blieb reglos am Eingang stehen, hin- und hergerissen zwischen dem Gedanken, auf dem Absatz kehrtzumachen und der Schlagerhölle zu entfliehen, und der Faszination, die das Ganze auf sie ausübte. Sie kam gerade von einer sehr privaten Bestattung, und Schlagermusik war das Letzte, wonach ihr jetzt der Sinn stand. Doch die Szenerie wirkte wie ein Unfall auf sie. Schrecklich, aber sie musste einfach hinsehen. Die Musik verstummte abrupt, und ein genuscheltes »Tanzpause« aus den Boxen trieb die Tänzer zu ihren Tischen zurück.

»Frau Jeschiechek, wie schön, Sie hier zu treffen!« Gotthilf Drobler kam mit ausgebreiteten Armen und leicht außer Atem auf sie zu. Er strahlte über das ganze Gesicht. Aus der Röte seiner Wangen schloss Josefine, dass er von allem, was sie bisher nur gerochen hatte, bereits reichlich gekostet hatte. »Geben Sie mir Ihren Mantel, und dann kommen Sie doch bitte mit an unseren Tisch. Ich bin mit einigen Freunden hier. Wir treffen uns jeden Sonntag in geselliger Runde und haben ein bisschen Spaß. Sie sind herzlich willkommen.«

Er schwenkte seine runden Hüften, deutete drei Tanzschritte an und streckte die Hand so energisch nach ihrem Mantel aus, dass Josefine gar nicht anders konnte, als seiner Aufforderung nachzukommen und ihm zum Tisch zu folgen.

»Das ist unser wunderbarer Weihnachtsengel, von dem ich euch erzählt habe«, führte Gotthilf Drobler Josefine in die lustige Runde ein, die an einem der Achtertische saß. Den leeren Tellern, Tassen und Gläsern nach zu urteilen, die sich vor den vier Damen und zwei Herren nebst dem Firmenchef aufreihten, waren sie schon länger hier und bestens gelaunt. »Ihre Rede war wirklich etwas ganz Besonderes. Alle waren begeistert.« Er schob Josefine in Richtung eines freien Stuhls. »Nehmen Sie Platz. Was möchten Sie trinken?« Er sah sich nach dem Kellner um, machte eine kreisende Handbewegung und bestellte ein Tanztee-Gedeck mit allem.

Josefine hob abwehrend die Hände. Was immer auch »mit allem« hieß, sie fühlte sich weder einer Tortenschlacht noch Alkoholischem gewachsen. Sie hatte heute noch nichts gegessen, und nach ihrem Besuch am See war ihr auch nicht danach zumute.

»Keine Scheu, meine liebe Frau Jeschiechek«, dröhnte Drobler. »Fühlen Sie sich eingeladen.« Er hob erneut die Hand und ließ sie über den leeren Gläsern seiner Mitstreiterinnen und Mitstreiter kreisen. Bevor Josefine erneut Widerspruch einlegen konnte, stellte der Kellner das Bestellte vor ihr ab.

Das Tanztee-Gedeck bestand aus einem gewaltigen Stück Buttercremetorte, einer großen Tasse Kaffee und einem mit klarer Flüssigkeit gefüllten Glas, das zu klein war, um ein Wasserglas zu sein, aber zu groß für ein Schnapsglas. Josefine hob es hoch, um vorsichtig daran zu schnuppern.

»Richtig so, Frau Jeschiechek.« Drobler hob ebenfalls eines der kleinen Gläser. »Immer mit dem Wichtigsten anfangen.« Er prostete ihr auffordernd zu, hob das Glas und trank es in einem Zug aus. Automatisch tat Josefine es ihm nach und war um eine Erfahrung reicher: Die Schnapsgläser in Titzelsee waren ausgesprochen großzügig bemessen. Die Flüssigkeit brannte in ihrem Hals. Die anderen Anwesenden hoben nun auch ihre Gläser und tranken, eine der Damen bestellte sogleich die nächste Runde per Handzeichen, und wieder erschienen sehr schnell neue Gläser. Diesmal war Josefine gewarnt und nippte nur daran.

»Auf einem Bein kann man nicht stehen und schon gar nicht tanzen.« Gotthilf Drobler führte das Glas an die Lippen, schüttete beherzt alles in sich hinein und stand auf. Er reichte Josefine die Hand. »Würden Sie mir die Ehre erweisen?« Die Musik hatte wieder eingesetzt, und Tanztee-Theo versuchte sich an dem Loblied auf die Azoreninsel Santa Maria.

Josefine trank ihr Glas aus. Drobler war ein guter Kunde der Agentur. Sie konnte ihn unmöglich vor den Kopf stoßen. Sie würde eine Runde mit ihm tanzen, den Kaffee trinken und sich dann höflich verabschieden. Sie stand auf und folgte Drobler auf die Tanzfläche. Der DJ arbeitete sich und die Tanzpaare an einem Roland-Kaiser-Medley ab. Den Verlockungen der Insel Santa Maria folgte die Erkenntnis, dass es schon wieder losgeht mit der Liebe und der anschließenden Frage, warum jemand nicht Nein gesagt hatte. Gotthilf Drobler erwies sich trotz seiner Körperfülle als sehr guter Tänzer, der Josefines mangelndes Taktgefühl und ihre dicken Winterschuhe, von denen mit jedem Schritt Reste des Seeufers abbröckelten, perfekt ausgleichen konnte. Als die Musik endete, geleitete er sie an ihren Platz, deutete eine Verbeugung an und bedankte sich. Dann strebte er der Toilette zu. Etwas außer Atem ließ Josefine sich auf ihren Stuhl fallen und sah zu, wie die Tanzfläche sich leerte.

Ein neuer Besucher teilte die Lodenvorhänge und betrat den Saal. Josefine stutzte. Sie kannte den jungen Mann. Er hieß Jonas und verdingte sich in der Agentur als männlicher Elf, was sie in erster Linie seinen langen hellen Haaren und seiner hochgewachsenen schmalen Gestalt zurechnete. Dass Jonas eine Vorliebe für Tanztee im Kreise von Menschen hatte, die seine Großeltern sein könnten, wunderte sie.

»Sind Sie öfter hier?« Die Dame neben Josefine beugte sich zu ihr. Sie konnte ihren Gesichtsausdruck nicht interpretieren. Eine Kombination von personifizierter Harmlosigkeit unter grauen Haaren und einer Schlange.»Ich habe Sie noch nie beim Tanztee gesehen.«

Josefine schüttelte den Kopf, trank einen Schluck Kaffee und beobachtete ihren Agentur-Elf weiter aus den Augenwinkeln. Die anwesenden Damen musterten sie kritisch. Witterten sie in ihr Konkurrenz um die Gunst des Gotthilf Drobler? Unter bestimmten Kriterien war er sicherlich eine gute Wahl. Er besaß eine eigene Firma, Humor und eine Neigung zum guten Leben. Für die Partnerwahl im Alter sicherlich nicht die schlechtesten Eigenschaften. Josefine blinzelte. Ihre Wangen wurden heiß. Roland Kaiser hatte den Alkohol schneller ins Blut getrieben, als es ihr lieb war.

»Sie haben unseren Gotthilf ja schwer beeindruckt«, ergänzte die zweite Dame in der Runde zuckersüß und verzog säuerlich das Gesicht.»Er spricht von nichts anderem, seit Sie bei ihm aufgetreten sind.«

»Ja, ja.«

Jonas hatte sich zielstrebig zu einem der Tische an der anderen Seite des Saals begeben und trat neben einen der dort sitzenden Herren, woraufhin dieser ein Stück zur Seite rückte und Jonas mit einem Handzeichen bat, Platz zu nehmen.

»Wussten Sie, dass er jeden Sonntag hierher zum Tanztee kommt?«, wollte die dritte im Bunde wissen.

»Bitte? Wer? Jonas?« Josefine zuckte irritiert zusammen, wandte den Blick von ihrem Mitarbeiter ab und konzentrierte sich auf die Dame.

»Gotthilf. Ob Sie wussten, dass er jeden Sonntag hier erscheint. Das ist jetzt natürlich eine sehr gute Gelegenheit, Ihre Bekanntschaft zu vertiefen«, sagte sie mit einer Betonung des Wortes»Bekanntschaft«, die ebenso auf das Wort»Orgie« gepasst hätte.

»Nein. Das wusste ich nicht.« Vielleicht war es an der Zeit, die weiße Flagge zu hissen und den anwesenden Damen zu erklären, dass sie sich keine Sorgen um ihren Gotthilf machen mussten, weil sie, Josefine, sicherlich nicht an einer Bekanntschaft im Sinne der Damenrunde interessiert war. Was sie aber interessierte, war das Treiben ihres Mitarbeiters, der nun augenscheinlich dem Herrn etwas zusteckte, woraufhin zwei Geldscheine den Besitzer wechselten. »Entschuldigung.« Sie ignorierte die weiterhin misstrauische Miene ihrer Sitznachbarin. »Sehen Sie diesen jungen Mann dort hinten?« Sie zeigte in die Richtung. Jonas war aufgestanden und strebte wieder dem Ausgang zu, ohne einen weiteren Blick an das Geschehen im Saal zu verschwenden.

»Oh, Sie meinen den Muntermacher?«

»Den Muntermacher?«

Die drei Damen sahen sich an, warfen einen Blick auf Jonas, auf Josefine und dann wieder in ihre kleine Runde. Sie nickten. Augenscheinlich hatte man beschlossen, Josefine trotz der potenziellen Konkurrenzsituation trauen zu können, getreu dem Motto, hilf deinem Feind, dann hast du ihn in der Hand.

»Wissen Sie«, sagte die Älteste der drei. »Wir sind zwar alle deutlich über siebzig, aber wir wissen, wie man sich amüsiert. Immerhin waren wir in den sechziger Jahren jung.« Sie schaute Jonas hinterher. »Dieser junge Mann und einige seiner Kollegen versorgen uns mit allem, was wir brauchen, um uns ab und an wieder in unsere wilde Jugend zurückversetzt zu fühlen.«

»Drogen? Sie meinen, Sie kaufen Drogen von ihm?«

»Muntermacher. Wir nennen es Muntermacher.«

»Ich nicht.« Die zweite Dame legte die Hand auf ihre Brust. »Das war noch nie meins. Aber einige hier schon. Sie sind ganz begeistert von der Qualität, die der ›Zwarte Piet‹ liefert.« Sie hob den Finger. »Auf Qualität legen wir sehr großen Wert.«

»Ist er der ›Zwarte Piet‹?«

»Nein. Er nicht. Er ist nur ein Bote.«

»Wissen Sie, wer der ›Zwarte Piet‹ ist?«

Unisono Kopfschütteln.

»Danke für das Tanztee-Gedeck.« Josefine schob ihren Stuhl nach hinten. »Bitte entschuldigen Sie mich bei Herrn Drobler.« Sie lief zur Garderobe, nahm ihren Mantel und folgte Jonas.

»Sie brauchen sich nicht so zu beeilen. Er kommt bestimmt noch einmal wieder heute«, rief die Graugelockte ihr hinterher, aber Josefine wühlte sich bereits durch den Lodenvorhang hinaus auf die Straße. Sie wollte der Sache auf den Grund gehen, wenigstens eine der offenen Fragen beantwortet wissen, bevor sie Titzelsee den Rücken kehrte.

Die Straße vor dem Lokal war leer. Nur ein paar Fußspuren in der frischen Schneedecke zeigten an, welchen Weg Jonas, der Muntermacher, eingeschlagen haben musste.

21

Trotz des frühen Nachmittags wurde es bereits wieder dunkel in den Straßen von Titzelsee. Düstere Schneewolken hingen tief über den Häusern. Josefine folgte den Spuren. Der Alkohol machte ihre Füße schwer und den Kopf schwindelig. Sie fragte sich, warum sie nicht zum Kaffee statt zum Schnaps gegriffen hatte, was in Anbetracht ihres Alters und der Tageszeit die eindeutig bessere Wahl gewesen wäre. Trotzdem beeilte sie sich, Jonas einzuholen. Wenn sie ihm folgte, hatte sie vielleicht eine Chance, herauszufinden, wer hinter dieser Sache mit den Drogen steckte und unter dem Spitznamen »Zwarte Piet« agierte. Wenn sie die Agentur von den Drogengeschäften befreite, konnte sie hier allem beruhigt den Rücken zukehren. Aber das musste ihr erst einmal gelingen.

Hinter der nächsten Ecke entdeckte sie die hohe Gestalt ihres Mitarbeiters. Die Hände tief in den Taschen seiner Jacke vergraben, den Kragen hochgeschlagen, kämpfte er mit hochgezogenen Schultern gegen die Kälte an. Er ging zügig, machte den Eindruck, genau zu wissen, wo er hinwollte. Im Gegensatz zu Josefine. Vielleicht hatte er einfach nur Hunger und wollte nach Hause, um etwas zu essen, um sich aufzuwärmen oder einen Sonntagsnachmittagsfilm zu schauen. Oder er war auf dem Weg zu seiner Freundin oder einem Freund? Josefine hatte keine Ahnung, womit junge Menschen ihren Sonntag füllten, wenn sie nicht gerade verrentete Alt-Achtundsechziger mit Drogen versorgten. Aber die Damenrunde hatte erwähnt, dass er zum Schluss der Veranstaltung noch einmal wiederkommen würde. Die Vermutung lag also nah, dass der Sinn und Zweck dieser kleinen Winterwanderung die Wiederauffüllung der Warenvorräte war. Die sich, auch das wiederum eine Vermutung, an einem zentralen Ort unter strenger Bewachung befanden. Hätte sie mit all diesen Vermutungen recht, wäre die

Chance sehr groß, im Zentrallager auf den »Zwarte Piet« zu stoßen. Oder zumindest herauszufinden, wer das war. Denn auf eine direkte Begegnung legte Josefine keinen gesteigerten Wert. In der Regel reagierten Drogenbosse nicht sonderlich begeistert, wenn überambitionierte Mittfünfzigerinnen ihnen auf die Schliche kamen. Auch das eine Vermutung mit hoher Trefferwahrscheinlichkeit.

Josefine zog ihre Kapuze tief in die Stirn und passte ihr Tempo dem von Jonas an. Dabei achtete sie darauf, ihm weder zu nah zu kommen noch ihn aus den Augen zu verlieren. Sie wollte auf keinen Fall von ihm bemerkt werden, auch wenn sie die Gefahr als eher gering einschätzte. Jonas rechnete nicht damit, verfolgt zu werden, aber wenn er sich umdrehen sollte, sie sah und vielleicht sogar erkannte, würde sie eine gute Ausrede parat haben müssen.

Obwohl Josefine sich in Titzelsee nicht auskannte und viele der kleinen Straßen und Gassen für sie gleich aussahen, hatte sie den Eindruck, die Gegend hier zu kennen. Warum das so war, begriff sie nach der nächsten Häuserecke. Sie schnappte nach Luft. Das durfte nicht sein. Am Ende der Straße stand die alte Tankstelle, in der André Lenzen lebte und arbeitete. Ein schwaches Licht drang aus den Fenstern, die zu seiner Wohnung gehörten. War er der »Zwarte Piet«? In Josefines Kopf überschlugen sich die Gedanken. Hatte er den Kontakt zu ihr nur gesucht, um seine Drogengeschäfte zu sichern? Ihr Vertrauen erschlichen? Waren seine ganze Freundlichkeit, seine Liebenswürdigkeit und seine Zuneigung zu ihr nur ein Vorwand? Josefines Magen ballte sich zusammen. Sie blieb stehen, presste sich beide Hände auf den Bauch und schnappte nach Luft. Bilder der letzten Nächte blitzten wie Schnappschüsse vor ihr auf. Die Freude, die Leidenschaft, das Lachen. Auch wenn sie sich entschieden hatte, wegzugehen und die Sache mit André zu beenden, wusste sie nicht, ob sie einen Vertrauensbruch wie diesen verkraften konnte.

Als Jonas kurz vor der Tankstelle abbog und zwischen zwei Häuserfronten in einer schmalen Gasse verschwand, atmete sie auf. Jonas wollte nicht zu André Lenzen. Sie gab sich einen Ruck und nahm die Verfolgung wieder auf. Als sie an Andrés Haus vorbeiging, fühlte sie sich gleichzeitig erleichtert und beschämt. Es war Zufall, dass Jonas' Weg ihn hier vorbeigeführt hatte. Trotzdem musste sie ehrlich zu sich sein. Hatte sie ihm wirklich zugetraut, der Kopf einer Drogenbande zu sein? Nein. Nicht zugetraut. Sie hatte es befürchtet. Es hätte sie zerrissen. Die Anspannung verließ sie wie eine Welle, so heftig, dass sie beinahe übersehen hätte, wie Jonas den Vorgarten eines Mietshauses betrat. Sie konzentrierte sich wieder auf das reale Geschehen. Durch die Fenster fiel warmes Licht nach draußen auf die Straße. Auf der freien Fläche vor dem Haus lagen drei Schneekugeln in unterschiedlicher Größe, aus denen wohl einmal ein Schneemann werden sollte. Jonas ging zur Tür, klingelte und verschwand im Haus.

Josefine näherte sich langsam dem Grundstück. Sie sah sich um. Autos parkten in einer langen Reihe. Einige trugen hohe Schneedächer, wirkten wie Iglus, andere zeugten von kürzlich beendeten Ausflügen. Die Straße war menschenleer. Josefine betrat den Vorgarten. Sie versuchte, sich daran zu erinnern, wie Jonas' Nachname lautete, aber er fiel ihr nicht ein. Sie zog ihr Handy aus der Tasche, aktivierte die Kamerafunktion, um die Namen auf den Klingelschildern zu fotografieren. Sie hob das Handy, stellte scharf und verharrte mitten in der Bewegung. Sie musste kein Foto machen, denn den Namen auf der obersten rechten Klingel kannte sie nur allzu gut. Geschockt starrte sie darauf. Das Gefühl des Verrats, das vor Sekunden noch zu ihrer Erleichterung verflogen war, kehrte mit voller Wucht zurück.

Die Haustür wurde aufgerissen. Josefine stolperte einen Schritt nach hinten, verlor auf der einzelnen Stufe das Gleichgewicht und hatte Mühe, nicht zu fallen. Vier Kinder stürmten laut lärmend an ihr vorbei. Sie hielten einen schwarzen Plastikeimer und einen Besen in den Händen. Eines der Kinder hatte sich eine dicke Möhre quer in den Mund gesteckt. Das Schneemannkommando. Josefine fing sich, streckte die Hand aus, hinderte die Haustür daran, wieder ins Schloss zu fallen.

Sie sah sich nach den Kindern um. Die würdigten sie keines Blickes und stürzten sich auf die Schneekugeln. Josefine schob die Tür ein Stück auf und betrat den Hausflur. Sie lauschte nach oben. Aber keine Mutter lief den Kindern hinterher, kein weiteres Kind folgte seinen Spielkameraden. Das schmale Treppenhaus wirkte sehr gepflegt und sauber. Links an der Wand hingen zehn Briefkästen in einer Reihe, aus keinem ragte Post heraus. Auch die obligatorischen Werbeprospekte auf der Ablage über den Kästen und den Treppenstufen fehlten. Der Name hatte auf der obersten rechten Klingel gestanden, also befand sich die Wohnung im obersten Stockwerk. Wieder lauschte sie, aber außer dem Geräusch eines vorbeifahrenden Wagens blieb alles ruhig. Josefine ging an den Briefkästen vorbei, legte die Hand auf das geschwungene Treppengeländer. Nachdenklich betrachtete sie eine schmale Spur Lack, die beim letzten Streichen nicht gut verarbeitet worden war. Tat sie das Richtige? Was sollte sie tun? Sie konnte schlecht oben an der Tür klingeln und dann verkünden, sie käme, um ein Drogennest auszuheben. Und was, wenn die Rechtsmedizin sich doch geirrt hatte? Wenn Beates Tod nur wie ein Unfall ausgesehen hatte, weil er wie ein Unfall aussehen sollte? Hatte Beate Bescheid gewusst? Was, wenn der Name an der Klingel auch der Name des Mörders war? Dann wäre sie in großer Gefahr.

Josefine dachte an die vielen Bücher und Filme, vor denen sie gesessen und gedacht hatte: Tu das nicht, geh nicht auf den Speicher! Oder auch wahlweise in den Keller. Oder in die dunkle Scheune oder an jedweden anderen Ort, von dem die Zuschauer wussten, darin die Gefahr lauerte, das Monster. Ihr Monster wohnte in der rechten Wohnung der obersten Etage. Und es war ein perfides Monster, denn es versteckte sich hinter der Fassade eines freundlichen und netten Menschen. Sie biss sich auf die Lippen, stellte den Fuß auf die unterste Treppenstufe. Sie musste wissen, was dort oben vor sich ging. Ohne Gewissheit konnte sie unmöglich die Polizei zu Hilfe holen. Was, wenn sich alles bloß als großer Irrtum herausstellte und sie einen Menschen, den sie hier kennen und schätzen gelernt hatte, so bloßstellte. Dann wäre das Vertrauensverhältnis durch ihre Schuld zerstört. Sie betrat die zweite Stufe, die dritte, die vierte. Sie könnte einfach klingeln und sich naiv stellen. Fünf, neun, Absatz. Daran konnte doch niemand Anstoß nehmen. Fünfzehn, neunzehn, Absatz. Sie war halt einfach ein netter Mensch, wenn auch etwas übergriffig. Dreiundzwanzig, achtundzwanzig. Übergriffig war nervig, aber harmlos. Vierunddreißig, siebenunddreißig. Genau. Die naive, übergriffige Mittfünfzigerin, die von nichts eine Ahnung hatte. Zweiundvierzig, neunundvierzig, letzter Absatz. Sie konnte klingeln und sagen, sie sei auf ihrem Sonntagsspaziergang zufällig hier vorbeigekommen und hätte sich gedacht, ein kurzer Besuch wäre doch sicher nett. Achtundfünfzig, neunundfünfzig.

Auf dem Treppenabsatz stand mittig ein halbhoher Schuhschrank. Eine Birkenfeige fristete ihr kümmerliches Dasein in direkter Nachbarschaft zu einem Kaktus, dessen Stacheln so aussahen, als könnten sie ernsthafte Verletzungen verursachen. Vor der Tür begrüßte eine Fußmatte Besucher mit einem fett gedruckten »Willkommen«. Dumpfe Stimmen drangen aus der Wohnung nach draußen. Josefine lauschte, konnte aber nichts verstehen. Sie trat zur Wohnungstür, presste ihr Ohr ans Türblatt. Etwas klickte, die Tür sprang auf. Die Stimmen wurden lauter. Josefine hielt den Atem an. Hatten sie sie bemerkt? Aber der Fluss der Stimmen blieb unverändert. Zwei Männer, eine Frau. Immer noch konnte sie keine Einzelheiten verstehen. Sie legte die Hand auf das Türblatt, drückte den Spalt weiter auf, lugte in die Wohnung hinein. Vor ihr erstreckte sich ein langer schmaler Flur. Zwei Türen an der linken Seite, eine rechts am Ende und eine letzte vor Kopf am Ende des Ganges. Von dort schienen die Stimmen zu kommen. Josefine schob einen Fuß hinein, noch einen, schaute in den ersten Raum auf der linken Seite. Die Küche. Sie versuchte, Einzelheiten zu erkennen. Vielleicht lagen die Drogen auf dem Küchentisch, bereit zur Abholung? Sie ging ein paar Schritte hinein.

Ein Tisch, drei Stühle, eine Eckbank mit bunten Kissen an

der Wand. Rechts eine Küchenzeile, an deren Ende sich eine schmale Tür befand. Auf dem Tisch standen gebrauchte Kaffeetassen, ein einsamer Eierbecher samt Schalen, ein Brotkorb mit einem halben Brötchen. Nichts, was auch nur annähernd nach Drogen aussah. Mit einem Mal veränderten sich die Stimmen. Das Gespräch wurde lauter, Josefine hörte Schritte. Panisch sah sie sich um. Ihre Ausrede des spontanen Besuchs hatte sie mit dem Betreten der Wohnung unmöglich gemacht. Sie durfte nicht entdeckt werden. Ihre einzige Hoffnung war die schmale Tür am Ende der Küchenzeile. Sie zog sie auf. Eine winzige Kammer, die Regale vollgestopft mit Lebensmitteln, Getränken und Haushaltsgeräten. Ob der Platz zwischen den Regalen und der Tür für sie ausreichte? Egal. Es half nichts. Josefine presste sich hinein, zog die Tür zu. Es reichte nicht. Das Schloss rastete nicht ein. Krampfhaft umklammerte sie den Griff, zog ihn an sich. Vielleicht achtete niemand auf den verräterischen Spalt.

»Ich mach dann noch die zweite Runde bei Theo«, hörte Josefine Jonas sagen.

»In Ordnung.« Der andere Mann.

»Ich bin nicht sicher, aber eben, als ich da war ...« Jonas verstummte. »Also, ich kann mich auch getäuscht haben, aber ...«

»Aber was?«

»Ich meine, ich habe Ruprechtine bei Theo gesehen.«

Der scharfe Geruch von Waschpulver stieg in Josefines Nase, kratzte über ihre Schleimhäute. Sie spürte den Niesreiz, hielt die Luft an, konzentrierte sich. Nicht niesen. Nicht niesen. Mühsam quetschte sie ihre freie Hand am Körper vorbei, bis sie mit Daumen und Zeigefinger ihre Nase zusammendrücken konnte, kämpfte mit sich. Tränen schossen in ihre Augen. Atmen. Ein und aus. Ein und aus.

»Wen?«, fragte der Mann scharf.

»Okay, okay. Ich habe Josefine gesehen. Glaube ich.«

Josefine riss die Augen wieder auf. Jonas hatte sie doch bemerkt? Hatte er auch mitbekommen, dass sie ihm gefolgt war?

»Was nun? Hast du sie gesehen, oder hast du sie nicht gesehen?«

»Ich bin nicht sicher. Die Frau saß mit dem Rücken zu mir. Die anderen, die bei ihr waren, kannte ich nicht. Keine Kundschaft.«
»Hat die Frau, die vielleicht Josefine war, dich gesehen? Hat sie dich erkannt?«
»Ich denke nicht.«
»Überlass das Denken lieber denen, die es können. Erinnere dich an Lukas und Emily. Die haben auch zu viel gedacht. Die können froh sein, dass sie schnell genug verschwunden sind, bevor Maßnahmen ergriffen werden konnten. Aber so viel Glück hat nicht jeder.«
»Schon klar.«
»Die Situation gefällt mir sowieso immer weniger. Josefine macht mir Sorgen. Taucht hier auf, will alles wissen, alles sehen, sich in alles einmischen. Das ist nicht gut für unser Geschäft. Sie will die Kontrolle. Und sie ist nicht dumm. Das ist ein Problem, das es zu lösen gilt.«

Jonas blieb eine Antwort schuldig.

Wimmer. Er hieß Jonas Wimmer. Wieso fiel ihr das ausgerechnet jetzt ein? Josefine hörte das Rascheln dicker Winterjacken, eine gebrummelte Verabschiedung und dann das Zufallen der Wohnungstür. Wenig später das Geräusch eines Schlüssels, der mehrfach in einem Schloss umgedreht wurde, gefolgt von dumpfen Schritten mehrerer Menschen im Hausflur. Dann trat Stille ein.

Behutsam lockerte Josefine ihren Griff. Ihre Finger krampften. Die Tür der Vorratskammer schwang langsam auf. Die Küchenuhr tickte. Mit einem leisen Brummen sprang der Kühlschrank an. Josefine rührte sich nicht. Angestrengt lauschte sie nach Anzeichen von Leben in der Wohnung. Waren alle gegangen? War sie allein?

Nach einigen Sekunden des Wartens und Lauerns traute sie sich aus der Kammer heraus. Vorsichtig schlich sie zur Küchentür, sah in den Flur. Er war leer. Schnell ging sie zur Wohnungstür, drückte die Klinke herunter, zog.

»Verdammt«, entfuhr es ihr. Sie schlug sich auf den Mund,

duckte sich automatisch und schaute über die Schulter nach hinten. Ihr Herz machte einen Sprung. Was, wenn doch noch jemand hier war? Aber niemand erschien im Türrahmen, niemand, der sich wunderte, niemand, der sie zur Rede stellte. Wieder drückte sie die Klinke, rüttelte vorsichtig daran. Nichts. Die Tür war verschlossen. Sie war eingesperrt.

»Ganz ruhig, Josefine. Ganz ruhig. Denk nach. Es nutzt nichts, wenn du in Panik ausbrichst.« Der Klang ihrer eigenen Stimme beruhigte sie. »Du musst Hilfe rufen.« Sie tastete nach ihrem Handy. »Die Polizei. Sie können dich hier rausholen.« Hatte sie Kommissar Eichners Nummer abgespeichert? Sie tippte auf dem Display herum, suchte den Eintrag, zögerte. Sie war in einer Wohnung, die ihr nicht gehörte und in die sie nicht eingeladen war. Einbruch nannte man das wohl, im günstigsten Fall Hausfriedensbruch. Vermutlich hatte sie auch noch eine Fahne von den beiden Tanztee-Schnäpsen. Keine gute Ausgangslage, um die Situation zu klären. Nein. Die Polizei war auch jetzt keine Option. Trotzdem brauchte sie Hilfe. Sie öffnete ihre Anrufliste, tippte auf den Eintrag, den sie in den letzten Tagen am häufigsten angewählt hatte.

»Geh ran. Los, geh ran!«, flehte sie das Freizeichen an. Erst nachdem die Mailbox zweimal angesprungen war, gab sie es auf. André war sicherlich wieder bei einem Kunden und würde sich erst melden, wenn er seine Arbeit dort beendet hatte. Der Energiebalken sprang auf Gelb. Frustriert steckte sie das Handy wieder ein.

Was konnte sie tun? Sie sah sich um, ging den Flur entlang. Die zweite Tür auf der linken Seite führte in ein Bad, die auf der rechten Seite gab den Blick frei in ein Schlafzimmer mit einem großen Bett, einem Kleiderschrank und einer Kommode. Die Tür am Ende des Flurs führte in ein großzügiges Wohnzimmer. Alle Räume waren penibel aufgeräumt, sauber und gemütlich eingerichtet. Auf den Fensterbänken standen Zitrusbäumchen. Hätte sie es nicht besser gewusst, sie wäre nicht im Traum darauf gekommen, dass hier vor wenigen Minuten noch Drogen den Besitzer gewechselt hatten. Verdiente man damit nicht Unsummen an Geld? Davon war hier nichts zu sehen. Aber wer weiß, vielleicht war das alles nur Tarnung, und es gab eine Luxussuite auf den Bahamas, die nur darauf wartete, endgültig bezogen zu werden. So lange mussten es die Möbel vom Schweden und eine unauffällige Umgebung tun. Aber wer so ordentlich war, hatte sicherlich auch einen Ersatzschlüssel für die Wohnung. Allerdings konnte sie sich nicht vorstellen, dass jemand, der seinen Lebensunterhalt mit Drogen verdiente, diesen Schlüssel einfach bei der Nachbarin abgab. Hier, mein Zweitschlüssel. Wenn mal was fehlt – Zucker, Eier, Haschisch –, gehen Sie einfach rein und nehmen sich, was Sie brauchen. Kein Thema. Wozu hat man denn Nachbarn?

Nein. Eher nicht. Und selbst wenn, auch diese fiktive Nachbarin war für Josefine im Augenblick unerreichbar.

Sie ging zu dem Wohnzimmerregal, in dem neben einem sehr großen Fernseher auch eine Menge Bücher untergebracht waren. Automatisch las sie die Titel. Eine ganze Reihe handelte von der MörderMitzi einer Autorin namens Isabella Archan, und Josefine war versucht, die Bände in die Hand zu nehmen, um die Klappentexte zu lesen. Die Titel klangen lustig, aber das war nicht die richtige Zeit und ganz sicher nicht der richtige Ort, um zu lesen. Sie schaute über die Bücher hinweg in das Regal und bemerkte dahinter versteckt mehrere kleine Kisten. Nachdem sie einige Bücher aus dem Regal genommen hatte, zog sie die erste heraus und öffnete sie. Kleine durchsichtige Plastiktüten mit Cannabis lagen sorgfältig übereinandergestapelt darin. Josefine hob sie hoch, es waren mindestens zwanzig. Doch ein Wohnungsschlüssel war nicht dabei. Also legte sie die Päckchen wieder in die Kiste, verschloss sie und stellte sie an ihren Platz zurück. Auch in den anderen Kisten hinter den Büchern fand sie jede Menge Handelsware des Wohnungsbesitzers, aber keinen Schlüssel. Ratlos blieb sie in der Mitte des Raumes stehen. Wo könnte der Ersatzschlüssel sein? Vielleicht musste sie gar nicht an Stellen suchen, die jemand als Versteck auserkoren hatte? Sie selbst hatte ihre Schlüssel offen in einer Schale liegen.

Josefine ging in den Flur. Keine Schale, kein Schlüsselbrett. Aus einer spontanen Eingebung heraus betrat sie die Küche, ging wieder zur Kammer. Bingo. Links im Regal auf Augenhöhe stand eine transparente Plastikbox mit Schlüsseln. Sie nahm die Box, ging zur Tür und probierte die verschiedenen Schlüssel aus. Der vorletzte passte. Sie ließ die Tür offen stehen, eilte zur Kammer und stellte die Box samt Schlüssel wieder an ihren Platz zurück. Sie warf einen Blick auf die Küchenuhr. Fast eine ganze Stunde war vergangen. Höchste Zeit, hier zu verschwinden. Sie eilte zur Tür, öffnete sie und horchte in den Hausflur, bevor sie die Tür hinter sich zuzog und die Treppen hinunterlief.

Vor der Tür grüßte der Schneemann, nun komplettiert mit Eimer-Hut, Besen und Möhrennase. Die Kinder waren nicht mehr zu sehen. Josefine rannte die Straße entlang, bis sie genügend Abstand zwischen sich und das Haus gebracht hatte. Im Laufen zog sie ihr Handy aus der Tasche. Sie gab die Adresse der Agentur ein und ließ sich den kürzesten Fußweg dorthin anzeigen. Als sie schließlich nach mehr als einer Viertelstunde an ihrem Ziel ankam, war sie außer Atem und durchgeschwitzt. Vor der Haustür blieb sie stehen, suchte ihren Haustürschlüssel in den Tiefen ihres Rucksacks. Kurz schaute sie auf. Woher kam auf einmal der Geruch nach Meer? Und war das Weihrauch? Sie drehte sich um.

Den Schlag, der sie von hinten traf, sah sie kurz vorher aus dem Augenwinkel kommen. Sie hob den Arm, aber es war zu spät. Josefine stolperte, fiel nach vorne und schlug mit dem Kopf gegen den Fensterrahmen. Sie merkte nicht mehr, wie sie im Dunkel des Hauseingangs zu Boden sank.

22

»Steh auf! Los! Mach schon!« Jemand brüllte dicht neben ihrem Ohr.
Josefine stöhnte.
»Hallo? Auf, auf – keine falsche Müdigkeit vorschützen.«
»Lass mich schlafen.« Josefine versuchte, sich die Decke über den Kopf zu ziehen, tastete vergeblich danach. Sie drehte sich auf die Seite.
»Hm. Keine schlechte Idee. Wenn ich das mache, können wir uns in Kürze endlich richtig kennenlernen. Auf gleicher geistiger Ebene sozusagen.«
»Super. Das machen wir so.« Josefines Kopf fühlte sich an wie ein Wackerstein am Grund eines ausgetrockneten Brunnens. Nachdem jemand ihn aus großer Höhe in die Tiefe hatte fallen lassen. Ihre Augenlider waren schwer. Sie konnte sie nicht öffnen, selbst wenn sie es gewollt hätte. Aber sie wollte nicht. Ganz und gar nicht. Schlafen war gut. Schlafen war hervorragend.
»Nein. Das machen wir nicht so. Und es ist keine gute Idee. Gar keine gute Idee. Wenn du hier liegen bleibst, stirbst du.«
»Es waren doch nur zwei Schnäpse«, brummelte Josefine.
»Vergiss die Schnäpse. Die sind nicht dein Problem. Du wirst erfrieren.«
»Hm.« Josefine rollte sich zusammen. Wieso wollte man sie nicht einfach in Ruhe lassen? Sie war so müde. So unendlich müde.
»Ich sage es ein letztes Mal: Steh! Jetzt! Auf!«
»Du sagst es nicht, du schreist.«
»Okay. Du hast es nicht anders gewollt. Ich mache das wirklich sehr ungern, aber du lässt mir keine andere Wahl«, sagte die Stimme dicht an Josefines Ohr und zischte dann etwas, das sich wie »Ich hoffe, das funktioniert« anhörte.

Josefine spürte einen Ruck, als hätte der Fuß eines Riesen sie getreten. Und wieder hörte sie die Stimme, aber diesmal nicht neben ihrem Ohr, sondern in ihrem Kopf.

»Steh auf. Beweg dich.«

Ihre Lider zitterten, sie öffnete langsam und sehr mühsam die Augen. Das Seltsame daran war, dass sie es nicht wollte. Nein. Das stimmte nicht. Sie wollte es nicht nur nicht, sie war auch nicht diejenige, die es steuerte. Was war los mit ihr? Der Nebel in ihrem Kopf lichtete sich etwas. Jemand bewegte sie von innen heraus. Ihr linker Arm schob sich nach vorn, sie hob den Kopf, zog das linke Bein an. Jetzt der rechte Arm. Sie stützte sich hoch.

»Wenn ich geahnt hätte, wie anstrengend das ist, hätte ich es sein lassen«, ächzte die Stimme in ihrem Kopf. »Dann stirbst du eben. Es gibt Schlimmeres. Jetzt hilf schon mit! Wir müssen auf die Beine kommen.« Sie kannte diese Stimme.

»Beate? Bist du das?« Josefine verstand nichts mehr.

»Natürlich bin ich das! Was dachtest du denn? Wie viele andere Geister kennst du?« Josefines rechtes Bein zuckte und erweckte den Eindruck, sich ebenfalls beugen zu wollen.

»Wo bist du?«

»Wie erklär ich es dir am besten? Teile der Wahrheit könnten dich verunsichern. Wie kommst du mit ›Ich bin in dich hineingefahren‹ klar?«

»Das geht so nicht.«

»Was geht so nicht? Wie könnte ich denn sonst deine Arme und Beine bewegen, um dir deinen Arsch zu retten? Du selbst scheinst nicht sehr motiviert zu sein.«

»Das mit dem Bein. Wenn du das machst, sitze ich wie ein Frosch da. Das macht meine Hüfte nicht mit. Ich bin nicht mehr so gelenkig.«

»Stimmt. Du bist steif wie ein Brett. Wenn das hier vorbei ist, solltest du ernsthaft über Yoga nachdenken. Ich sage dir, das macht einen völlig neuen Menschen aus dir.«

Das Zucken im rechten Bein ließ nach. Josefine bemühte sich, wieder Kontrolle über ihre Gliedmaßen zu bekommen.

Sie drehte sich auf die Seite, zog die Knie unter sich. Der erste Versuch aufzustehen wurde durch einen heftigen Schwindelanfall unterbrochen. Sie stöhnte.
»Was ist eigentlich passiert?«
»Du wurdest gestoßen, bist gestolpert, gegen das Fenster geknallt und dann zu Boden gegangen.«
»Wann?«
»Vor etwa fünf Minuten.«
»Warum?«
»Jetzt ist nicht die richtige Zeit, um diesen Punkt zu diskutieren. Wir haben dringendere Fragen zu klären.«
»Wer?«
»Ja, diese Frage zum Beispiel. Aber auch die bringt uns gerade nicht weiter. Die Antwort lautet nämlich: ein Schneemann.«

Das Gefühl für ihren eigenen Körper kehrte langsam zurück, wenn auch in eher schmerzhafter Form. Josefine setzte sich schwankend auf, überprüfte die Funktionsfähigkeit ihres Körpers und kam zu dem Schluss, zwar mitgenommen, aber nicht ernsthaft zu Schaden gekommen zu sein. Sah man von den Kopfschmerzen aus der Hölle einmal ab. Und davon, dass Beate wieder da war. Sie befürchtete einen unmittelbaren Zusammenhang zwischen diesen beiden Vorkommnissen.

»Du kannst jetzt wieder ...« Sie sah an sich hinunter und blinzelte. Irgendwie war ihr, als hätte sie alles doppelt. Nur leicht versetzt. Zwei linke und zwei rechte Arme, zwei linke und zwei rechte Beine. Mit ihren Händen war es dasselbe.
»Also, du kannst wieder aus mir herausfahren.« Sie wartete.
»Jetzt. Bitte.« Als immer noch nichts geschah, ergänzte sie: »Ich komme wieder allein klar. Danke.«

»Wie du meinst«, sagte Beate. Erneut rumpelte es durch ihren Körper, und aus den doppelten Gliedmaßen wurde wieder die Einfachvariante. Beate stolperte zwei Schritte vorwärts, stützte beide Hände auf die Knie und ließ den Kopf hängen. Josefine befürchtete schon, sie würde zusammenbrechen, so erschöpft wirkte sie.

»Uffz. Das war anstrengend. Zwing mich nicht, das noch mal zu tun. Wenn ich nicht schon tot wäre, würde es mich sicherlich umbringen.« Beate richtete sich langsam auf. Sie trug die schwarze Hose und die dunkelgraue Bluse, die Josefine ihr für die Bestattung herausgesucht und André mitgegeben hatte. Beate bemerkte Josefines Blick.

»Darüber müssen wir auch noch sprechen«, stellte sie mit einem deutlichen Vorwurf in der Stimme fest und zupfte an den Ärmeln der Bluse herum. »Nicht dass ich das jetzt für den Rest meines Daseins tragen muss. Das wäre die Hölle.«

»Wieso bist du hier? Ich dachte, wenn du bestattet bist, dann –«

»Du dachtest, dann wärst du mich los, beste Schwester«, unterbrach Beate sie. »Wobei«, sie hob den ausgestreckten Zeigefinger, »das ist nicht ganz korrekt. Du dachtest, ich wäre nur deiner Phantasie entsprungen. Und erst danach dachtest du, mit der Bestattung wäre alles erledigt.« Sie beugte sich zu Josefine hinüber, die automatisch einen Schritt zurückwich. Sie wollte kein zweites Mal ein solches durch Mark und Bein gehendes Erlebnis mit ihrer Schwester teilen.

»Aber du bist nicht weg.« Josefine wusste nicht, ob sie sich darüber freuen oder endgültig an ihrem Geisteszustand zweifeln sollte.

»Achtung – Spoileralarm! Nein. Bin ich nicht. Was nur eines bedeuten kann.«

»Wir haben noch nicht alles erledigt, was erledigt werden muss, bevor du dorthin gehen kannst, wohin man geht, wenn man geht.«

»Das hast du sehr schön formuliert. Allerdings weist dein Satz einen kleinen Fehler auf.«

»Wie lautet der?«

»Ich. Nicht wir.« Beate legte beide Hände auf ihre Brust. »Ich habe noch nicht alles erledigt, was ich erledigen muss, bevor ich dorthin gehen kann, wohin man geht, wenn man geht.«

»Und das wäre?« Josefine lehnte sich an die Wand, atmete

tief und gleichmäßig durch und beschwichtigte ihren rebellierenden Körper.
»Alles der Reihe nach. Wir müssen Prioritäten setzen.«
»Also doch wir?«
»In diesem speziellen Fall ja. Wir. Wir sollten uns um den Schneemann kümmern, der dich in diese Situation gebracht hat.«
»Der ist doch sicher über alle Berge.«
»Nein, ist er nicht.« Beate musterte Josefine von oben bis unten. Allem Anschein nach befriedigte sie das, was sie sah. Sie nickte kurz und zeigte dann auf den Eingang der Agentur.
»Er ist da drin.«
Josefine riss die Augen auf. Sie tastete nach ihrem Handy. Sie musste sofort die Polizei anrufen. Das Display leuchtete kurz auf und erlosch. Ihr Akku war leer.
»Wir gehen und holen Hilfe«, sagte sie und wandte sich ab. Sie merkte, wie sie leicht beim Gehen schwankte.
»Das ist so typisch. Weglaufen, statt sich der Sache zu stellen«, hörte sie Beate hinter sich rufen. Sie blieb stehen, ohne sich zu ihrer Schwester umzudrehen.
»Das ist das einzig Vernünftige, was ich in dieser Situation tun kann. Und wenn Vernunft für mich typisch ist, dann nehme ich das als Kompliment. Danke.«
»Vernünftig zu sein ist nicht zwingend das Richtige. Nicht jetzt und auch sonst nicht.« Beate schwebte an ihr vorbei, baute sich vor ihr auf und verschränkte die Arme vor der Brust. Josefine erwiderte nichts. »Ich habe gehört, was du gesagt hast, als du meine Asche in den See gestreut hast.«
»Du warst da?«
»Ja, natürlich war ich da. Das hätte ich mir doch um nichts in der Welt entgehen lassen. Wann hat man schon mal die Gelegenheit, seine eigene Asche in den Wolken verschwinden zu sehen?« Sie lächelte. »Das hast du übrigens wunderbar gemacht, und ich wollte mich sowieso noch bei dir dafür bedanken. Die Stelle, der Zeitpunkt, dass du allein da warst. Und diese Symbolik. So persönlich. Feinfühlig. Ganz, ganz schön.« Sie

deutete eine große Umarmung und einen Kuss an.»Aber ...«
Sie ließ die Arme sinken, und ihre Miene wurde ernst.»Was
du über dich gesagt hast, gefiel mir gar nicht.«
»Du hast gelauscht. Das macht man nicht.«
»Ich habe nicht gelauscht. Immerhin hast du zu mir gesprochen.«
»Weil ich dachte, du wärst fort.«
»Das ist ja interessant. Wenn du denkst, ich höre dich nicht, sagst du andere Dinge zu mir, als wenn ich dir direkt gegenüberstehe?«
»Das ist etwas anderes. Außerdem haben wir gerade ein Problem, das es zu lösen gilt.« Josefine deutete mit dem Daumen über ihre Schulter hinweg nach hinten in Richtung der Agentur.
»Das ist gar nichts anderes, Josefine. Das hängt alles zusammen. So wie alles mit allem zusammenhängt, was du tust.«
»Du redest Unsinn, Beate. Ich gehe jetzt zur Polizei und hole Hilfe.«
»Dann ist der Schneemann vielleicht schon wieder fort, und wir erfahren nicht, wer es ist. Er ist jetzt seit neun Minuten in der Agentur und ...« Beate trat dicht vor das Schaufenster und beugte sich vor. Ihr Oberkörper verschwand in der Glasscheibe.»Es sieht so aus, als würde er etwas suchen. Er durchwühlt alles«, sagte sie, nachdem sie sich wieder aufgerichtet hatte.
»Kannst du sehen, wer er ist?«
»Er trägt den Schneemannkopf, keine Chance.«
»Dann müssen wir uns beeilen, damit die Polizei rechtzeitig hier ist.« Josefine machte sich wieder auf den Weg.
»Josefine. Bleib.« Beate rührte sich nicht von der Stelle vor dem Schaufenster weg.»Die Polizei zu holen, mag vielleicht das Sicherste und das Einfachste sein, aber es ist auch die schlechteste Möglichkeit.«
»Dieser Typ da drinnen, dieser Schneemann hat versucht, mir zu schaden. Wer weiß, was er wollte.«
»Dich umbringen«, stellte Beate fest.

»Richtig. Er hätte mich umbringen können.«
»Nein. Nicht können. Er wollte es.« Beate sah zwischen Josefine und dem Schaufenster hin und her, als könne sie den Eindringling weiterhin erkennen. »Wie bei mir. Ich erinnere mich jetzt.« Josefine machte auf dem Absatz kehrt. Nach wenigen Schritten stand sie wieder bei Beate. Sie sah ihre Schwester an, wartete schweigend darauf, dass sie weitersprach. Beate nickte, fasste sich an die Schulter, an den Kopf, betrachtete die scharfe Kante des Fensterrahmens, auf die sie laut dem Bericht der Rechtsmedizinerin gestürzt war.
»Es war exakt so. Ich kam nach Hause. Ich erinnere mich an einen kräftigen Stoß an meiner Schulter. Der Boden vor der Agentur war vereist. Ich rutschte, verlor den Halt, stürzte. Dann lag ich da. Ich konnte mich nicht bewegen. Alles war so schwer. Mein ganzer Körper, wie aus Blei.« Sie suchte Josefines Blick. »Er hätte mir helfen können. Aber er hat nichts getan. Hat nur dagestanden und sich nicht gerührt. Ich konnte seinen Atem hören. Ich weiß nicht wie lange. Irgendwann ist er weggegangen. Ich habe das Geräusch der Schritte im Ohr, wie sie immer leiser wurden.«
»Und du bist gestorben.« Josefine spürte, wie Tränen über ihre Wangen liefen.
»Ich bin gestorben. Richtig. Auch wenn ich mich daran nicht entsinnen kann. Erst ab dem Moment, als wir beide uns in meiner Wohnung über den Weg liefen, setzt meine Erinnerung wieder ein.«
»Weißt du, wer dich gestoßen hat? Hast du ihn erkannt?«
Beate starrte konzentriert auf den Boden. Dann winkte sie resigniert ab.
»Nein. Aber nicht, weil ich mich nicht erinnern kann. Ich habe das Gesicht des Angreifers nicht gesehen. Er trug so einen Schal, den man vom Hals bis über die Nase ziehen kann.« Sie schüttelte sich, als wollte sie die Erinnerung so schnell wie möglich abstreifen. »An diesem Abend, bevor ich gestorben bin, bin ich auch weggelaufen. Ich wollte mich einer sehr häss-

lichen Wahrheit nicht stellen. Aber diesen Fehler mache ich kein zweites Mal. Und du solltest das auch nicht.« Sie hob die Hand, berührte Josefine an der Schulter. Josefine spürte ein Prickeln an der Stelle, wo Beates Finger lagen. »Deine hässliche Wahrheit heißt Christian«, sagte Beate.

Josefine wich zurück. »Wie kommst du jetzt auf Christian? Den hab ich nicht als unser dringendstes Problem auf der Liste stehen.«

»Du musst erkennen, was du wirklich willst, welchen Weg du gehen musst, wo deine Stärke liegt. Erst dann hast du die Kraft, dich dem da drin zu stellen.«

»Meinst du nicht, etwas weniger Pathos reicht auch?«

»Nein. Am See hast du gesagt, du willst wieder zurück zu Christian gehen.«

»Ja.«

»Du willst alles, was du hier neu gefunden hast, wieder aufgeben.«

»Du sagst es. Einige wenige Tage können doch nicht mein gesamtes bisheriges Leben aus den Angeln heben.«

»Das ist es, was ich meine. Du ziehst das, was du für Sicherheit hältst, dem vermeintlichen Risiko vor.«

»Daran ist nichts Falsches.«

»Daran ist alles falsch, Josefine. Alles«, sagte Beate leise. »Glaub mir. Ich weiß, wovon ich rede. Manche Chancen kommen nie wieder.«

»Aber Christian ist krank. Es ist meine Pflicht, ihm zu helfen.«

»Deine Pflicht? Wo war denn seine Pflicht, als er gegangen ist?« Sie schlug mit der Faust gegen die Wand. »Nicht dass du mich falsch verstehst. Als er sich entschieden hat, seine Beziehung zu dir zu beenden, wird er seine Gründe gehabt haben. Egal, wie die zu werten sind. Es war seine Entscheidung.«

»Aber er braucht mich jetzt.«

»Hat er das gesagt? Hat er dich gebeten, ihm zu helfen?« Josefine betrachtete stumm ihre Hände.

»Josefine. Nicht Christian braucht dich. Du brauchst das

Gefühl, von ihm gebraucht zu werden. Du willst zurück in ein Leben, das du kennst. Das dir Sicherheit gegeben hat. Aber dieses Leben gibt es nicht mehr. Nie mehr. Es ist genauso tot und gestorben, wie ich es bin.«
»Aber du bist immer noch hier.«
»Das stimmt. Ich bin hier. Und ich bin es doch nicht. Willst du so ein Leben aus zweiter Hand?«
Wieder schüttelte Josefine schweigend den Kopf. Ihre Schwester sagte die Wahrheit, und diese Wahrheit schmerzte sie mehr als alles, was ihr bisher widerfahren war.
»Entscheide dich, wer du sein willst, Josefine. Wie dein Leben aussehen soll, was du für ein Mensch sein willst.«
Josefine richtete sich auf, beugte den Kopf langsam nach links und rechts, ballte die Fäuste, entspannte sie wieder. Sie musste Risiken eingehen, nicht nur auf Sicherheit setzen.
»Was macht er gerade?«, fragte sie und zeigte auf das Schaufenster. Beate steckte kurz ihren Kopf hindurch.
»Er arbeitet sich durch die Requisitenkammer. Wir haben gute Chancen, ihn zu überwältigen.« Sie machte eine kurze Pause. »Und dann die Polizei zu rufen«, sagte sie, bevor sie ganz in der Agentur verschwand.
Josefine ging zur Eingangstür, lauschte und schob sie einen Spalt breit auf. Wenn der Eindringling in der Kammer war, würde er sie nicht hören. Sie musste nur die Türglocke daran hindern, loszuhohohoen. Sie streckte die Hand nach oben, tastete nach dem Schalter, versuchte sich zu erinnern, in welche Richtung Candan den Knopf geschoben hatte. Wenn sie jetzt einen Fehler machte, wäre die ganze Aktion sehr schnell vorbei. Josefine hielt die Luft an, drückte gegen den Schalter. Nichts geschah. Die Türglocke blieb stumm. Sie schob die Tür weiter auf, spähte in den Raum hinein. Der Eindringling hatte ganze Arbeit geleistet. Alle Schränke und Schubladen standen offen, Papiere lagen auf dem Boden. Sogar die Bilder hatte er auf der Suche nach einem geheimen Versteck abgenommen. Hier wollte jemand etwas unbedingt finden.
»Das Geld! Jetzt weiß ich es wieder.« Beate schlug sich die

Hand vor den Mund. »Ich habe es ganz hinten unter den ...« Weiter kam sie nicht. Ein dumpfer Freudenlaut drang aus der Kammer. Josefine sah sich hektisch um. Jeden Moment würde der Eindringling vor ihr stehen und sich nicht über das unerwartete Wiedersehen freuen. Ihr Blick fiel auf den schweren Stab des heiligen Nikolaus, der neben dem Eingang zur Kammer an der Wand lehnte. Josefine machte einen Satz nach vorne, griff nach dem Stab. Im selben Moment trat der Eindringling durch die Tür. Als er Josefine bemerkte, zuckte er zurück, presste eine Tasche fest an sich. Josefine schrie auf, hob den Stab und schlug zu. Sie traf, der Schneemannkopf wackelte, blieb aber auf den Schultern. Ein Stöhnen drang durch den Stoff. Ein Fluchen. Der Schneemann trat nach ihr, erwischte sie am Knie. Ein stechender Schmerz durchfuhr ihr Bein. Sie umklammerte den Stab fest mit beiden Händen. Einen kurzen Moment schien es so, als ob der Schneemann sie angreifen wollte. Aber er umklammerte die Tasche, rannte zur Tür und verschwand.

»Bestattungshaus Lenzen, guten Abend.«
Josefine stöhnte in einer Mischung aus Erleichterung und Schmerz auf. Ihre Finger hatten seine Nummer ohne zu zögern auf dem Festnetztelefon gewählt. Sie kannte sie auswendig. Es war seine Stimme, die sie hören wollte, seine Unterstützung, die sie brauchte. Sich etwas anderes einzureden, war Selbstbetrug.
»Josefine? Bist du das? Was ist passiert?«
»Komm bitte in die Agentur. Jetzt. Ich erkläre es dir später.« Sie legte auf, wählte die Nummer der Polizei und bat auch hier um Hilfe.
»Mach gleich bloß keinen Fehler.« Beate ging mit verschränkten Händen vor ihr auf und ab. Sie hatte sich geweigert, Josefine in ihrem Zustand allein zu lassen und dem Schneemann hinterherzujagen.
»Mit der Polizei?«
»Unsinn. Mit André.«

»Ich hoffe, es macht dir nichts aus, dass ich noch einen Kunden auf dem Rücksitz habe. Als du angerufen hast, bin ich sofort losgefahren. Ich denke, es macht dem Herrn nichts aus, sich eine kleine Weile zu gedulden«, sagte André, als er ihr half, in seinen Wagen zu steigen. Er und auch Beate hatten ihre Verweigerung ärztlicher Unterstützung nur akzeptiert, weil sie schließlich eingewilligt hatte, die Nacht unter Andrés Obhut zu verbringen, der sie, wenn es notwendig wäre, umgehend in eine Notaufnahme verfrachten könnte. Josefine fragte sich, wie dieses In-Obhut-Nehmen im Detail aussehen würde, während sie sich auf den Beifahrersitz fallen ließ und ihr schmerzendes Knie sortierte.

»Sie müssen ja einen ganz schönen Eindruck auf den Herrn Bestatter gemacht haben, junge Frau«, krächzte eine fröhliche Stimme aus dem hinteren Teil des Wagens, gefolgt von einem Kichern. »Ich habe mit größter Freude zur Kenntnis genommen, welchen Elan und Feuereifer er an den Tag legt, um seiner Liebsten zur Hilfe zu eilen. Ein Kavalier der alten Schule durch und durch. Da steht unsereins doch gerne mal hintan.«

Josefine wandte sich um. Auf einem schlichten schwarzen Sarg saß kerzengerade ein alter Herr und stützte sich mit beiden Händen auf einen eleganten Gehstock mit silbernem Knauf. Er trug einen schwarzen Frack samt weißer Weste, weißem Hemd und weißer Fliege. In der Hand hielt er einen Zylinder. »Außerdem habe ich mich über die kleine Extrarunde gefreut. So konnte ich noch einmal die Schönheiten unseres Städtchens bewundern, ehe ich zur letzten Reise aufbreche.« Er kicherte wieder.

Josefine drehte sich wieder nach vorne und beobachtete angestrengt, wie André die Windschutzscheibe vom Schnee befreite.

»Sie brauchen gar nicht so zu tun, als würden Sie mich nicht bemerken. Ich weiß, dass Sie mich sehen. Das erkenne ich an Ihrem Gesichtsausdruck. Meine Gisela hat auch immer so geschaut.« Ein Strahlen glitt über seine Züge. »Ich freue mich so darauf, sie endlich wiederzusehen. Also meine Gisela. Nicht

Sie, junge Frau.« Kichern. »Nicht dass Sie mich falsch verstehen. Sie sind durchaus eine Augenweide, wenn auch eine zurzeit etwas derangierte. Aber das macht nichts. Wahre Schönheit kann nichts entstellen.« Er verstummte, und Josefine hoffte, er wäre verschwunden, aber nach ein paar Sekunden redete er weiter, obwohl sie nach wie vor nicht auf ihn reagierte. Sein Kommunikationsmodell schien ein recht einseitiges zu sein. Kurz tat ihr seine Gisela etwas leid, hatte sie doch zumindest für ein paar Jahre ihre Ruhe gehabt. Damit war es jetzt wohl wieder vorbei. »Der Herr Bestatter ist Ihr ... Wie nennt ihr jungen Leute das? Lebensabschnittsgefährte?«, wollte er wissen.

Josefine schüttelte den Kopf.

»Ihr Verlobter?«

Heftigeres Kopfschütteln.

»Dann sollten Sie das aber schleunigst ändern. Ich mag schon alt sein und vom modernen Leben nicht mehr viel mitbekommen haben in der letzten Zeit, aber ich erkenne die Liebe. Die Liebe ist zeitlos, junge Frau.«

»Aber ich bin es nicht. Ich bin nicht zeitlos. Und ich hatte ein Leben vor alldem hier«, murmelte Josefine. Würden denn alle Toten, denen sie in der nächsten Zeit begegnete, sich derart in ihre Angelegenheiten einmischen? Unter diesen Umständen sollte sie ihre Beziehung zu einem Bestatter noch einmal gründlich überdenken.

Der alte Herr lachte. »Ich auch, meine Liebe, ich auch. Und wenn ich jetzt hier so sitze und zurückblicke, muss ich sagen, es war ein gutes Leben. Aber sogar ich bereue ein paar Dinge.«

»Was bereuen Sie?« Josefine folgte reglos Andrés gleichmäßigen wischenden Bewegungen. Wenn sie bei dem Angriff gestorben wäre, könnte sie das auch über sich sagen? Ein gutes Leben gelebt zu haben und nur weniges zu bereuen?

»Die Dinge, für die ich nicht die Courage gefunden habe, sie zu tun. Die Sätze, die ich nicht gesagt habe, obwohl sie in mir waren. Die Gefühle, zu denen ich nicht gestanden habe, obwohl sie mich ausgefüllt haben.«

»Warum haben Sie es nicht getan?«
»Weil mir der Mut fehlte. Der Mut, es einfach zu tun. Mein Enkel sagte vor Kurzem: Machen ist wie wollen, nur krasser. Er hatte recht.«
André hatte die Scheibe vom Schnee befreit und stieg in den Wagen. Er beugte sich zu ihr und gab ihr einen Kuss, als gäbe es nichts Selbstverständlicheres.
»Sehen Sie – er hat den Mut!«, tönte es aus dem hinteren Wagenteil.
Josefine hob eine Hand und wischte André die Schneeflocken aus den Haaren.
»Krass. Ich sehe es«, murmelte sie und küsste ihn ebenfalls.

23

Wasser rauschte. Jemand sang. Kaffeeduft waberte durch den Raum. Josefine lauschte und schnupperte mit geschlossenen Augen. Sie lächelte in ihre warme Decke hinein.

»Bevor du jetzt im rosaroten Land der Glückseligkeit verschwindest, sollten wir noch ein paar Kleinigkeiten regeln, meine Liebe.«

Sie schlug die Augen auf. Beate saß am Fußende des Bettes und betrachtete ausgiebig ihre ausgestreckte Hand. Ihre Nägel waren blutrot, lang und spitz. Sie zeigte Josefine die Pracht mit gespreizten Fingern.

»Sind die nicht sensationell? So wollte ich sie schon immer haben. Maniküre ist deutlich einfacher, wenn man ein Geist ist«, sagte sie beiläufig und musterte ihre Schwester. »Und, war es schön?«

»Was?«

»Deine Klavierstunde.« Beate verdrehte die Augen. »Was wohl?«

Josefine zog die Decke über den Kopf. Ja. Es war schön gewesen, mit André zu schlafen, nachdem sie den Mut zu einer Entscheidung gefunden hatte. Anders. Unerwartet.

»Es war spannend«, sagte sie schließlich.

»Sex ist immer spannend. Es könnte ja jemand kommen«, erwiderte Beate ernst.

Josefine nahm das Kopfkissen und warf es nach ihr. Es flog durch Beate hindurch und landete vor Andrés Füßen, der aus der Dusche kam, nur ein bunt bedrucktes Handtuch um seine Hüften. Josefine brach in schallendes Lachen aus.

»Wo hast du das denn aufgetrieben?«

»Was? Sag nichts gegen Pokémon. Und erst recht nichts gegen Ash und Pikachu! Das war ein Geschenk meiner Großmutter zu meinem zehnten Geburtstag. Ich habe es seit fast

dreißig Jahren.« Er löste das Handtuch, warf es auf einen Stuhl und kam zum Bett. Er legte sich bäuchlings neben Josefine, stützte den Kopf auf seine Hand und strich ihr mit dem Finger der anderen das Haar aus der Stirn.
»So sieht es auch aus. Wie niedlich. Ich geh dann mal lieber«, murmelte Beate, schlug die flache Hand vor die Stirn und verschwand.
Josefine setzte sich auf und lehnte sich an das Kopfteil des Bettes.
»Was ist das hier für dich?«, fragte sie, zog die Knie unter der Decke an und umschlang sie mit beiden Armen.
»Eine große Freude.« André setzte sich ebenfalls auf, rückte nah an sie heran. Er legte seine Hand auf ihren Arm. Josefine betrachtete seine schmalen Finger auf ihrer Haut.
»Was wäre, wenn ich bliebe?« Ihr Herz stolperte über einige Schläge.
»In Titzelsee?«
»Bei dir.« Sie sah ihn an. »Was wäre, wenn wir ein Paar wären?«
»Sind wir das nicht?«
»Ich weiß es nicht. Wir haben miteinander geschlafen. Aber das macht uns nicht zu einem Paar.«
»Das stimmt. Sex kannst du mit jedem haben.« Um seinen Mund herum zuckte es. »Aber mich hast du gestern als Erstes angerufen, als du Hilfe brauchtest. Ich finde, das ist schon mal ein Schritt in die richtige Richtung.« Er ließ die Hand sinken und drehte sich so, dass er sie direkt ansehen konnte. »Wenn du bleiben würdest, in Titzelsee und bei mir, wenn wir ein Paar wären, mehr als nur Sex miteinander teilen würden, dann wüsste ich nicht, was wäre. Was passieren würde. Genauso wenig, wie du es wüsstest. Was ich aber weiß, ist, dass ich mich sehr gerne darauf einlassen würde, es herauszufinden.«
Josefine erwiderte seinen Blick. Er hatte recht. Niemand konnte wissen, was geschehen würde. Es gab keine Garantie für eine glückliche Zukunft. Nicht mit ihm, nicht mit Christian, nicht allein. Es gab nur die Chance, es zu wagen.

Sie küsste ihn, löste die Umklammerung ihrer Knie und schwang die Beine aus dem Bett.
»Bevor wir gemeinsam herausfinden, was passieren wird, sollte ich mich dem widmen, was bereits geschehen ist.« Sie stand auf.

Zwei Tassen starken Kaffee, eine heiße Dusche und ein knappes, aber alle Punkte umfassendes Gespräch später stand sie vor der Tür der Agentur. Sie hatte André von den Drogen erzählt, von dem, was sie herausgefunden hatte, und von ihrem Verdacht, wer hinter der ganzen Sache steckte. Nur über Beate hatte sie weiter geschwiegen. Noch war nicht der richtige Zeitpunkt dafür.

Sie fürchtete sich vor dem, was ihr nun bevorstand. Sie dachte an den Namen auf dem Klingelschild. Die beiden Polizistinnen gestern Abend waren sehr nett gewesen, hatten den Einbruch protokolliert, sich umgesehen, Fragen gestellt. Ob etwas gestohlen worden sei? Ob sie den Eindringling erkannt hätte? Ob sie einen Krankenwagen rufen sollten? Ob es sonst noch was gebe, was wichtig sein könnte? Gefolgt von den Antworten: »Sag ihnen nichts von dem Geld, bis ich mich an alles erinnere!«, von Beate souffliert, »Nein«, und »Auf gar keinen Fall!«

Von ihrem Verdacht wegen des Namens hatte sie nichts gesagt. Sie wollte erst sicher sein. Was, wenn sie damit falsch lag? Einen Menschen zu Unrecht beschuldigen wollte sie auf keinen Fall. Trotz aller Indizien konnte sie den letzten Rest Zweifel nicht loslassen. Sie hatte sich auf ihre Menschenkenntnis immer sehr viel eingebildet, sich nur sehr selten in jemandem gründlich geirrt. Nein. Das stimmte nicht. Sie hatte noch nie jemanden komplett falsch eingeschätzt. Wenn etwas nicht richtig gewesen war, hatte es wie ein kleiner Dorn in ihr gestochen, war immer wieder unter der Oberfläche entlanggekratzt und hatte sie beunruhigt. Auch wenn sie es nicht wahrhaben wollte, war es trotzdem da gewesen, und es hatte nur gedauert, bis sie schließlich aufhörte, sich selbst zu belügen. Hier war keines ihrer Alarmsysteme angesprungen, nichts hatte sie beunruhigt. Im Gegenteil. Sie hatte sich ausgesprochen wohlgefühlt.

Sie schloss die Eingangstür auf. Das Chaos, das der Eindringling gestern Abend hinterlassen hatte, wirkte im trüben Tageslicht noch erschreckender. Josefine hängte ihren Mantel an den Haken. Sie hob den Nikolausstab auf und stellte ihn zurück an seinen Platz neben der Kammer. Sie sammelte Papiere, schob sie zusammen, legte sie auf den Schreibtisch. Drückte Ordner zurück ins Regal. Stopfte Müll in Eimer, warf Kugelschreiber in Schubladen, schloss Schränke und Laden. Dann ging sie in die Kammer. Dort die Ordnung wiederherzustellen, würde länger brauchen.

»Was ist denn hier passiert?« Candan stand in der Tür. Josefine hatte sie nicht kommen hören. Sie hatte vergessen, die Türklingel wieder anzuschalten.

»Einbruch. Die Polizei weiß Bescheid. Sie war schon da.« Josefine bückte sich, um ein Engelskostüm vom Boden aufzuheben. Sie zog es langsam auf einen Bügel, hängte es auf den Ständer zurück, mied Candans Blick.

»Das sieht furchtbar aus!« Candan kam zu Josefine, griff nach einem weiteren Kostüm auf dem Boden.

»Der frühe Vogel ist der erste Weg zur Besserung.« Bernhard Rösners Bass dröhnte durch den Raum, gefolgt von schweren Schritten. »Ihr seid schon ...« Er brach mitten im Satz ab und schaute sich verdattert in der Kammer um. »Meint ihr nicht, für einen Großputz ist auch im neuen Jahr noch Zeit? Weihnachten steht vor der Tür, und wir müssen es reinlassen.«

»Es gab einen Einbruch«, informierte Candan ihn, die Hände voller Kostüme.

»Was gab es?« Bärbel Rosenbusch schaute über Bernhard Rösners Schulter. »Die Türglocke geht übrigens nicht.«

Josefine legte die Feenflügel, die sie immer noch umklammert hielt, über einen Kleiderständer. Sie wischte sich die Hände an ihrer Hose ab, ging zur Tür der Kammer und drängte sich an Bernhard Rösner und Bärbel Rosenbusch vorbei.

»Ich muss mit euch reden«, sagte sie und ging zum Besprechungstisch. Sie wartete, bis alle Platz genommen hatten. Erst dann setzte sie sich auf den letzten freien Platz, den Rücken zur Tür gewandt. Beate trat aus der Requisitenkammer und stellte sich hinter Bärbel Rosenbusch. Sie strich ihr liebevoll über die Wange und legte ihr die Hand auf die Schulter. Bärbel Rosenbusch neigte unwillkürlich den Kopf in die Richtung, dann lächelte sie wehmütig.

»Der Einbruch gestern Abend«, begann Josefine. Sie fasste sich an die Stelle an ihrem Kopf, an der sie der Schlag getroffen hatte. Die dicke Beule schmerzte, als sie sie berührte. »Ich wurde angegriffen. Jemand hat mich niedergeschlagen, als ich nach Hause kam. Ich bin gestürzt, war bewusstlos. Ich hätte erfrieren können. Ich hatte einfach Glück.«

»Mich. Du hattest mich. Da lege ich Wert drauf.« Beate hob mahnend den Finger.

»Vielleicht war es auch der gute Geist von Beate, der mich geweckt hat«, ergänzte Josefine und schaute ihre Schwester an. Bärbel Rosenbusch versuchte, Josefines Blick zu folgen, und schüttelte irritiert den Kopf. Bernhard Rösner kniff die Augen zusammen. Er strich mit langsamen Bewegungen über seinen Bart. Candan nahm gedankenverloren den Kugelschreiber von ihrem Notizblock und ließ ihn durch die Finger gleiten.

»Zum Glück geht es dir ja jetzt wieder gut«, sagte sie und lächelte zaghaft in die Runde.

»Ja. Es geht mir gut.« Josefine sah zu Candan. Sie wollte wissen, wie sie auf das reagieren würde, was sie nun sagen wollte. »Ich habe Glück gehabt. Beate nicht. Das wurde mir klar, als ich da lag. Die Situation war fast die gleiche wie bei Beate. Aber Beate ist tot.«

»Das mit Beate war ein schrecklicher Unfall.« Candan klang jetzt beinahe flehend. »Das hat die Polizei doch gesagt.«

»Ja.« Josefine nickte. »Ein Unfall, sagen sie.« Sie machte eine kurze Pause, bevor sie weitersprach. »Und was, wenn es kein Unfall war, sondern nur so aussah? Laut der Rechtsmedizinerin ist Beate auf dem Glatteis ausgerutscht und hat sich unglücklich

beim Sturz den Kopf verletzt. Doch das Gleichgewicht verliert man auch nach einem kräftigen Stoß.«
»Aber daran ist sie nicht gestorben.« Aus jedem Wort spürte man Bärbel Rosenbuschs Trauer.
»Nein. Das ist sie nicht. Weder an dem Stoß noch direkt an der Verletzung. Beate ist gestorben, weil ihr niemand geholfen hat.«
»Du meinst, jemand hat das mit Absicht getan? Danebengestanden und zugesehen, wie sie gestorben ist?«, stellte Bernhard Rösner fest. »Was ist das bloß für ein Mensch?«
»Aber warum sollte das jemand getan haben? Kennst du den Grund?« Candans Stimme klang dünn.
»Beate war einer Sache auf der Spur. Das hat sie in Gefahr gebracht, und deswegen wurde sie getötet.«
»Was für eine Sache? Das klingt sehr vage. Ich glaube nicht, dass das für die Polizei ein Grund wäre, den Fall noch einmal aufzurollen.« Bernhard Rösner beugte sich vor. »Oder hast du Beweise für das, was du da behauptest?«
»Ich habe eine Weile gebraucht, bis ich dahintergekommen bin. Zuerst konnte ich mir keinen Reim darauf machen, aber dann verstand ich es.« Josefine ging nicht auf Bernhard Rösner ein. »Bei dem Auftritt in dem Einkaufszentrum habe ich es zum ersten Mal gesehen. Einer unserer Wichtel verkaufte etwas an zwei Teenager, bei dem ich mir sicher war, dass es keine Schokolade war. Außerdem haben andere Geschäftsleute hier in Titzelsee beobachtet, wie einige unserer Leute mit Drogen gehandelt haben, und mir davon berichtet. Gestern Nachmittag bin ich schließlich durch einen Zufall bei Theos Tanztee in einer Gruppe von Freunden und Bekannten unseres Kunden Gotthilf Drobler gelandet und habe beobachtet, wie Jonas Wimmer fleißig Geschäfte gemacht hat. Gustav Droblers Freundinnen klärten mich dann über die Art der Geschäfte und deren Regelmäßigkeit auf. Es passte alles zusammen. Die Mitarbeiter der Agentur verkaufen Drogen.«
»Machst du jetzt einen auf Hercule Poirot, oder was wird das?«, maulte Beate ungeduldig. »Komm mal zu Potte.«

Josefine räusperte sich. »Um es kurz zu machen: Ich bin Jonas gefolgt. Bis zu der Wohnung, in der er Nachschub holen wollte. Ich musste herausfinden, wer dahintersteckte.«

»Hast du es herausgefunden?«, fragte Bärbel Rosenbusch.

»Ja. Ich kannte den Namen auf dem Klingelschild leider nur zu gut«, gab Josefine zur Antwort, ohne Bärbel anzuschauen. Stattdessen sah sie zu Candan und fixierte sie. Die erwiderte kurz ihren Blick und schaute dann an ihr vorbei zur Eingangstür. Im selben Moment bemerkte Josefine hinter sich einen Luftzug. Candan stand auf, schob den Stuhl zur Seite und ging an Josefine vorbei, um den Neuankömmling zu begrüßen.

»Lennart. Schatz. Was machst du denn hier?«, fragte sie verwundert.

Josefine drehte sich um und stand auf. Candans Freund, ein hübscher Kerl mit hellen Locken, stand in der Tür. Kalte Luft wehte in den Raum und trug den Geruch von Schnee herein. Candan umarmte ihn, gab ihm einen Kuss auf die Wange. An seiner Schläfe klebte ein Pflaster.

»Es ist gerade ganz schlecht. Wir hatten hier einen Einbruch«, erklärte sie ihm, blieb aber an seiner Seite stehen. »Josefine hat gesagt, sie vermutet, dass Leute aus der Agentur mit Drogen handeln, und …« Sie griff nach Lennarts Hand. Ihre Stimme klang brüchig. »Sie meint, Beates Tod sei kein Unfall gewesen.«

»So. Denkt sie das?« Lennart schaute Josefine über Candans Kopf hinweg für eine Sekunde mit reglosem Gesichtsausdruck an. Er lachte steif.

Josefine schnupperte. Sie schloss die Augen, konzentrierte sich. Es roch nicht nur nach Schnee. Über dem klaren Geruch der Winterluft hing ein Hauch von Meer und Weihrauch. Der Schneemann. Diesen Geruch hatte sie gestern wahrgenommen, kurz bevor sie niedergeschlagen wurde. Sie öffnete die Augen wieder und starrte Lennart an. Er war der Schneemann.

Etwas in ihrem Gesichtsausdruck musste ihn gewarnt haben. Auf einmal hatte Lennart ein Messer in der Hand. Er zog Candan an sich, presste die Spitze des Messers an ihren Hals.

Candan erstarrte. Sie versteifte sich, versuchte den Kopf zu drehen, um ihm ins Gesicht zu sehen.

»Lennart, was machst du?«, schrie sie panisch.

Lennart presste sie fester an sich.

»Du bist gestern Abend hier eingebrochen.« Josefine trat einen Schritt zur Seite. »*Du* hast mich niedergeschlagen.« Der Name an der Klingel der Drogenwohnung war der von Candan gewesen. Aber nicht sie war diejenige, die Mitarbeiter der Agentur als Drogendealer beschäftigte, sondern ihr Freund Lennart. Für einen kurzen Moment fühlte Josefine sich unendlich erleichtert, dass Candan ebenso ein Opfer war wie sie und Beate. Dann holte die Realität sie wieder ein.

»Stehen bleiben. Niemand rührt sich vom Fleck«, sagte Lennart ruhig. »Ich möchte ihr nicht wehtun müssen.«

»Ist es so auch mit Beate gewesen? Hat meine Schwester dich bei dem Einbruch überrascht? Du hast sie gestoßen, und als sie verletzt auf dem Boden lag, hast du zugesehen, wie sie starb?«

»Unsinn. Sei still.« Lennart bewegte sich mit Candan vor seinem Körper rückwärts in Richtung Ausgang. Er warf Bernhard Rösner einen raschen Blick zu. Der rührte sich nicht.

»Oder bist du gegangen, und es war dir einfach egal, was mit ihr passieren würde? Hattest du keine Angst, dass sie dich erkannt hat?« Josefine fiel ein, was Beate gesagt hatte. »Ach nein, du hattest ja deinen Schal über das Gesicht gezogen, richtig?«

Candan gab einen gequälten Laut von sich. Sie wand sich in seinem Klammergriff, bäumte sich auf. Lennarts Hand mit dem Messer zuckte. Eine dünne Blutspur lief über Candans Hals. Wieder machte er einen Schritt zum Ausgang hin. Die Angst in Candans Augen war echt. Hätte Josefine noch Zweifel an Lennarts alleiniger Täterschaft gehabt, dieser Anblick hätte sie spätestens in diesem Moment ausgeräumt.

»Er darf Candan nichts tun.« Beate lief zu Lennart, versuchte vergeblich, nach seinen Händen zu greifen. Sie stellte sich vor die Tür, breitete die Arme aus.

Josefine spürte ihren Puls in Hals und Wangen und wusste nicht, was sie tun sollte. Solange er Candan in seiner Gewalt hatte, konnte sie nichts gegen ihn unternehmen. Ihre einzige Chance, ihn zu überwältigen, bestand in einem Moment der Ablenkung.

Sie schaute zu Bärbel Rosenbusch und Bernhard Rösner, die bewegungslos auf ihren Stühlen saßen. Bärbel mit einem Ausdruck in den Augen, der ihr Entsetzen und ihr Erstaunen preisgab, Bernhard Rösner mit gesenktem Kopf, beide Hände auf der Tischplatte. Er atmete schwer. Josefine schaute Beate direkt in die Augen. Sie musste helfen.

Die Türklingel. Josefine sagte die Worte laut und deutlich in ihren Gedanken. *Die Türklingel.* Und noch einmal: *Die Türklingel.* Es musste einfach klappen. Ihre Schwester musste sie verstehen.

Beate erwiderte ihren Blick.

Die Türklingel.

Beate nickte. *Okay.*

Josefine hörte die Stimme in ihrem Kopf so laut und klar, als hätte die andere sie ausgesprochen. Beate hatte verstanden.

Sie sah, wie ihre Schwester sich konzentrierte, die Hand hob, mit spitzen Fingern nach dem Hebel griff. Die Finger glitten durch das Material wie durch Wasser.

»Verdammt.« Beate sah sich hektisch um, ließ die Hände sinken. Dann versuchte sie es erneut. Wieder vergeblich. Sie sprang hoch, schlug mit der Faust gegen die Klingelanlage, aber ihre Hand fuhr einfach hindurch.

Lennart ging einen weiteren Schritt rückwärts auf die Tür zu. Noch einer, und er hätte sie erreicht. Er stand nun so dicht vor Beate, dass ihre Brust seinen Rücken berührte.

»Du tust ihr ...«, schrie Beate und ließ sich nach vorne fallen, »... nichts!«

Lennart. Beate.

Lennarts Hand mit dem Messer krampfte. Es sah aus, als kämpfte er mit sich selbst. Er riss die Augen auf, schrie. Josefine hörte beide Stimmen. Lennarts Hand öffnete sich unendlich langsam. Das Messer fiel zu Boden. Josefine sprang vor, trat es zur Seite.

»Bitte entschuldige«, sagte sie, bevor sie weit ausholte, ihre Hand zur Faust ballte und sie Lennart mit aller Kraft an den Kopf schlug. Sie traf die Schläfe. Lennarts Kopf ruckte. Seine Augen flatterten. Dann sank er zu Boden.

24

»Wo um alles in der Welt hast du das gelernt?« Beate verzog das Gesicht.
»Das war Glück.«
»Fragt sich, für wen.« Beate rieb sich die Stelle, an der Josefines Faust Lennarts Kopf getroffen hatte. Sie hatte sich im selben Moment aus Lennarts Körper befreit, als er zu Boden ging. Sie schwankte etwas. Doch nicht nur der Schlag setzte ihr zu. Die Tatsache, dass sie nun zum zweiten Mal in einen lebenden Menschen gefahren war, schwächte sie sehr.
»Ich geh nach oben und mach Siesta«, murmelte sie, drehte sich um und ging durch die Wand in Richtung Treppenhaus.

Lennarts Gestammel, er wäre besessen gewesen, wurde von der Polizei als Folge des Schlags gewertet. Sie nahmen ihn mit und würden seine und Candans gemeinsame Wohnung durchsuchen. Es war gar nicht nötig gewesen, dass Josefine ihnen von ihrem Besuch dort erzählte, was ihr auch ganz recht war. Candan musste nicht wissen, dass Josefine uneingeladen ihre Speisekammer aus nächster Nähe begutachtet hatte. Lennart hatte gestanden, dort die Drogen für seine Deals zu lagern, ebenso das gestohlene Geld. Von seiner arglosen Freundin, die wegen einer offenen Rechnung Kontakt zu Beates Anwältin in dem Verfahren gehabt hatte, hatte er vor einigen Tagen von dem geerbten Geld erfahren und beschlossen, es zu suchen. Die Agenturräume standen zuerst auf seiner Liste, später hätte er sich die Wohnung vorgenommen, wenn er nicht bereits fündig geworden wäre. Auf zwei Dingen aber bestand er: Candan hatte von all dem nichts gewusst, und er hatte Beate Silberzier nicht umgebracht.
Bärbel Rosenbusch kümmerte sich um die weinende Candan und überredete sie, mit zu ihr und Svenja zu kommen, solange die Polizei ihre Wohnung okkupierte.

»Kommst du klar?« Bernhard Rösner ging zur Garderobe, nahm Mantel und Schal vom Haken.

»Danke. Es geht mir gut.« Josefine rieb sich die Hand. »Bis auf das hier. So ein Schlag schmerzt nicht nur denjenigen, den er trifft. Ich wusste gar nicht, dass das durchaus auch wörtlich gemeint sein kann.« Sie lächelte. Bernhard Rösner zog den Mantel über, wickelte den Schal um seinen Hals und schulterte seinen Rucksack. Er ging zur Tür, öffnete sie. Die Sonne schien auf den Schnee. Die Helligkeit blendete Josefine.

»Was hältst du davon, wenn wir beide einen Kaffee trinken gehen?« Bernhard Rösner war in der geöffneten Tür stehen geblieben und drehte sich zu Josefine um. »Vielleicht auch etwas essen? Ich muss doch dafür sorgen, dass der hier auch weihnachtsmanntauglich bleibt.« Er rieb sich über seinen Bauch und lachte. »Wir könnten dann auch noch ein paar Sachen klären. Immerhin gibt es noch etliche Auftritte, die wir bis Weihnachten zu absolvieren haben.«

Josefine zögerte. Sie hatte nach all der Aufregung keinen Hunger, und Kaffee würde ihren Blutdruck sicherlich noch weiter in die Höhe treiben. Und zu tun gab es wirklich noch eine Menge. Aber Bernhard hatte recht. Ein Ortswechsel täte ihr gut. Und wenn es nur um die Ecke war.

»Eine gute Idee. Direkt neben dem Buchladen ist doch dieses nette kleine Café. Ich wollte es schon die ganze Zeit einmal ausprobieren.«

Zehn Minuten später saßen sie vor zwei dampfenden Schalen Milchcafé. Sie hatten den letzten freien Tisch am Fenster ergattert. Bernhard orderte für sich eine Suppe mit Brot.

»Bitte entschuldige mich kurz.« Er deutete mit dem Daumen in Richtung der Toiletten. Wenn die Kellnerin das Essen bringt, achte bitte darauf, dass es mindestens zwei Scheiben Brot sind. Sonst soll sie noch etwas bringen. Ich habe Hunger.« Er stand auf, stellte seinen Rucksack auf den freien Stuhl am Gang und quetschte sich durch das voll besetzte Café.

Josefine schaute aus dem Fenster. Sie fühlte sich müde. So viel war geschehen. Sie bemerkte nicht die junge Frau, die einen

Kinderwagen an ihrem Tisch vorbeischob. Der Wagen stieß an den Stuhl, Bernhards Rucksack fiel um, und ein Teil des Inhalts rutschte heraus. Die junge Frau entschuldigte sich hastig und wollte helfen, alles wieder einzusammeln, aber Josefine winkte ab. Sie stellte den Rucksack auf, klaubte Geldbörse, Brillenetui und eine Tüte mit Hustenbonbons vom Boden. Ein schwarzes Handy war unter den Tisch gerutscht. Sie bückte sich, kroch halb unter die Platte, bis sie es zu fassen bekam. Sie wollte es gerade wieder in den Rucksack packen, als ihr etwas auffiel. Auf der Rückseite des Handys waren die deutlichen Spuren eines großen Prilblumen-förmigen Aufklebers zu sehen. Der Aufkleber selbst war entfernt worden. Sie stutzte. War das Beates Handy, von dem alle dachten, sie hätte es verschusselt? Hatte Candan nicht gesagt, der Aufkleber wäre so groß und so bunt gewesen, dass man es kaum übersehen konnte? Josefine sah zur Toilettentür, hinter der Bernhard vor wenigen Augenblicken verschwunden war. Wieso war Beates Handy in seiner Tasche? Und wieso hatte er es nicht erwähnt, wenn er es gefunden hatte? Er wusste doch, dass alle danach suchten. Konnte sie es einfach nehmen und überprüfen? Es war definitiv nicht ihre Art, in fremden Handys herumzuschnüffeln. Was, wenn Bernhard sie erwischte? Mit dem Fingernagel kratzte sie über den Kleberand. Es war unzweifelhaft der Rest der Klebeblume. Sie musste es einfach wissen.

    Sie drückte auf das Display. Nichts geschah. Sie versuchte, es anzuschalten. Der Bildschirm blieb schwarz. Rasch kramte sie in ihrer eigenen Tasche nach dem Ladekabel. Es war zwar kurz, passte aber zu ihrem Glück auf das Modell. Sie steckte das Kabel in eine Steckdose an der Fußleiste, legte das Handy auf ihren Oberschenkel. Ein kleines rotes Pulsieren erschien, gefolgt von einem Aufleuchten des Displays und der Aufforderung, die PIN einzugeben. Josefine überlegte. Sie selbst hatte ihr Geburtsdatum als Code, auch wenn ihre Kinder ihr immer wieder sagten, dass das die schlechteste Idee war, die man haben konnte. Aber die Zahlen konnte sie sich nun mal am besten merken. Vor allem, seit sie die Nummer wegen der Gesichtserkennung nur noch selten benötigte. Sie drückte auf die Zahlen zwei, eins, eins, zwei. Der Code war falsch. Rückwärts machte in diesem Fall keinen Sinn. Vielleicht andersherum? Erst den Monat, dann den Tag. Eins, zwei, zwei, eins. Das Handy vibrierte und verweigerte den Zugang. Sie hatte noch einen letzten Versuch, dann würde das Telefon blockiert. Für welchen Code hätte Beate sich entschieden?

Fieberhaft überlegte sie, ob es in der Wohnung irgendwelche Hinweise gegeben oder ob Beate irgendwann etwas erwähnt hatte. Es konnte nicht mehr lange dauern, bis Bernhard Rösner von der Toilette zurückkam. Aber Beate hatte nie von Zahlen gesprochen, außer das eine Mal, als sie erwähnt hatte, dass sie nicht so ihr Ding wären. Das musste es sein. Sie musste es riskieren. Josefine drückte viermal auf die eins. Sie hielt den Atem an, schloss kurz die Augen. Als sie sie wieder öffnete, sah sie das Logo der Agentur auf dem Startbildschirm.

Es befanden sich nur fünf Apps auf dem Gerät. Telefon, Messenger, Kamera, Kalender und die Fotosammlung. Josefine öffnete die Foto-App. Bilder diverser Auftritte waren zu sehen. Das letzte vom Tag vor Beates Tod. Ein Selfie. Eine lachende Beate hielt die Kamera hoch über die Köpfe einer Schar Elfen und Feen.

Ihre fröhliche, vor Leben strotzende Schwester auf dem Bild zu sehen, gab Josefine einen Stich. Sie schloss die Funktion. Nachdenklich betrachtete sie das Handy. Etwas fehlte. Candan hatte ihr doch erklärt, Beate habe nicht nur Fotos und Videos von einigen Auftritten gemacht, sondern hätte bei den Kundenbriefings auch immer die Tonaufnahme gestartet, damit keine Details verloren gingen. Aber auf dem Handy war keine Funktion, mit der das möglich schien, obwohl es das Diensttelefon war. Sie wischte über das Display. Eine Suchfunktion erschien. Sie tippte das Wort »Aufnahme« ein. Nichts. »Mikro«. Nein. Sie hob den Blick und schaute zu den Toiletten hinüber. Sie musste sich beeilen. Jeden Moment konnte Bernhard durch die Tür treten.

Sie versuchte es mit »Record«, und diesmal hatte sie Glück.

Es gab eine Aufnahme-Funktion. Sie öffnete die App. Eine Liste erschien. Keine Titel, keine Hinweise. Nur das Datum und die Uhrzeit.

Der oberste Eintrag stammte von Beates Todestag, dreiundzwanzig Uhr fünfundvierzig. Josefine presste auf Wiedergabe. Beates Stimme erklang. Sie klang dumpf, wie durch Lagen von Stoff, war schwer zu verstehen. Es raschelte und knisterte. Josefine beugte sich vor, um besser verstehen zu können, was gesagt wurde. Sie stellte den Ton lauter. Beate musste das Handy in der Jackentasche gehabt haben. Ob sie gewusst hatte, dass es aufnahm?

Die Antwort auf diese Frage bekam Josefine mit den nächsten Sätzen. Plötzlich wurden die Störgeräusche leiser.

»Bernhard, ich weiß, dass du hinter der ganzen Sache steckst. Du bist die graue Eminenz im Hintergrund. Du bist der ›Zwarte Piet‹, gib es zu.« Beate hatte diese Aufnahme geplant. Sie wollte Bernhard Rösner zu einem Geständnis verleiten.

»Das kannst du nicht beweisen.« Die tiefe Stimme von Bernhard Rösner war unverkennbar.

»Ich habe Zeugen, die bereit sind, gegen dich auszusagen.«

»Warum stehst du dann hier mit mir? Warum gehst du nicht zur Polizei? Was willst du, Beate? Geld? Eine Beteiligung?«

Josefine hörte Beate lachen.

»Nein. Ich will keine Beteiligung. Ich will, dass es aufhört. Sofort. Meine Agentur ist kein Drogenumschlagplatz.« Wieder raschelte es, dann hörte Josefine einen Schlüsselbund klappern. Das Geräusch übertönte einige Worte. »… arbeitest bei mir, seit ich hier angefangen habe. Ich dachte, wir wären Freunde, Bernhard. Ich wollte dich nicht der Polizei melden. Ich habe die Hoffnung, es so regeln zu können. Dich zu überzeugen.« Wieder klapperten die Schlüssel.

»Was willst du tun, wenn ich nicht aufhöre?«

»Es muss aufhören. Wenn du es nicht freiwillig machst, gehe ich zur Polizei. Mit meinen Zeugen, die bereit sind, gegen dich …« Das letzte Wort ging in einem Schrei unter. Die Geräusche der Kleidung, die an dem Handy rieb, wurden lauter.

Dann war es still. Josefine hörte Beate stöhnen. Das musste der Moment gewesen sein, in dem sie gestürzt war.

»Du warst immer schon zu gutgläubig, Beate.« Bernhard Rösner war nun besser zu verstehen, er musste dichter bei ihr gestanden haben. »Wir sind keine Freunde. Glaubst du wirklich, ich mache das ganze Theater, weil ich Spaß daran habe? Nein.« Jetzt lachte er bitter. In das Lachen mischte sich ein kurzer Ton. Es klang wie Vibration. Einmal, zweimal, dreimal. Eine Akkuwarnung. Candan hatte erzählt, Beate würde nie daran denken, die Akkus aufzuladen. »Ich spiele hier den freundlichen Weihnachtsmann, weil ich mir eine bessere Tarnung für meine Geschäfte überhaupt nicht ausdenken kann. Das war schon so, als du noch nicht in Titzelsee warst.« Er schnaubte. Wieder war ein Stöhnen von Beate zu hören.

»Hilf mir.« Sehr leise geflüstert. Beate wurde immer schwächer. Josefine schossen Tränen in die Augen.

»Hier kommt in den nächsten Stunden niemand vorbei. Heute Nacht wird es frieren. Ein tragischer Unfall. Du bist gestürzt, hast dir den Kopf aufgeschlagen, niemand hat es gesehen. Ich gehe jetzt, Beate. Es wird nicht wehtun.«

Stille. Wieder vibrierte es.

»Hast du deinen Akku wieder nicht aufgeladen? Wie bedauerlich. Aber ich nehme es trotzdem lieber mit. Reine Vorsichtsmaßnahme.«

Josefine hörte schwere Schritte. Lautes Rascheln. Bernhard Rösner suchte nach dem Handy. Von Beate kam kein Laut mehr. Sie musste bereits das Bewusstsein verloren haben.

»Wo ist das verda…?« Die Aufnahme brach mitten im Wort ab. Der Akku war endgültig leer gewesen. Josefine starrte auf das Handy, hob langsam den Blick. Vor ihr stand Bernhard Rösner.

»Gib mir das Handy.« Er beugte sich vor, streckte die Hand aus.

»Nein.« Josefine schob das Handy auf ihrem Oberschenkel unter den Tisch. Ihr Körper war bis in die letzte Faser angespannt.

Unvermittelt ging ein Ruck durch Bernhard Rösner. Er umfasste mit beiden Händen die Tischkante, hob ihn an und schleuderte die Platte gegen Josefine. Ein Schwall lauwarmen Milchkaffees ergoss sich über sie. Die Frau am Nachbartisch schrie auf. Bernhard Rösner drehte sich um und lief mit einer für einen Mann seiner Statur erstaunlichen Wendigkeit durch das Café in Richtung Ausgang. Die Gäste wichen vor ihm zurück. Josefine stieß den Tisch zur Seite, wollte ihm folgen, stolperte aber über das Tischbein. Ohne ihn aus den Augen zu lassen, rappelte sie sich hoch.
Die Eingangstür des Cafés wurde geöffnet, und Uwe Madel betrat den Raum.
»Halt ihn auf, Uwe! Er ist Beates Mörder«, schrie Josefine.
Uwe Madel reagierte prompt. Er hob beide Arme in Abwehrhaltung, trat einen Schritt zur Seite, als wolle er den Weg für den heranstürmenden Bernhard Rösner freimachen. Im letzten Moment schob er ein Bein vor. Rösner stolperte, ruderte mit den Armen und fiel der Länge nach auf den Boden.

EPILOG

»Ich habe sie seitdem nicht mehr gesehen.« Josefine stand am Steg. »Wir haben ihren Mörder gefunden. Damit war alles getan.« Sie stieß einen tiefen Seufzer aus.

Nach Bernhard Rösners Festnahme hatten sich viele Fragen geklärt. Er hatte ein vollständiges Geständnis abgelegt. Beate war ihm und seinen Drogengeschäften auf die Schliche gekommen. Das Netz des »Zwarte Piet« bestand seit vielen Jahren. Solange er den Kiosk besessen hatte, war dieser der Dreh- und Angelpunkt gewesen. Seinen Job in der Agentur machte er nur, um einen ehrbaren Deckmantel zu haben. Kommissar Eichner hatte Josefine allerdings berichtet, er hätte den Eindruck gehabt, Bernhard Rösner habe gerne den Weihnachtsmann gegeben und bedauere den Verlust dieses Jobs mehr als alles andere.

Seine Abwesenheit bei Beates Trauerfeier hatte sich aber nicht zu dem berühmten rosa Elefanten entwickelt, an den alle denken müssen, obwohl er nicht da ist. Im Gegenteil. In der Runde der Trauergäste war keiner zu viel und auch nicht zu wenig gewesen. Ein kleiner Kreis. Josefine und André, Candan, Bärbel und Svenja sowie einige der Studentinnen und Studenten. Auch Uwe Madel war gekommen. Sie hatten einen langen, bunt geschmückten Tisch in die Mitte des Ausstellungsraums in Andrés Bestattungsinstitut gestellt, und Josefine ließ es sich nicht nehmen, an jede Urne einen Luftballon zu binden. Sie hatten zusammen gegessen, getrunken, geredet, geweint und gelacht. Uwe Madel hatte ein Gedicht vorgetragen, voller Lebensfreude und Hoffnung. Zum Schluss fing es an zu schneien, und sie waren hinausgegangen, um im Schnee auf Beates Lieblingslieder zu tanzen. Denn schließlich war dieser Tag, der 21. Dezember, auch Beates Geburtstag gewesen, und auf Geburtstagen wurde getanzt.

André umarmte Josefine von hinten und legte sein Kinn auf ihre Schulter. Sie lehnte den Kopf an seinen. Er hatte erstaunlich gelassen auf ihr Geständnis reagiert, dass sie den Geist ihrer Schwester sehen und mit ihr reden konnte. Sie hatte Angst gehabt, er würde sie für verrückt halten, aber das war nicht geschehen. Vielleicht hatte er als Bestatter aber auch so viele verschiedene Spielarten der Trauer erlebt, dass ein Geist nur eine weitere Variante war, die er ebenso wie alle anderen akzeptierte.

Er hatte auch nichts gesagt, als Josefine, nachdem Beate wieder eingefallen war, wo sie es abgelegt hatte, unter den Zeitschriftenstapeln auf der Toilette das Testament gefunden hatte. Candan sollte die Agentur erben und das Geld an eine soziale Einrichtung gespendet werden, stand darin. Es war nicht unterschrieben gewesen. Beate hatte Josefine aufgefordert, es zu verbrennen, und neue Anweisungen erteilt: Die Agentur bräuchte zwei Chefinnen – sie, Josefine, und Candan – und wegen der dringend zu erhöhenden Löhne ein finanzielles Polster in Höhe von einhunderttausend Euro.

»Aber das muss dann auch reichen«, hatte Beate gesagt und ihr großzügig gestattet, die soziale Einrichtung zwecks Restgeldspende eigenverantwortlich auszuwählen.

»Danke, Beate!«, rief sie laut über den See. »Ohne dich und vor allem ohne das, was hier passiert ist, hätte ich nicht erkannt, was ich wirklich will und was ich kann. Wozu ich fähig bin.« Sie spürte, wie eine Träne über ihre Wange lief, wischte sie mit dem Handrücken fort und lächelte. »Lass uns nach Hause fahren«, sagte sie zu André, befreite sich sanft aus seiner Umarmung und streckte die Hand nach ihm aus. Er zog sie wieder an sich und küsste sie. Dann drehten sie sich um und gingen gemeinsam zum Wagen.

Beate saß auf einem angeschwemmten Baumstamm, weit genug entfernt, um nicht von Josefine entdeckt zu werden. Sie beobachtete, wie die beiden zum Auto gingen, einstiegen, und der Wagen langsam über die Schotterpiste davonrollte. Sie lächelte. Die Zukunft der Agentur war gesichert. Candan und Josefine würden sie gemeinsam führen. Sie hatten entschieden, die Hälfte des Geldes an die Drogenhilfe zu spenden. Die beiden würden sich auf die Suche nach einem neuen Weihnachtsmann-Darsteller machen müssen. Gotthilf Drobler war da ein ganz heißer Kandidat. Josefine würde ihn sicher überzeugen können.

Beate sah Josefine und André nach. Die beiden brauchten jetzt erst einmal Zeit für sich. Heute war Heiligabend. Ein perfekter Tag für einen Anfang. Sie selbst würde für eine Weile fortgehen und Dinge tun, die Geister so taten. Wobei sie erst einmal herausfinden musste, welche Dinge Geister denn in der Regel so taten.

Aber das war egal. Hauptsache, es machte Spaß.

Danksagung

Viele meiner Kolleginnen und Kollegen verschanzen sich für viele Monate allein hinter ihren Schreibtischen und tauchen erst wieder auf, wenn auch das letzte Wort des Textes niedergeschrieben ist. Bei mir funktioniert das nicht. Ich brauche Inspiration, Input, Ablenkung, Fakten, Kritik, Trost und manchmal auch Motivation von anderen. Deswegen ist für mich das fertige Buch auch immer das Ergebnis vieler Köpfe mit größeren und kleineren Beiträgen, für die ich mich von Herzen bedanke!

Danke …

… meinen Freundinnen und Kolleginnen Angela Eßer und Christiane Dieckerhoff für lange Telefonate auf der Suche nach den Untiefen des Plots, Lob und vor allem für ehrliche und gnadenlose Kritik.

… der Comedian Renate Coch für sechs Tage gemeinsame Schreibklausur mit kreativer Tagesstille, Spaziergängen und sehr inspirierenden Abendgesprächen.

… meiner Freundin und Testleserin seit dem ersten Roman Heike König für ihren scharfen Blick und die Motivation, die Geschichte zu Ende zu bringen.

… Yvi Dreher für juristische Fakten und sehr hilfreiche Hinweise zum Erbrecht.

… Hildegard Sonius (Ho! Ho! Ho!) und Claudia Arens (Die Leihnachtsmänner) für die Ideen zum Namen der Agentur.

… meiner Lektorin Marit Obsen – das passt schon …!

… meinem Agenten Peter Molden und dem Emons Verlag für die langjährige Unterstützung.

Und wie immer meinem Mann, meinen Töchtern und meiner Familie – ohne euch wäre das alles nichts.

Elke Pistor
**MAKRÖNCHEN,
MORD & MANDELDUFT**
Broschur, 272 Seiten
ISBN 978-3-7408-0203-5

Annemie Engel liebt drei Dinge in ihrem Leben: Schlager, ihren Kater Belmondo und ihren Beruf als Konditorin. Andere Menschen hingegen mag sie gar nicht. Am liebsten bleibt sie in ihrer Backstube und backt Kuchen, Torten und vor allem Plätzchen, die ihr Bruder Harald auf dem Weihnachtsmarkt verkauft. Doch als dieser kurz vor Weihnachten bei einer Explosion schwer verletzt und obendrein des Mordes verdächtigt wird, gerät ihre heile Welt aus den Fugen. Um ein altes Versprechen einzulösen, begibt sie sich auf die Suche nach dem wahren Mörder. Dabei ahnt sie nicht, welche Gefahren hinter den friedlichen Kulissen des Niedelsinger Weihnachtsmarktes auf sie lauern.

»*Ein richtiger Weihnachtskrimi. Eine Geschichte, die ans Herz geht, Dialoge und Orte, die überzeugen, und mit Annemie Engel eine ungewöhnliche Ermittlerin.*«   SR 3 Saarlandwelle

www.emons-verlag.de

Elke Pistor
LASST UNS TOT UND MUNTER SEIN
Broschur, 256 Seiten
ISBN 978-3-7408-0671-2

Beschauliche Adventszeit? Von wegen! Für Immobilienmakler Korbinian Löffelholz läuft es gerade richtig schlecht. Er muss noch vor Heiligabend eine alte Dorfvilla verkaufen, sonst ist er seinen Job los. Dumm nur, dass der Mieter der Villa erschlagen im Arbeitszimmer liegt – Hauptverdächtiger: Korbinian. Zum Glück schneidet ein Schneesturm das Dorf von der Außenwelt ab, und die Polizei kommt nicht durch. Um seine Unschuld zu beweisen, macht sich Korbinian selbst auf die Suche nach dem wahren Mörder. Zu spät erkennt er die Gefahr, die hinter der weihnachtlichen Idylle lauert.

»Der neue Weihnachtskrimi von Elke Pistor ist wieder ein literarischer Volltreffer für die jetzt bald anstehende Adventszeit.«
Westdeutsche Zeitung

www.emons-verlag.de

Elke Pistor
KLING UND GLÖCKCHEN
Broschur, 240 Seiten
ISBN 978-3-7408-1249-2

Auch eine fachgerecht entsorgte Leiche ist eine Leiche und erfordert die Anwesenheit der Polizei, beschließt Janne Glöckchen, als sie eine Tote zwischen ihren farblich sortierten Mülltonnen findet. Wohl fühlt sie sich dabei allerdings nicht, liegt doch in ihrem Keller bereits ihre verstorbene Chefin Irmgard Kling auf Eis. Aber schlimmer geht immer: Ein junger Mann mit unlauteren Absichten und eine dritte Leiche machen die Aussicht auf eine besinnliche Vorweihnachtszeit für Janne vollends zunichte …

»*Mit reichlich skurrilen Situationen, aber mit ebenso viel schwarzem Humor und Schwung wird aus der besinnlichen Vorweihnachtszeit ein spannender Kriminalfall mit sympathischen Protagonisten.*« Westdeutsche Zeitung

www.emons-verlag.de